내 아들의 아빠

내 아들의 아빠

최정순 소설집

계간문예

■ 목차

쇠비름 ● 09

딸 바보 ● 33

양반 ● 57

내 아들의 아빠 ● 83

촌수 ● 111

내 딸 ● 135

강낭콩을 심으면서 ● 157

빨래 ● 179

이혼 ● 205

핏줄 ● 225

짝꿍 ● 249

작가의 말 ● 267

쇠비름

쇠비름

'개똥도 약에 쓰려면 없다.'라는 속담이 있다.

가려워서 환장하겠는데, 이 좋은 세상에 약이 없다. 좋다는 약은 소태같이 써도 참으면서 먹고, 발랐지만 낫지 않았다. 백발백중 고친다는 만나기도 어려운 유명한 의사가 처방해 준 약도 처음에는 낫는 척하다가 다시 도루아미타불이 되었다. 잠을 잘 수가 없었다. 후배가 오랜만에 만나자고 해서 나갔더니, 인삼과 능이버섯을 넣은 갈비탕 집이다. 이것을 먹어도 되나? 걱정하면서 내가 좋아하는 후배가 사 주는 것이라 먹었다. 가려움증이 생기고부터 먹는 것도 겁이 났다. 밥을 먹으며 가려워서 미치겠다고 후배에게 말했다. 후배는 자기 이야기를 들려주었다. 고쳐지지는 않고, 화가 나서 죽든지 말든지 옻 나물을 먹었는데 증상은 더하지도 덜하지도 않았다고 했다. 그런데 개똥만큼도 쓸모없는 것이 약이 되더라고 했다.

용이는 위로 언니가 둘이 있는데 일찍 시집을 갔고, 아래로는 남동생이 하나 있다. 어머니는 남동생에게는 잔심부름도 시키지 않고, 용이만 일을 시켰다. 남동생은 좋은 것만 주고, 용이는 남동생이 먹던 찌꺼기만 주었다. 어머니가 용이에게는 지청구를 했지만 남동생한테는 칭찬만 했다.
'태어나지 말았어야 헐 년이 쓸모없이 태어나서 귀찮어 죽겄다.'
어머니는 용이만 보면 노래하듯 말했다. 쉬지 않고 내뱉는 가시 돋친 말은 용이의 머릿속에서 빠져 나올 수 없었다. 언니들은 아버지의 전 부인이 낳았고, 어머니는 아버지가 아들을 낳으려고 재혼해서 용이를 낳았다. 아들이기를 기대했던 아버지는, 어머니가 딸을 낳는 것을 보고 나가더니 들어오지 않았다고 했다. 어머니는 아들을 낳을 것이라고 아버지에게 장담을 했었단다. 어머니는 속이 상해서 밥도 먹기 싫었고, 딸을 당장 죽이고 싶었다고 했다. 용이는 어려서부터 '니가 딸년이라 아버지가 나갔다.'고 어머니의 푸념을 듣고 살았다. 어머니는 아들을 낳고 싶지만 아버지는 돌아오지 않고, 어린 용이만 구박했다. 두 해가 지나고 아버지가 돌아와서 어머니가 임신이 되고 아들을 낳았다. 어머니는 아들을 낳고, 아들을 신처럼 모셨다. 딸이 배고프다고 하는 소리는 들리지 않지만, 아들이 뭐 먹고 싶다는 소리는 귀가 활짝 열려서 안 되는 것이 없었다.

"우리 왕자님, 뭐 해줄까?"

같은 어머니 뱃속에서 나왔지만 남동생은 하늘 같은 귀한 아들이고, 용이는 천덕꾸러기 구박덩이였다. 맛있는 것이 있으면, 남동생만 주고 용이는 주지 않았다. 용이는 남동생이 먹는 것을 보면, 침이 넘어갔지만 먹고 싶다는 말도 하지 못했다. 복날이라고 닭을 잡았다. 어머니가 아버지와 남동생에게만 고기를 주고, 용이에게는 국물만 조금 주었다. 남동생은 닭다리를 뜯어 먹으면서 용이를 힐끔힐끔 쳐다보고 약을 올렸다.

"먹구 싶지? 뼈다귀라두 씹어 먹든지."

남동생이 뼈다귀를 개에게 주듯 용이에게 던졌다. 떨어지는 뼈다귀를 얼른 받아서 입에 넣었지만 고기가 하나도 붙어 있지 않아 눈물이 나왔다.

"나두, 고기 좀 주지."

"뭐여어? 지집애가, 국물두 고마운 줄 알어."

용이네 집에는 배나무가 많았다. 좋은 것은 팔아먹어야 한다고 따 먹지 못하게 했다. 남동생에게는 좋은 배를 따서 주었다. 용이가 좋은 배를 먹으면 동티가 나는지 절대로 먹으면 안 된다고 했다. 벌레 먹었거나 한 쪽이 썩은 것이 있으면 도려내서 먹었다. 한번은 남동생이 좋은 배를 따 먹었다.

"그건 팔아먹어야 허는디, 엄니에게 혼나."

"엄니가 나는 좋은 것만 따 먹으라고 했어. 누나두 한번 베어 먹어 볼래."

한입 베어 먹었더니, 와아! 이건 정말 맛있다. 이렇게 좋은 것을 먹는 동생이 부러웠다. 목구멍에 배 물이 들어가는데 아주 행복했다. 그때, 하필 어머니가 들어왔다.

"감히 네년이 좋은 배를 처먹어?"

"야가 먹어 보라구 혀서…."

"걔허구, 니허구 같으냐? 먹으라구 혀두 니는 처먹지 말어야지."

좋은 배가, 용이 입에 들어가면 무슨 사달이 나는 모양이었다. 남동생이 먹어 보라고 해서 한입 베어 먹은 것뿐인데, 어머니에게 욕을 실컷 먹었다. 하루는 다들 나가고 용이 혼자뿐이었다. 용이는 아무도 없을 때, 나도 한 번 좋은 배를 먹어 보고 싶어 제일 좋은 배를 따서 입에 넣으려고 했다. 그때 재수 없이 남동생이 들어오는 것을 보고 몸이 부들부들 떨렸다.

"엄니에게 이른다. 누나가 왜 좋은 배를 따 먹어?"

용이는 제발 이르지 말라고 사정했지만 남동생은 매정하게 어머니에게 고자질했다.

"이눔의 지집애가 지가 감히 성한 배를 따 처먹어. 전에두 읍서지더니 니년이 따 처먹었구나."

"아뉴, 벌레가 먹은 것 같아서."

어머니는 빗자루로 머리고, 몸이고 사정없이 때렸다.

"아이구, 아이구 잘못했슈, 다시는 안 헐게유."

"이년이, 어따 소리를 질러. 저녁두 처먹지 마라."

어머니는 용이 낳았을 때의 한스러움이 남았는지 때려죽이고 싶은 것 같았다. 저녁도 주지 않았다. 맞은 곳이 아프고, 배도 고파서 잠이 오지 않았다.

밥도 아버지와 남동생은 쌀밥만 골라 퍼 주고, 용이는 제일 나중에 보리와 까만 콩만 오그르르 남은 것을 주었다. 콩밥을 먹으면 소화가 안 되어 배가 아팠다. 초등학교에 다니면서 까만 콩을 넣은 보리밥에다 도시락 반찬은 시어터진 깍두기뿐이었다. 남동생은 하얀 쌀밥에 달걀도 넣어 주었다. 용이는 햇볕이 쨍쨍 쬐는 더운 날에도 밭에 가서 김을 맸다. 숙제 할 시간도 없고, 학교에 못 가는 날도 있었다. 그거나마 용이는 초등학교만 가르치고, 남동생은 고등학교도 보낸다고 했다. 남동생은 일을 시키지 않고 공부하라고 했다. 밭을 매면서 비름나물은 조금 밖에 보이지 않는데, 먹으면 죽는다는 쇠비름 풀은 비름나물과 비슷한데도 쓸모없는 것이 무지하게 많았다. 그 많은 쇠비름을 보이는 대로 뽑아서 밭둑에 던졌다. 며칠 있다 갔더니, 이놈의 쇠비름이 밭둑에 퍼져서 멀쩡하게 살아 있다. 밭둑에 심은 서리태 콩 싹이 쇠비름에 묻혀서 보이지 않았다. 화가 머리끝까지 난 용이는 천덕꾸러기 쇠비름을 호미로 짓이겼다.

"이놈의 쇠비름, 죽어야 헐 것이 죽지 않고 살아서 나를 고생시키냐? 죽어라, 죽어."

비가 온 후에 밭에 갔더니 죽은 줄 알았던 쇠비름이 싱싱하게 살아서 낯짝을 바짝 쳐들고, 용이를 쳐다보고 약을 올리고 있다. '너두, 쓸모없는 것이 왜 그렇게 끈질기게 살려구 허니. 징글징글허다.' 아껴 두었던 비름나물을 뜯어서, 깨끗하게 씻어 삶아 고추장에 무쳤다. 동생이 먹어 보더니 맛있다고, 더 달라는 것을 없다고 했더니, 몰래 감춰 놓은 것까지 어머니가 뒤져다가 남동생에게 주었다. 남동생이 비름나물을 젓가락으로 집을 때마다 가슴속이 아렸다. '저걸 다 먹네.' 도시락 반찬 하려고 용이는 아끼고 먹지 못했지만, 동생이 남겨 놓지 않고 다 처먹었다.

"내가 도시락 반찬 허려구 혔는디…."

"이 지집애가 남동생 먹는 것이 아깝다는 거여. 뭐여, 급살 맞을 년."

초등학교 졸업하고 이제 본격적으로 일만 시켰다. 중학교에 가고 싶었지만 말도 꺼내지 못했다. 한동네 살던 동네 언니가 서울 가서 식모살이 하는데, 돈을 많이 벌었다고 들었다. 용이는 일만 죽도록 시키고, 용돈은 주지도 않으면서 날마다 지청구만 먹는데, 서울에 가서 돈 벌고 싶었다. 어머니가 무서워서 새벽에 몰래 도망쳐 나와 서울에 갔다. 붙잡히면 죽게 맞을 것이라 몸이 떨렸다. 동네 언니를 찾아갔더니 언니가 아는 집에 식모로 넣어 줬다. 서울에 와서 낯설고 힘들었지만, 밥은 보리와 콩만 있는 까만 밥이 아닌 하얀 쌀밥을 먹었다. 용이는 시키는 대로 했더니 주인아줌마에게 신용을 얻게 되었다. 몇 년이 지나니 피부도 뽀얘지고, 기술을 배우고 싶은 욕심도 생겼다. 주인아줌마에게 말했더니 아줌마가 허락해 주어서 미용학원을 다녔다. 그 대신 집안일을 더 열심히 했다. 미용사 자격증을 따고 미용실에 취직이 되었다. 오랫동안 열심히 일했더니 단골손님이 많아졌다. 용이를 찾는 손님이 많아졌다.

"나는 용이 씨가 해줘요?"

인기가 많아지고, 다른 미용실에서 월급을 많이 준다고 오라고 했다. 미용실 원장님이 아깝지만, 큰 미용실에 가라고 허락해 주었다. 인기 많은 미용실에 취직되어 일하다 보니 월급보다 팁이 더 많았다. 알뜰하게 모아서 서울에 전세를 끼고 조그만 집을 샀다. 부자가 된 것 같았다. 힘든 일이 있을 때마다 처음 원장님에게 물어보면, 원장님은 친부모처럼 잘 보살펴 주었다. 솔직하게 말하면 원장님이 용이를 낳아준 어머니보다 훨씬 더 좋았다. 기술을 배우게 배려해 준 주인아줌마도 고마웠다. 미용기술을 배우고 돈을 벌면서 희망이 생겼다. 주인아줌마와 원장님 덕분이었다. 그래도 야단만 치는 어머니도 보고 싶고, 동생도 보고 싶어졌다. 사람들이 예쁘다고 하고, 실력도 인정받았다. 용이를 좋아하는 남자도 생겼다. 같이 일하는 남자 미용사가 용이에게 결혼하자고 했다. 부모님에게 결혼 허락을 받으려고 고향에 갔다. 어머니와 아버지, 그리고 동생의 선물을 사고 고기를 샀더니 무거워서 팔이 아팠다. 반갑게 맞이할 줄 알았던 어머니는 돈 벌어서 동생 학비 보태지 않았다고 나무라기만 했다. 어머니가 결혼하지 말고, 돈을 많이 내놓으라고 했다. 남들은 서울 가서 돈 벌어 땅도 사고, 동생을 가르쳤다고 하면서 오랜만에 만난 딸에게 다정한 소리는 하지 않았다. 남동생은 중학교 졸업하고 농업고등학교 나와서 면서기가 되어 있었다. 어머니는 딸이 시집간다는데 돈 벌어서 남동생을 주어야 한다고 말했다. 남동생이 직장에 다니는데 용이에게는 돈을 뜯어낼 생각만 하는 것 같았다.

부모의 도움 없이 혼자 벌었는데 어머니는 미안해하거나 잘해 주고 싶은 마음이 전혀 보이지 않았다.

결혼을 했지만, 남편은 같이 일하면서 집에 가면 남자라고 아무 것도 하지 않았다. 용이는 친정에서나 결혼해서나, 아무리 바쁘고 힘이 들어도 여자라고 차별을 받아야 했다.

"김치 담그게 마늘 좀 까 줘요."

"싫어. 그런 걸 왜 나 시켜. 그런 것은 여자가 하는 거잖아."

남편은 여자가 하는 미용실에 다니면서 자기는 남자라고 용이를 얕잡아 봤다. 남편은 용이보다 일찍 미용사가 되어서 월급을 더 받았지만 용이는 팁을 더 받았다. 남편은 돈을 모아놓은 것이 없었다. 그러면서 자기 누나에게는 김치도 담가다 주어라, 일을 도와주어라 했다. 계를 들어 집을 늘려가려고 했더니, 누나가 살기 힘들다고 계 탄 돈을 누나를 다 갖다 주었다. 용이가 어떻게 그럴 수 있느냐고, 했더니 누나가 우리보다 살기가 어려우니 누나를 주어야 한다고 했다. 지금까지 월급을 타면 누나를 주었던 모양이었다. 누나는 자기에게 돈을 보태주어야 한다고 했다. 급하다고 빌려 달라고 하면, 남편은 집에 돈이 없어도 높은 이자로 빚을 얻어다 주었다. 용이는 그 돈을 갚느라 고생이 많았지만, 다 갚기도 전에 또 돈을 빌려갔다. 매형과 누나는 자주 돈을 많이 주지 않는다고, 이유 없이 욕을 해댔다. 돈 모아야 소용없다고 생각되었다. 남편이 다른 미용실로 갔다. 같은 시간에 퇴근하지는 않았지만 제 시간에 오지 않았다. 돈 모아서 큰집으로 늘려가려고 했지만, 남편은 월급타서 누나를 주었다고 돈을 가져오지 않았다. 쌀도 없고, 연탄도 없는데 남편은 걱정이 없다. 용이가 임신해서 먹지 못하는데 아무것도 사 주지 않았다. 누나가 생활비가 없다고 해서 월급을 통째로 주었다고 했다. 남편을 잘못 만난 누나가 불쌍하다고 했다. 기가 막혀서 용이가 울었다.

"내 누나 돈 준 것이 그렇게도 억울해?"

용이가 쓰지 못하고, 알뜰하게 모아 놓은 돈을 남편에게 들켰다.

"돈 있는 것을 왜 숨겨. 내가 남인가? 남편에게 숨겨서 누구 주려고 그러는데?"

남편은 돈 모았다고 용이에게 욕만 했다. 용이는 옷도 해 입지 않고 아꼈건만, 누나는 비싼 옷을 사 입고 자랑했다. 그러면서 누나는 용이에게 돈 잘 벌면서 자기에게 돈을 많이 주지 않는다고 말했다. 누나 생일날도 남편이 고기 사가지고 일찍 갔다. 용이는 미용실 일 끝나고 급하게 누나네 달려갔지만, 일찍 오지 않았다고 지청구만 하고 일만 시켰다. 만날 때마다 고운 소리를 하지 않는 누나가 보고 싶지 않았다. 용이는 남편의 누나가 돈을 다 빼앗아 가서 돈이 없어 고생했다. 시어머니도 용돈을 많이 주지 않는다고 욕만 했다.

남편이 수상했다. 월급을 타서 들여오지 않고, 밤에도 늦게 오거나 아니면, 들어오지 않는 날도 있었다. 용이에게 돈을 달라고 했다. 말은 친구에게 돈을 빌려준 것이 떼였다고 했다. 참다못해서 이혼하자고 했다. 남편은 마음대로 하라고 큰소리쳤다. 용이는 결혼 전에 집을 샀다. 방해하는 남편 몰래 간신히 돈을 모아 조금 큰

쇠비름 17

집을 샀다. 남편이 자기가 이 집 가장인데, 자기 체면을 살려주어 자기 이름으로 등기해 달라고 졸라서 남편 이름으로 등기해 주었었다. 용이는 그것이 어리석은 생각이었던 것을 이제야 깨달았다. 이 집은 자기 집이고, 용이가 이혼하자고 했으니까 용이에게 한 푼도 줄 수 없다고 했다. 명절이나 누나의 생일이 되면, 꼭 선물을 사가지고 갔지만 용이 생일에는 축하한다는 말도 없었다. 남편은 들어오지도 않았다.

친정어머니는 용이네 집에 오면, 아들네 집에 없는 것이 있으면 눈독을 들였다.

"아이구, 우리는 저런 것이 읍는디, 니네는 부자다. 우리두 저런 것 좀 사 주지."

어머니가 왔다 가면, 화장품이 없어졌다. 용이가 미장원에서 판매하는 화장품을 훔쳐다가 며느리를 주었다. 용이가 아기 낳을 날짜가 다가오는데, 집에 있는 돈은 남편이 있는 대로 긁어다가 누나를 주었다. 아기 기저귀도 사야 하고, 쌀도 사야 하는데 집안에는 돈이 없다. 이자도 갚아야 하고, 곗돈도 줘야 하고, 김장도 해야 하는데 항아리도 없다. 누나는 딸을 용이네 집에 보내 놓고, 해외여행을 갔다고 했다. 조카딸은 이것저것 사 달라고 하고, 옷 사 달라고 용이 바지를 붙잡고 졸랐다. 남편과 시어머니는 용이가 힘들어서 밥도 먹지 못하고 고생하는데, 먹을 것을 사 줄 생각은 하지 않았다. 조카딸이 와서 돈이 많이 들어갔는데, 미안해하지도 고마워하지도 않았다. 누나는 용이 남편이 준 돈으로 해외여행 갔다 와서 선물 하나 사다 주지 않고, 자기 어머니에게만 딸을 봐주어 고맙다고 했다. 아기를 낳게 생기니 시어머니는 누나네로 갔다.

　어쩔 수 없이 친정어머니에게 산후조리를 해 달라고 했다. 어머니가 와서 산후조리를 하는데, 시어머니가 왔다. 시어머니는 그날부터 며느리를 볶기 시작했다. 시어머니는 산후조리 하러 온 친정어머니를 내쫓고, 아기 낳은 산모에게 밥 한 끼 해 주지 않았다. 돈이 많으면서 주지 않는다고 동네방네 다니면서 욕하고, 시어머니 친정식구들을 데리고 와서 돈 주라고 명령했다. 안 주면 아들에게 때리라고 시키고, 아들은 용이를 때렸다. 딸에게 잘하지도 않는 친정어머니조차 가라고 하고, 남편은 자기 어머니를 모셔다가 시집살이를 시켰다.

　임신 중에도 시어머니가 좋아하는 것 사다 주라고 돈도 주지 않고, 남편이 말하고 출근했다. 입덧하는 용이는 먹지도 못하고, 토하고, 고생하다 보면, 시어머니 사다 주는 것을 깜박 잊었다. 남편은 시어머니를 무시했다고 소리쳤다. 자기 어머니면서 남편이 사다 주면 좋으련만, 꼭 용이에게 사다 주라고 했다. 정작 용이는 밥도 먹지 못하건만, 용이가 먹고 싶은 것은 사다 줄 생각을 하지 않았다.

　올케가 시집오더니 밭을 팔아 논을 사서 쌀밥을 먹어야 한다고, 동생을 시켜 그 많은 밭을 팔더니 논은 사지 않고, 돈은 어쨌는지 밭만 없어졌다. 나중에는 나머지 있던 논도 팔았다. 말리던 아버지는 화병으로 몸이 아파도, 며느리가 땅을 팔아먹은 줄도 모르고 며느리만 좋아했다. 못된 짓을 해도 무조건 며느리편만 들었다. 용이에게 억울한 누명을 씌워 며느리가 용이를 욕하면 같이 욕을 했다. 나쁜 짓을 해도 식구들이 자기편을 들어주니 올케는 보이는 것이 없었다. 결혼해서 날마다 밥을 많이 먹고, 주전부리를 쉴 새 없이 먹더니, 살이 너무 많이 쪄서 돌아다니기도 힘들게 뒤뚱뒤뚱 걸어다녔다. 밥을 많이 먹고, 시아버지가 있거나 말거나 개처럼 혓바닥을 내놓고 식식거리면서 방귀를 빵빵 끼고 다녔다. 친정에서 살기가 어려워 공장에 다녀서 벌어다 친정 식구를 살려 주고, 학교도 못 다녔지만, 자기네는 쌀밥만 먹고 살았다는 거짓말을 했다. 그 시절에 시골 동네는 쌀밥만 먹는 집이 별로 없고, 보리밥도 없어서 굶는 집이 있었는데, 거짓말을 하지만 시아버지와 남편이 무조건 편들어 주니 기가 살아서 당당했다. 혼수를 해 오지 못한 올케는 옷을 외상으로 사다 입었다. 아들이 땅을 판다고 하니 말리던 아버지는 화병으로 앓다가 죽었다. 용이가 결혼할 때는, 동생이 돈을 벌었지만 고무신 한 짝도 사 주지 않았다. 용이는 어머니 옷을 사 주었지만, 올케가 시집와서 어머니 옷을 사 준 적이 없었다. 어머니는 며느리에게 별의별 것을 다 주고 싶어 했다. 용이는 어머니에게 자주 용돈을 주었지만, 돈을 받아 올케를 주었다. 어머니는 용이 돈을 빼앗아 며느리에게 인심을 썼다.

"애, 넘덜은 딸이 돈 줬다구 자랑허는디, 나는 돈이 하나두 읍다."
"내가 드렸잖아요."
"그거 며느리가 돈이 읍다구 혀서 주었지."

어머니는 용이가 용돈을 주면, 며느리를 주었고, 손자들이 자라니 용이에게 돈 달라고 해서 손자들을 주었다. 용이는 내가 낳은 내 자식들 학비를 주어야 하는데, 남편도 돈을 주지 않고, 돈을 주는 사람은 없고, 써야 할 곳은 많아 힘에 벅찼다. 용이가 샘물에서 돈을 퍼서 쓰는 것으로 아는지 시집 식구들도, 친정어머니도 용이에게 계속 손을 벌렸다. 어머니는 친손자만 자기 손자고, 외손자는 자기 손자가 아니라고 생각했다.

"울 애덜은 저렇기 좋은 가방이 읍는디, 니 새끼만 사 주지 말구 우리 애덜두 좋은 것 좀 사 줘라."

동생이 말썽을 일으켜 직장에서 쫓겨났다. 그렇게 위해 주던 며느리는 제 남편이 돈을 못 번다고, 시어머니를 볶는다고 들었다. 구박을 당해도 며느리에게는 아무 소리 못했다. 어머니는 며느리에게 당하고 용이네 집으로 달려와 돈 달라고 했다. 어머니가 달라는 액수가 너무 많아 그렇게 줄 수는 없었다. 며느리가 그만큼 받아 오라고 하는 모양이었다.

"요걸 주냐. 딸년 다 소용 읍서. 죽을 지경으루 힘들게 낳아 길러 주었더니 저만 잘 처먹구. 지어미를 읃어 먹는 비렁뱅이루 알구. 아이구, 내 팔자여…. 넘덜은 딸이 밭두 사 주구 논두 사 줬다구 허더구먼."

"엄마, 그 집들은 딸을 공부 가르쳐서 좋은 곳에 취직했고, 결혼도 시켜 주었어요. 그리고 있는 땅이나 팔아먹지 말지. 왜 다 팔아먹고 누구에게 사 달라고 해요. 팔아먹은 사람에게 말해요? 엄마가 내게 무얼 해 주었는데…. 게다가 남편도 바람나서 돈을 한 푼도 들여오지 않아서 나도 살기 힘들어요."

"이년아, 낳아 길러 준 것만 혀두 고맙지. 니년이 하늘에서 떨어졌냐? 땅속에서 솟아났냐? 그러구 니년이 그렇게 못되게 허니께 서방두 바람이 나지. 니가 잘혀 봐라 왜 바람이 나냐? 니 올케두 그러더라. 니가 성질이 못돼 처먹어서 남편이 바람이 난 거라구. 다 여자가 헐 탓이지, 니 올케 봐라. 남편에게 잘 허니께 아내만 위해 주지 않여. 다 지 헐 탓이여. 누구 탓 헐거 웂서."

"그래요. 다 내가 못돼서 팔자가 이지경이네요. 엄마가 아들만 위해 주고 내게 얼마나 구박했어요. 여기 가나 저기 가나 내가 못돼서 그러네요. 참 염치도 없네요. 그렇게 위해 주던 아들에게 효도 많이 받고, 딸네 집에는 오지 마세요? 나도 힘들어요."

"그려, 니년만 잘 처먹구 잘 살어라. 친정에미 박대하는 년, 잘 되는 것 웂더라."

악담을 퍼붓고 가고, 얼마 있으면 또 다시 와서 돈 달라고 했다. 어머니는 동생네 생활비를 용이 돈 빼앗아다 주려고 했다. 차마 모른 체, 할 수 없어 돈을 주었다.

"애, 우리 애들 니가 뎅구 있어라. 지애비두 돈을 못 벌구 애들이 불쌍혀 죽겄다. 먹을 것두 웂구, 학비두 줄 수가 웂구나. 워칙허니, 조카두 니 핏줄인디, 그냥 내버려두면 안 되지. 고모인 니가 모른 척 할 수는 웂잖냐? 다음 학기는 여기서 핵교 다니게 내가 뎅구 올게."

"안 돼요? 나는 내 자식들도 돈이 없어 고생시키고 있어요."

"니 새끼들이 무슨 고생을 허니. 호강만 허더구먼. 조금만 나눠 주면 안 되냐?"

"가세요? 다시 오지 마세요? 아들만 위해 주고 구박할 때는 언제고, 이제 와서 조카 새끼까지 맡으라고 하세요? 딸년은 다 소용없다면서."

"그려, 딸년 다 소용 읍다. 급살 맞을 년. 지만 살려구 허구."

어머니는 욕을 퍼댔다. 용이는 너무 힘들어서 죽을 지경이었다.

용이는 평생 남의 집에서 종업원으로 일할 수 없어, 남편 몰래 돈을 모으고 빚을 얻어 미용실을 차렸다. 직원들 월급도 줘야 하고, 빚도 갚아야 해서 돈을 많이 벌어야 했다. 용이가 힘들어하지만 남편은 용이를 도와주지 않았다. 남편은 다른 여자와 놀아나서 집에 돈 한 푼 들여오지 않고, 어머니는 돈만 뜯어가려고 했다. 친정 조카라는 것은 친구를 때려서 보상을 해 줘야 한다고, 어머니가 쫓아와 울고불고 해서 용이가 합의를 해주었다. 어머니 생일이라고 찾아갔더니, 돈 적게 준다고 욕만 듣고 왔다. 적은 돈이 아닌데, 어머니는 용이를 한도 끝도 없이 나오는 화수분으로 아는지 언제나 적다고만 했다. 딸년이라는 것이 저만 살려고 하고, 지 어미를 어미로 생각하지 않고, 비렁뱅이 취급한다고 소리 지르고 욕을 퍼부었다. 어머니를 만나는 것이 무서웠다. 용이는 힘들어서 사는 것이 지겨웠다. 그렇지만 용이는 내 자식들을, 나처럼 구박을 받고 살게 할 수는 없었다. 내 자식들은 행복하고 당당한 삶을 살게 해주고 싶었다. 용이는 내가 낳은 자식들에게는 좋은 어머니가 되려고 노력했다.

　어머니가 치매 판정을 받았다. 치매에 걸렸어도 용이만 보면 욕을 했다. 동네 사람들에게 딸년이 못돼서 저만 안다고 했다. 누가 보살필 사람도 없어 할 수 없이 요양원에 보냈다. 용이는 어머니를 그곳에 보내기 싫었지만, 동생과 올케는 어머니에게 딸네 집으로 가라고 구박을 해서 어쩔 수 없었다. 친정 동네 사람들은 딸이 돈을 잘 벌면서 어머니를 모시기 싫어서 요양원에 보낸다고 욕하는 것 같았다. 동생은 까딱하면 돈 달라고 하고, 조카도 고모가 부자면서 돈을 조금 준다고 쓴소리했다. 지긋지긋했다. 어머니를 요양원에 보내고, 친정 식구는 모른 척하기로 했지만, 자주 와서 맡겨놓은 돈처럼 뜯어갔다. 도와주지 않겠다고 다짐했지만, 수없이 뜯기고 좋은 소리도 못 들었다. 밑 터진 항아리에 물 붓는 식이 되었다. 이렇게 뜯기다가는 용이조차 거지가 될 판이었다. 악다구니를 듣기가 괴로웠지만 귀를 막고 꾹 참고 듣지 않았다.

　용이는 고향에 가지 않았다. 어머니가 못된 딸이라고 해서, 동생과 올케가 부모에게 불효막심한 딸이라고 해서, 조카도 나쁜 고모라고 해서, 아무도 보고 싶지 않았다. 어머니, 남동생, 올케, 조카는 용이의 돈을 빼앗아 가고는, 부자면서 친정을 도와주지 않는다고 못된 사람이라고 낙인을 찍었다.

　용이도 나이를 먹으니 온종일 서서 일한 탓으로 허리도, 다리도 수술했다. 별의별 병이 다 생겼다. 밤이면 아파서 잠을 자기가 힘들었다. 젊어서 고생하고, 억울했던 생각을 잊어버리고 싶지만 잠이 오지 않았다. 누구에게 괴로운 마음을 털어놓고, 위로를 받고 싶었다. 원장님이라도 살아 있으면, 하소연할 수도 있을 텐데, 그 양반이 일찍 하늘에 가셨다. 원장님이 보고 싶었다.

용이는 딸이라고 어머니가 먹을 것도 제대로 주지 않고, 찌꺼기만 주고, 아들만 잘해 주고 딸은 죽거나 말거나 구박했었다. 아들이 아프면 병원에 데려가지만, 용이가 아파서 며칠을 먹지 못하고, 몸에서는 열이 펄펄 끓어도 어머니는 약 하나 사다 주지 않았다. 죽기를 바랐는지 모르지만, 모진 목숨은 죽지 않고 지금까지 살아있다. 용이는 죽을 고비를 많이 넘겼다. 그럴 때마다 끈질기게 살아남았다. 남편이 빚을 얻어서 사업을 한다고, 쫄딱 망해서 빚 투성이로 집안에 딱지가 붙은 적도 있다. 다시 고생해서 집을 샀지만, 그 집도 남편의 빚으로 없어졌다. 사글세 방 보증금도 없어, 친구에게 돈을 빌려 방 한 칸에서 자식들과 힘들게 살기도 했다. 그 와중에 용이는 너무 힘들게 일하다 보니, 추간판 탈출증으로 미용사가 서 있기가 힘이 들어 무진장 고생했다. 일을 하다 보면 시간이 없어 제때 밥을 먹지 못해서인지, 자주 체하더니 병원에 가니까 위암 3기라고 했다. 위암 수술하고 바짝 마른 몸으로 간신히 버티고 살았다. 그렇다고 푹 쉴 수도 없었다.

어머니는 용이가 암에 걸려 죽게 생겼어도, 아픈 딸 걱정은 하지 않고, 돈을 빼앗아다가 아들을 주고 싶은 생각만 했다. 용이가 밥을 먹지 못하고, 아파하는데도 어머니 눈에는 고생하는 딸이 보이지 않았다. 사람들이 '자식 사랑하는 마음이야 어느 부모나 다 똑같다.'고 말하지만, 용이 어머니는 딸의 고생을 안타까워하지 않고 오직 아들만 생각했다. 어머니는 용이에게 잘못한 생각은 하지 않고, 딸은 죽어도 어머니에게 잘해야 한다는 생각뿐이었다. 어머니가 용이에게 잘못한다고 말하면, 어떻게 해야 남들처럼 어머니에게 잘한다는 소리를 들을 수 있는지 묻고 싶었다. 돈을 많이 벌어 어머니가 좋아할 수 있을 만큼, 돈을 주어 봤으면 좋겠다. 용이도 어머니에게 잘한다는 칭찬을 듣고 싶었지만, 그만한 능력이 없는 것이 안타까웠다. 용이는 어머니에게 자주 용돈을 주었다. 옷도 용이가 입을 옷은 사지 않아도 어머니에게는 사시사철 사 주었다. 동네 아주머니들과 여행 간다고 하면, 여행비도 충분히 쓰게 주었다. 어머니는 용이에게 받는 돈은 당연한 것으로 알아서 고맙게 생각하지 않고, 언제나 더 달라고만 했다. 용이의 재산을 다 빼앗아도 당연하다고 생각하고, 미안하다거나 고맙다고 하지 않을 어머니였다. 올케는 어머니에게 용돈을 주지 않았고, 어머니는 며느리에게 바라지도 않았다. 고향 아줌마들이 자기 딸이 어머니에게 잘한다고 자랑하는 소리를 듣고 어머니가 그들이 부럽다고 했다. 알고 보면, 그들은 부모에게 받아가는 것도 많고, 용이만큼 뜯기지도 않으면서 좋은 소리를 들었다.

　잘 살려고 노력했지만, 사는 것이 참 힘들었다. 남들은 자식들에게 과외공부를 시키지만 용이는 용돈도 충분하게 못 주었다. 자식들이 원하는 것을 해주지 못할 때가 많았다. 그럴 때마다 용이는 '나는 왜, 태어나서 내가 낳은 자식들에게까지 고생시키고 있나.' 하고 속이 상했다. 밟히고, 짓이겨지고, 죽을 뻔한 일을 수없이 겪으며 살면서도 누구 하나 도와주려고 하는 사람도, 안타까워하는 사람도 없었다. 죽게 아파도, 영업하는 사람이 남에게 아픈 티를 내지 못하고, 이를 악물고 견뎌내면서 남 앞에서는 웃었다. 어머니는 용이가 아프다고 하면, 그까짓 조금 아프다고 엄살을 떤다고 했다. 암 치료할 때도, 어머니는 안타까워하지도 않고 돈만 빼앗고 싶어 했다. 며느리가 아플 때는 죽을 쑤어다 주고, 용이에게 돈 달라 해서 약을 사다 주었다. 젊어서 용이는 아무리 아파도 죽 한 번 끓여 주는 사람이 없었다.

　남편은 두 번씩이나 사업한다고 집을 빚으로 넘어가게 하고, 집에 들어오면 염치없이 돈만 달라고 했다. 반찬도 비싼 것만 해달라고 하고, 맛있는 것은 용이와 자식들은 먹으면 안 되고 가장인 남편만 먹어야 한다고 했다. 집에 들어오면, 돈 달라고 하고, 주지 않으면 때려 부수고, 소리 지르고 창피해서 살 수가 없었다. 남편은 일을 나가지만, 용이에게 돈은 주지 않았다. 어디다 쓰는지, 누구를 주는지, 돈은 주지 않고 용이의 돈을 빼앗으려고만 했다. 남편이 집에 들어오는 현관문 소리가 나면, 강도가 들이닥치는 것처럼, 소름이 끼치고 무서웠다. 그러더니 간암에 걸렸다고 했다. 병원에 입원하고, 용이는 돈을 벌어야 하기에 간병인을 넣어 주었다. 시어머니 돌아가셨을 때도, 용이는 빚도 많은데, 형도 있고, 누나도 있건만, 장례비를 남편은 용이에게 다 내라고 했다. 시집 조카가 아프면, 용이에게 병원비를 달라고 했다. 누나가 병원에 가도 용이에게 병원비를 달라고 했다. 돈이 없다고 하면 남편은 용이를 때렸다. 남편의 형이 죽었을 때도, 남편이 빚을 얻어다 장례비를 주고 용이에게 갚으라 했다. 형수는 장례비를 하나도 내놓지 않았다. 나중에 들으니 형수는 가게가 있는 집을 사서 사글세를 받아먹는다는 소리를 들었다. 형의 유족연금도 나온다고 했다. 남편이 병이 들었는데도 누나는 용이에게 돈을 달라고 했고 남편도 누나에게 돈을 주라고 했다. 남편이 죽으니 남편의 누나와 시집 식구는 다시 찾아오지 않았다. 지긋지긋했던 시집살이가 끝이 났는데, 지난날이 억울해서 잠이 오지 않았다. 남편은 여자들과 놀고 와서 용이에게 트집을 잡아 괴롭혔다. 그는 죽을 때까지 자기 잘못이나, 고마움 같은 것은 애시당초 모르는 사람이었다.

그렇게 힘들게 살면서도, 용이의 아들딸은 나쁜 길로 가지 않고 반듯하게 잘 자라 주었다. 딸과 아들은 엄마의 고생을 보고 못 된 길을 갈 수 없었다고 말했다. 용이는 딸이라고, 구박을 받고 살아서 딸과 아들을 구별하지 않았다. 딸도 아들도 예쁘기만 했다. 고맙게도 열심히 공부하더니, 딸과 아들은 같은 대학에 갔다. 결혼도 자기들 마음에 맞는 사람과 만나서 알콩달콩 잘 살고 있다. 아들은 누나 말을 잘 듣고, 딸은 남동생과 올케를 알뜰하게 챙겨 주었다. 딸과 아들은 사이가 좋아서 자주 만나고, 여행도 같이 가고, 친하게 지내는 것이 용이 마음을 흐뭇하게 했다.

용이는 이제 혼자 남았다. 나이가 드니 아픈 곳이 많았다. 밤에 잠은 오지 않고, 허리는 추간판 탈출증과 퇴행성관절염으로 아파서 오래 서 있기도 힘들고, 돈 번다고 만나지 않다 보니 친구도 없다. 남들은 여행을 다녀와서 자랑하지만, 용이는 돈을 벌어야 했기 때문에 여행 한 번 가 본 적 없다. 지금은 시간이 많지만, 몸이 아파 다닐 수가 없다. 초등학교 동창회에 가고 싶지만, 허리가 아파 못 나가고 있다. 카톡방에 옛날에 친했던 동창이 죽었다는 부고를 보고 진작 만나지 않은 것이 후회되었다. 젊어서 올케는 어머니에게 아이 맡겨 놓고, 사시사철 동생과 여행을 다녔다. 용이는 그럴 겨를이 없었다. 남들은 시어머니나 친정어머니에게 아이들 맡기고 여행을 갔지만, 용이는 엄두도 못 냈다. 돈도 벌어야 하고 아이도 맡길 곳이 없었다.

    용이는 손님들에게 최선을 다했고, 열심히 살았다. 직접 미용실을 경영하면서 손님이 많아졌다. 직원들이 힘들어할 때는, 용이가 지난날 고생한 생각이 들어서 빚이라도 얻어 힘껏 도와주었다. 직원을 초보부터 데리고 있다가 결혼도 시켜 주었다. 직원들이 고마워서 눈물을 흘리기도 했다. 그들에게 감사했고, 보람을 느꼈다. 한 달에 두 번씩 쉬는 날에 살기 어려운 사람들을 위해서 무료봉사를 했고, 정말 어려운 분들에게 쌀을 사다 주고, 겨울에는 따뜻한 점퍼와 담요를 사드렸다. 용이는 나이 들어서라도 남을 도울 수 있다는 것이 기뻤다. 그들은 용이에게 고맙다고 했다. 소문이 나고, 구청에게까지 알려져서 구청장상을 타기도 하고, 대통령상까지 탔다. 젊어서는 복도 지지리도 없고, 어느 곳에도 쓸모없는 인간이라고 죽으려고도 했었다. 지금 생각하니 용이는 나 같이 쓸모없는 인간도, 이 세상 어느 곳에는 쓸모 있는 곳도 있고, 필요로 하는 사람도 있다고 생각되었다. '원장님 존경합니다.'라는 말을 듣고 그들이 고마웠다. 직원들이 원장님 덕분에 잘살고 있다는 말을 들으면, 그들이 고마웠다.

코로나가 유행하면서 조심했는데, 끝내 용이에게도 비켜가지 않았다. 후유증이 오래 갔다. 그러더니 몸이 가렵기 시작했다. 밤이나 낮이나 잠을 못 자게 괴롭혔다. 아픈 것만 괴로운 것이 아니라 가려운 것도 참아내기 힘들었다. 좋다는 약도 많았지만 낫지 않았다. 용이 말을 들은 후배가 쇠비름이 약이 된다며 쇠비름 효소를 조금 주었다. 어려서 쇠비름을 먹으면 죽는다고 들었는데, 무슨 쇠비름이 약이 된다고 하나? 말도 안 된다고 생각하면서, 후배가 고마워 먹고 발랐더니, 며칠이 지나고 감쪽같이 나았다. 좋다는 약을 다 써 봤고, 병원도 여기저기 잘한다는 곳을 다녀 봤지만 낫지 않았는데, 거짓말같이 신기하게 나왔다. 이렇게 힘들 때, 동생이나 올케가 시골에 흔해터진 쇠비름 풀이라도 캐어다 주면 좋으련만, 그런 부탁했다가는 그 후의 뒷감당을 할 수가 없어 말하지 않았다. 차라리 남에게 말하는 것이 낫겠다. 시골에 아는 사람도 없다. 어려서 아무 쓸모없는 천덕꾸러기 쇠비름을 죽이려고, 호미로 짓이겨서 삼복더위 뙤약볕에 던져 놔도, 쇠비름은 생명력이 강해서 끈질기게 다시 살아났다. 천덕꾸러기 쇠비름 신세였던 용이는, 험한 가시밭길에서 죽을 뻔한 일을 수없이 겪었다. 용이는 죽지 않고, 지금까지 살아서 존경받는 사람이 되었다. 쇠비름 효소를 비싸게 샀다. 용이가 죽여 없애려고, 갖은 구박을 했던 쇠비름이 귀한 약이 되었다.

딸
바
보

딸 바보

"진아야, 진명이 가방 좀 챙겨 줘라."
"싫어, 지가 해야지. 왜 나를 시켜요?"
"너는 누나잖아. 동생 좀 도와주면 안 되니?"
"엄마는 진명이만 위해 주더라. 아들 버릇을 못 되게 가르치고 있어."

딸은 엄마 말을 삐딱하게 알아듣고 말을 듣지 않는다.

"여보, 당신이 진아 좀 따끔하게 혼내 줘요? 엄마를 개똥같이 생각하고 말을 하나도 안 들어요."
"왜 진아를 혼내요. 진아 말이 맞는 말이잖아. 지 가방은 지가 챙겨야지."

남편은 딸이 말하는 것은 모두가 옳다고 하고 예쁘게만 본다.

"아빠, 내말이 맞지요. 그치?"

"그러엄, 네 말이 맞지. 제 할 일은 지가 해야지."

"죽이 짝짝 맞네. 아빠가 제 편만 들어주니 저것이 내 말을 안 듣지."

남편은 딸의 말이라면 무조건 옳다고 말한다. 요즘 인이는 밤에 잠이 오지 않아 수면부족으로 머리가 아파, 딸에게 아들 가방을 챙겨 주라고 했다가 본전도 못 찾았다.

우리는 같은 학교에서 만났다. 인이가 오수중학교에 발령을 받고 처음 근무지에서 남편을 만났다. 낯설어하는데, 이윤수 선배 선생님이 인이에게 친절하게 대해 주어서 고맙게 생각했다. 이윤수 선생님은 키는 작달막한데다 얼굴은 까무잡잡하고 시골 촌 아저씨같이 생겼다. 처음에는 고맙다가 차츰 부담스러웠다. 혹시 다른 마음이 있어서 내게 잘해 주는 것은 아닌가? 의심이 되었다. 그렇지만 한 학교에서 계절을 일곱 번이나 바뀌면서 같이 근무했는데, 변함없이 뚝배기 된장찌개같이 구수해서 편해졌다. 총각 선생님은 이윤수 선생님 한 사람뿐이었다. 이윤수 선생님은 변덕스럽지 않고, 항상 편안하게 대해 주어서 부담스럽던 마음이 없어졌다. 복도에서 만난 이윤수 선생님이 인이 옆으로 오더니 조용히 속삭였다. 창밖에는 아직 겨울이 되기에는 이른데, 하얀 눈이 내리고 있었다.

"첫눈이 오네요. 이따 우리 퇴근하고 저녁 같이 먹을까요?"

"좋아요. 그런데 무슨 일 있어요?"

"무슨 일은, 그냥 첫눈이 오니까 기분 좋아서요."

수업이 끝나고 다른 선생님들이 퇴근하자고 하는데, 할 일이 남았다고 핑계대고 천천히 다른 선생님 다 나간 후에 이윤수 선생님과 나갔다. 소담스러운 눈발을 맞으면서 조금 걷다가 가까운 한식 식당으로 갔다.

"뭘 먹을까요?"

"선생님 좋은 것으로요."

"그런게 어딨어요. 사람마다 식성이 다른데, 그럼 추운데 갈비탕 먹을래요?"

"네, 좋아요."

살짝 추운 듯했는데 뜨거운 갈비탕을 먹었더니 몸이 나른해졌다. 이윤수 선생님은 무슨 말을 하려고 그러는지, 인이 눈치를 보면서 망설이는 것 같이 자꾸 물을 마시면서 뜸을 들이더니 겨우 말을 꺼냈다.

"혹시 사귀는 사람 있어요?"

뜬금없는 질문에 인이는 정신이 번쩍 들어 이윤수 선생님을 빤히 쳐다봤다.

"……."

"나는 처음 송인이 선생님을 보고 '이 여자가 내 여자가 되었으면 좋겠다.' 했지만, 내가 너무 초라해서 차마 말을 할 수가 없었어요. 나는 가난하지만 열심히 살려고 노력하는 사람입니다. 송 선생님이 나와 결혼해 준다면, 나는 다른 여자를 생각하거나 나쁜 짓은 하지 않을 것입니다. 송 선생님만을 위해서 살 것입니다. 송 선생님이 내가 가난해서 싫다고 하면, 어쩔 수 없지만 나는 송 선생님을 영원히 사랑할 것입니다. 송 선생님의 답변을 듣고 싶습니다."

"……."

"마음에 안 들으면 어쩔 수 없지요."

"그게 아니고 갑작스러워서요. 더 좀 생각하기로 해요. 그때 가서 선생님이 더 좋아하는 사람이 생길 수도 있구요."

"나는 이미 정했습니다. 송 선생님의 답변만 기다릴 뿐입니다."

이윤수 선생님이 인이에게 프러포즈를 했지만, 마음에 드는 것은 아니었다. 그래서 조금 더 생각하자고 말했다. 사람은 좋은 것 같은데 잘 생기고 멋있는 사람도 아니고, 게다가 가난하다고 하니까 내키지 않았다. 불쌍하다는 생각도 들고 동정이 가기도 했지만, 마주 보고 딱 잘라 거절하기는 거북했다. 인이는, 이윤수 선생님이 나쁜 사람이라고는 생각하지 않지만, 결혼하기에는 조건이 맞지 않았다. 이윤수 선생님은 돈이 없어 금방 결혼할 수 있는 입장도 아니었다. 부모님이 가난해서 동생들의 학비를 대 줘야 한다고 했다. 그 후로 아무 일 없이 또 일 년이 흘러갔다. 이윤수 선생님은 인이에게 치근덕거리지는 않았다. 차분하게 인이의 답변을 기다렸다. 새로 들어오는 총각 선생님들이 오니까 인이 마음이 그 사람들에게 갔지만, 착한 이윤수 선생님을 생각하게 되었다. 부모님께 여쭈어 봤다.

"니가 뭐가 부족해서 그렇게 가난한 사람에게 시집을 가니. 당장 들어갈 집도 마련하지 못한 사람과 결혼하면 생전 고생이지. 게다가 맏아들이면 부모님도 책임져야 하고, 동생들 뒷바라지하다 보면 언제 돈 모아서 조그만 아파트라도 장만하니? 고생할 것이 뻔하다. 나는 반대다."

어머니는 절대로 안 된다고 했다. 인이는 망설여졌다. 여기저기서 혼인 말이 오가니 부모님은 그 사람 잊고 재산이 있는 사람에게 가라고 독촉했다. 이윤수 선생님도 마음이 불안한지 인이에게 대답을 해달라고 말했다. 인이는 부모님이 대답을 하지 않는다고 했더니, 부모님을 만나 뵙게 해달라고 졸랐다. 이윤수 선생님이 인이네 집에 찾아와 부모님에게 큰절을 하고 무릎을 꿇고 앉았다.

"제가 가난하기는 하지만 송인이 선생님만 위하고, 절대로 다른 생각은 하지 않고 열심히 살면, 부자는 되지 않더라도 행복하게 해줄 자신이 있습니다. 저를 믿어 주시면 고맙겠습니다. 이렇게 부탁드립니다."

두 손을 모으고 인이 부모님을 설득했다.

"가난한데 어떻게 행복하게 해줄 수 있다는 거죠?"

"돈이 많다고 행복한 것은 아닙니다. 마음이 편해야 행복하지요. 저는 절대로 송인이 선생님을 괴롭히지는 않겠습니다. 허락해 주십시오."

무릎을 꿇고 사정을 했다. 부모님이 다음에 말하자고 하고 보냈다. 이윤수 선생님은 어두운 얼굴을 하고 갔다. 이윤수 선생님이 간 뒤에 아버지가 저만한 사람이면 부자는 못 되더라도, 마음은 편하게 해줄 수 있을 것 같다고 했다. 어머니도 고개를 끄덕였다. 다음 날, 인이가 부모님이 허락하셨다고 했더니, 이윤수 선생님 얼굴이 환하게 밝아지면서 아주 좋아했다.

"이제 아무 걱정 없이 열심히 살 겁니다. 감사합니다. 정말 행복합니다."

이윤수 선생님은 인이를 으스러지도록 꼭 껴안았다. 우리는 부모님의 허락을 받고 사귀기 시작했다. 이윤수 선생님은 동생들 학비 때문에 금방 결혼할 수 없었다. 그러면서 결혼하기 전까지는 참고 살자고 했다. 인이도 그러기를 원했지만 서운하기도 하고 의심이 되기도 했다. 언니가 결혼 전에 연애를 하고 임신이 되면서 임신중절 수술을 했었다. 그 이후로 그 남자와 헤어지고, 다른 남자와 결혼했지만 처음에 중절 수술한 것이 잘못되었는지 임신이 되지 않았다. 인이는 언니를 보면서 혼전 임신은 절대로 안 된다고 생각했다. 인이는 3년을 기다렸다. 기다리다 보니 돈이 많은 남자나 잘 생긴 남자를 만나면 마음이 흔들렸다. 돈도 없고 잘나지도 않은 남자를 위해서 내 인생을 이렇게 허비하는 것이 잘한 일인가 생각이 들 때도 많았다. 나이가 드니 중매도 들어오고, 부모님도 다른 사람과 결혼하는 것이 낫지 않느냐고 했다. 지루하게 기다리다 보니 많은 생각을 하게 되고, 망설인 적도 있었다. 오래 기다려서 인이는 이윤수 선생님과 결혼했다. 결혼하자마자 이내 임신이 되었다. 남편이 무척 좋아해서 그런대로 신혼생활을 무난하게 지냈다. 임신이 되고 힘들기는 했지만, 남편이 정성을 다해 잘해 주어서 결혼한 것이 후회되지 않았다. 결혼 전에 약속했듯이, 남편은 조금도 허튼 짓은 하지 않고 퇴근하면 집으로 곧장 들어왔다. 집에 와서 집안일을 인이에게만 맡기지 않고 같이 해주었다. 인이가 늦게 들어온다고 하면, 시장에 들러서 반찬거리를 사다가 반찬도 아주 맛있게 만들어 상을 차려 놓고 기다렸다. 가난한 것 말고는 나무랄 것이 없었다.

"우리가 참고 기다린 보람으로 금방 아기가 생겨서 좋다. 나는 당신 닮은 딸을 낳았으면 좋겠다."

"나는 첫애라 아들이었으면 좋겠어."

입덧을 심하게 했다. 남편은 입덧하는 인이를 안타까워서 일을 못하게 하고, 먹고 싶다는 것은 다 사다 주었다.

"이 녀석이 엄마를 너무 괴롭힌다."

병원에서 딸이라고 했다. 뱃속에서 아기가 태동을 심하게 해서 힘들었다.

"엄마는 얌전한데 이 녀석은 운동선수가 되려나. 왜 그렇게 엄마를 괴롭히나. 이 녀석이 뱃속이 운동장인 줄 아나. 엄마를 너무 힘들게 한다."

남편은 인이보고 얌전하다고 하지만 인이는 술만 먹지 않았지, 성격은 활달한 성격이다. 남편은 힘들어하는 인이를 안타까워했다. 뱃속에서 그렇게 요란을 떨더니, 아기는 정말 활동적이었다. 태어나 열 달도 안 되어 걸음을 걷기 시작했고, 말도 빨리했다. 무엇이든지 다 빨랐다. 유아원에 가서는 아이들과 잘 어울리고, 유치원과 초등학교에 가서도 친구들을 잘 사귀면서 씩씩하게 운동도 잘했다.

딸 바보

남편은 딸을 아주 예뻐했다. 딸을 자기 혼자 낳은 것처럼 귀여워했다. 아기가 밤새 울면 잠을 못 자고 아기를 봐 주면서도, 신경질도 부리지 않고, 딸이 원하는 것은 힘들어도 다 해주었다. 친정어머니가 아기를 봐주는데도 신경이 쓰인다고 했다.

"이 서방이 저만 딸을 낳았나, 하도 유난을 떠니까, 내가 제 딸을 잘못 봐줄까 봐, 신경 쓰는 것 같으니, 아기 봐주는 것도 사위 눈치를 보게 된다."

인이가 봐도 너무 하는 것 같이 보였다.

"당신 너무 하는 것 아니야? 그러다 애 버릇 나빠지겠어요."

"나는 내 딸이 정말 이뻐. 게다가 내가 원하는 당신을 닮아서 더 좋아. 나는 내 딸이 원하는 것을 다 해주고 싶고, 내 딸을 위해서라면 무엇이든지 해주고 싶어요."

딸은 엄마 얼굴을 닮았는데, 혈액형은 누구를 닮았나, 모르겠다.

남편 혈액형이 A형이고 인이도 A형인데, 딸은 O형이다. 인이는 왜 그렇지? 의심이 갔지만, 남편은 딸의 혈액형이 O형인 것도 마음에 든다고 했다. 게다가 딸은 아빠를 전혀 닮지 않았다. 피부가 아빠는 검은데, 딸은 엄마 피부를 닮았는지 곱고 하얗다. 첫애는 아빠를 닮는다고 하는데, 딸은 엄마를 닮았다. 아무리 봐도 아빠를 닮은 곳이 없다. 남편은 딸이 자기 닮지 않고, 인이를 닮아서 더 좋다고 했다. 딸이 네 살이 되고 아들을 낳았다. 남편은 아들이 자기와 똑같이 생겼는데도 딸을 낳았을 때처럼 좋아하지 않았다. 아들은 혈액형까지 A형이다. 아들은 임신해서도 순했고, 태어나서도 아주 순둥이였다. 아기이기도 하고 내리사랑으로 인이는 아들이 더 예뻤다. 욕심 많은 딸은 엄마가 제 동생 예뻐하는 것도 질투했다. 남편은 아들을 어디서 주어온 새끼처럼 관심이 없고, 딸만 위해 주었다. 딸은 아주 말괄량이였지만 남편은 그런 딸을 좋아했다.

"엄마, 나는 왜 아빠 엄마하고 혈액형이 달라. 엄마가 바람피운 것 아냐?"

"바람피울 시간도 없었다. 내가 처음 배정 받은 학교에서 눈이 먼 아빠를 만나 그럴 생각도 못했다. 다른 사람과 연애라도 해 봤으면 좋았을 것을 후회가 된다."

"후회된다고? 그럼 아빠는 엄마 말고, 다른 여자와 연애라도 했었나요?"

"나는 모르지만 그랬을 수도 있지."

인이가 대답했다.

"아니, 나도 억울하다. 엄마만 아니었으면 연애를 실컷 해 보고 결혼했을 텐데."

"뭐야? 그럼 둘 다 후회한다는 거야. 그럼 난 뭐요? 사랑하지도 않으면서 나를 낳았어요? 아이 재미없어."

"나는 네 엄마를 만나고, 엄마에게 홀딱 반해서 다른 여자는 보이지도 않더라. 나와 결혼해 준다는 엄마가 고맙기만 했다. 그래서 너는 우리가 사랑하면서 낳았거든. 지금도 사랑하고 있고."

"맞아, 너는 우리가 정말 사랑하면서 낳은 버릴 수 없는 씨앗이야."

"그런데, 왜 나는 아빠를 닮지 않았지요?"

"닮은 데가 없는 것 같아도 닮은 데가 많지. 고집 센 것도 똑 닮았고…."

"엄마가 고집이 더 세던데?"

"그럼, 엄마 닮았네."

남편은 대답하면서 싱글싱글 웃었다.

인이는 도저히 풀 수 없는, 아무도 모르는 비밀이 있다. 그때, 그날 저녁, 무슨 일이 있었나! 왜 그날 옷을 입지 않고 있었나? 그날 이후로 인이에게 아무 일도 없었다. 딸이 남편을 닮았다면 의심을 하지 않을 것인데, 어째서 딸은 남편을 닮지 않았나? 술을 먹을 줄 모르는 인이는 그날 술을 얼마만큼 먹었는지, 전혀 생각이 나지 않았다. 얼마나 술을 퍼 마셨으면 집으로 오지 못하고, 숙이네 집으로 갔고, 옷까지 벗고 잤나? 친구들이 모두 나갔는데도 아무것도 모르고 죽어 있었다. 게다가 두 번째 낳은 아들은 제 아빠와 똑같이 생겼다. 그 생각만 하면, 풀리지 않는 마음으로 가슴이 답답했다. 남편에게 죄 지은 것 같기도 하고, 그렇다고 남편에게 말할 수도 없다. 인이는 마음속에 내려가지 않은 체기가 있어 늘 혼자 가슴속으로 앓았다. 죽기 전까지 수수께끼를 풀지 못하고 눈을 감을 것 같다. 우리는 결혼하기 전까지 잠을 같이 잔 적이 없다. 결혼식 이틀 전, 처녀로서 마지막이라고 친구들과 실컷 춤추고 놀았다.

"우와…, 너무 좋다. 이 밤이 가지 않았으면 좋겠다."

"인이가 저러는 것, 오늘 처음 본다. 인이가 저럴 때도 있구나."

친구들은 인이가 술을 많이 마시고 정신 못 차리는 것을 보고 놀랍다고 했다.

인이가 아침에 일어나니 우리 집이 아닌 숙이네 집인데, 출근했는지 숙이는 보이지 않았다. 인이는 어떻게 내가 여기 있는지 생각이 나지 않았다. 이불만 덥고 있는데 팬티도 입지 않았다. 내가 옷을 벗고 잤단 말인가? 인이는 집에서 속옷을 안 입고 잔 적이 없다. 이게 어떻게 된 일인지, 이해가 되지 않았다. 누가 있어야 물어보기라도 할 텐데 아무도 없다. 시간은 10시가 지났다. 아침에 이렇게 늦게까지 잔 적도 없다. 그런데 아래가 아픈 것 같다. 왜 아프지! 어디에 넘어졌었나? 알 수 없는 일이다. 오늘 함이 들어온다고 했다. 옷을 주섬주섬 입고 일어났더니 머리가 뻐개지는 것같이 아프고, 어지러워 간신히 집에 왔다. 저녁에 이윤수 선생님이 친구와 함을 가지고 왔다. 함이 들어오기 전에 인이 친구들이 먼저 왔다. 친구들에게 어제 무슨 일이 있었느냐고 물었다. 아무 일도 없었고, 인이가 너무 취해서 숙이네로 데리고 가서 같이 자고, 일어나지 않아서 자기들은 출근했다고 말했다. 옷은 왜 벗겼느냐고 물어봤다.

"얘는 웃긴다. 누가 옷을 벗겨."

"그럼, 내가 왜 옷을 입지 않고 잤지. 이해가 안 된다."

"그래애…. 술이 취해서 모두 그냥 고꾸라져 잤는데…. 무슨 일이야? 니가 덥다고 자고 깨서 벗었나 보다. 누가 네 옷을 벗기니?

딸 바보 43

그런 일 없었어…. 왜 그래? 술을 많이 먹더니 너 이상한 소리 한다."

인이는 원래 술을 먹지 못했다. 친구들이 얼마를 먹였는지 알 수가 없다. 도무지 생각이 나지 않았다.

"나 술 많이 먹었니?"

"음, 어째 주는 대로 마시더라. 평소에 술을 먹지 못하던 니가 웬일로 많이 마셔서 그만 먹으라고 했더니, 더 달라고 하더라. 그러더니 일어나지도 못하고 쓰러지더라. 간신히 부축해서 택시 타고 우리 집까지 왔지."

숙이는 의아스럽다는 듯이 대답했다.

"말리지, 왜 그냥 뒀냐?"

"말렸지. 처녀로서 마지막이라고 하면서 내가 마시려고 하는 술잔까지 빼앗아 가더니 쓰러졌지."

"내가 그랬어? 미쳤었나 보다."

"그래, 나도 너 그런 것 처음 봤어."

"내가 왜 그랬지. 이해가 안 된다."

이윤수는 결혼 전날, 아침 일찍, 오늘 함 들어가는 것을 의논하려고 핸드폰으로 전화했다. 받지 않아서 장모에게 전화했다. 장모가 어제 들어오지 않았다고 하면서 숙이네서 잘 것이라고 했다.

"어제 친구 만난다고 나가더니 아직 들어오지 않았어. 그러지 않아도 내가 전화해 보려고 하고 있는데…."

"네, 알겠어요. 어머니 제가 그 친구네 가 볼게요."
"자네가 숙이네 집 아나?"
"네, 그 친구네 가 본 적 있거든요."

숙이네는 이윤수도 간 적이 있어 찾아갔다. 숙이가 혼자 살고 있었기에 갔더니 아무도 없고, 문도 그냥 열렸다. 방에 들어가니 인이 혼자 자고 있었다. 자는 모습을 보니 금방 마음이 달라졌다. 지금까지 참았던 그것이 발동했다. 내일이면 내 아내가 될 사람인데 참지 않아도 된다는 생각으로 인이를 껴안았다. 이윤수는 인이 옷을 벗겼다. 인이는 점하나 없는 뽀얀 살이 정말 아름다웠다. 황홀했다.

"으으음. 으으으…."

신음하는 소리를 해서 깨어나는 줄 알았더니 돌아누웠다. 뒤척이더니 그냥 잔다. 오래 껴안고 자고 싶었지만, 누가 볼까, 두려운 마음이 들어서 일어났다. 인이 입에서는 술 냄새만 났다. 어떻게 이렇게 술을 많이 마셨단 말인가. 지금까지 술을 먹지 못한다고 하더니 거짓말이었다. 화장지로 뒤처리를 해서 가방에 넣어 가지고 나왔지만 겁이 났다. 이윤수는 처음 있는 일이지만, 인이도 처음인 모양이었다. 하루만 참을 것을, 인이에게 미안했다. 그렇지만, 너무 황홀한 잠자리라서 생전을 잊지 못할 일이었다. 인이와의 약속을 지키지 못한 것만 못내 아쉬웠다. 누가 올까 겁이 나서 옷도 입혀 주지 못하고, 쫓기듯이 급하게 나온 것이, 이윤수는 자기 자신이 비겁한 인간이라고 자책했다. 좋은 아침이었지만 미안하기도 하고, 아직도 일어나지 않았나, 궁금해서 12시에 인이에게 전화했다.

"어디에요? 아까 전화하니까 안 받던데?"

"전화했어요? 숙이네서 잤어. 어떻게 그렇게 늦게까지 잤는지 몰라. 어제 친구들과 놀고 술을 먹었는데 아주 죽었었나 봐. 숙이는 내가 못 일어나니까 그냥 출근했나 봐요. 아무것도 생각이 안나요. 나는 술을 먹을 줄 모르는데 술 먹고 뻗었나 봐. 나쁜 년들, 나를 아주 골탕 먹이려고 했나. 술을 그렇게 많이 먹이는 게 어디 있어, 세상에 내가 이럴 줄은 몰랐어요. 아이 창피해."

"술을 먹지 못한다면서요? 거짓말이었네."

"그러게 말이에요. 내가 어떻게 술을 그렇게 많이 마셨나."

인이는 아무것도 모르고 있다. 어떻게 그럴 수도 있나? 이해가 가지 않았다. 이 여자 술 먹으면 큰일 나겠다. 이윤수는 내가 살면서 말려야겠다고 생각했다. 그렇게 아무 일도 없는 것처럼 결혼을 했고, 금방 임신을 했고 딸도 낳았다. 딸은 이윤수를 하나도 닮지 않았고 인이를 빼 닮았지만, 분명 딸은 내 딸이기에 너무 예뻤다. 예정일도 틀리지 않았다. 게다가 딸이 하는 짓이 어쩜 그렇게 귀엽게 구는지 딸만 생각하면 이윤수는 행복한 웃음이 절로 나왔다. 혹시, 그날 저녁에 딸이 만들어졌을 수도 있다고 생각하니 더욱 귀엽기만 했다. 이윤수는 결혼하고, 인이가 임신하고, 딸을 낳으면서 아주 행복했다. 아침에 눈을 뜨면, 새 세상을 사는 것처럼 즐거워서 노래가 절로 나왔다. 인이는 딸이 아빠를 닮지 않아서 미안해하는 것 같다. 그렇지만 이윤수는 내 딸이 분명하기에 더욱 소중하기만 했다. 이윤수는 비밀을 알기에 혼자 생각하고 웃었다. 인이는 아무

것도 모르는 것 같다. 그렇지만 옷을 안 입고 있었기에 의심을 할지도 모르겠다. 옷을 입혀 주고 나올 것을 당황스러워 급해서 그냥 나온 것이 후회되었다. 지금 생각해도 내 처사가 너무 잘못되었다. 인이가 무엇을 의심하고 잘못 착각해도, 자기 입으로 말하지 않을 것이고, 생전 의문으로 알 것이다. 아무도 아는 사람은 없다. 이윤수 혼자만 알고 있다. 두 번째는 아들을 낳았다. 아들은 이윤수 자기를 쏙 빼 닮았다. 그러다가도 혹시? 하고 아내에게 의심을 해 보았다. 그러나 그날 이윤수는 인이가 처음이라는 것을 알았다. 그랬기에 의심을 하지 않아도 되었다.

　인이는 결혼하고 친구들과 모임이 있거나 술을 먹어야 할 일이 있을 때, 절대로 술을 한 모금도 마시지 않았다. 말리지 않아도 되었지만 인이에게 미안하기만 했다. 이윤수는 진작 말해 주고 싶지만 내 입으로 말하기가 거북하고, 말하면 인이가 너무 화낼 것 같아 무서워서 말하기가 어려웠다. 그래도 죽기 전에는 꼭 말해 주어야겠다고 생각했다. 이윤수가 한 잔만 마시자고 해도, 자기는 술을 먹으면 아주 죽어버리는 실수를 한다고 절대로 술을 마시지 않았다. 죄 없는 인이를 죄인처럼 뒤집어 씌워 놓고, 이윤수는 인이를 지켜보고 있다. 그럴 때마다 말하고 싶은 것을 참았다. 이윤수는 자기가 약속을 지키지 않고, 인이 혼자 괴로워할지도 모르는데, 이것은 아내를 사랑하는 남편이 할 짓이 아니라는 것을 알고 있다. 그렇지만 차마 말하기가 어려워 날마다 기회만 노리고 있다.

딸은 아빠를 닮았는지 국어를 아주 잘했다. 인이는 수학을 잘해 수학과를 나와서 수학 선생님이 되었지만, 이윤수는 국문과라서 국어 선생님이고 글을 잘 썼다. 딸과 아빠는 시를 써서 서로 토론하지만, 인이는 그쪽은 재미가 없다. 아들은 엄마를 닮아서 수학을 잘했다. 이윤수는 딸이 글 쓰는 것을 아주 좋아했다.

딸은 학교에서 글짓기 대회에 나가면 언제나 대상을 탔다. 갈수록 글 쓰는 것을 좋아해 학교에서 문예반에 들어갔다. 인이는 딸이 글 잘 쓰는 것을 좋아하지 않았다. 다른 공부를 잘해서 의사가 된다든지, 아니면 로스쿨에 들어가기를 바라는데 다른 과목은 관심이 없다. 오직 시집을 읽거나, 소설을 읽고 글을 쓰려고만 했다. 아빠 이윤수는 딸이 자기를 닮아서 글을 쓰는 것이 대견하기만 했다. 아들은 소설을 읽거나 글 쓰는 것에는 관심이 없고 컴퓨터 앞에만 앉아 있다. 아들은 컴퓨터공학과에 갈 것이라고 했다. 아들과 딸의 생각이 아주 달랐다.

"아빠, 이번에 내가 쓴 짧은 소설이 장원으로 뽑혀서 학교 신문에 났거든요, 교장선생님이 엄청 칭찬하셨어요."

"제목이 뭔데?"

"아빠 안 닮은 딸."

"아빠와 네 이야기를 수필로 쓴 거야?"

"아니, 소설이에요. 대신 내가 아빠를 안 닮아서 그 생각은 했지."

"너는 아빠 닮아서 글을 잘 쓰잖아."

"그건 그래요. 그런데 선생님들이 아빠가 가르쳐 줬느냐고 자꾸 말해요. 아닌데."

"하여튼, 나는 우리 딸이 나를 닮아서 글 쓰는 것을 좋아하는 것이 너무 좋다. 니가 내 딸인 것이 생각만 해도 대견하고, 내가 딸을 낳았다는 것이 얼마나 보람이 있는지 몰라, 아빠는 네 덕분에 살맛이 난다."

학교 선생님은 이윤수가 딸에게 글 쓰는 것을 도와줘서 잘 쓴다고 말했다. 이윤수는 창의력이 떨어질까 봐 딸에게 글을 가르쳐 주지 않았다. 딸은 가르쳐 주지 않아도 시도 잘 쓰고, 소설도 잘 썼다. 딸이 쓴 글을 읽어 보면, 어떻게 저런 생각을 했을까? 깜짝깜짝 놀라고 있다. 남들이 아빠가 도와줬느냐고 하면, 딸은 들을 때마다 억울할 것 같다.

"잘한다. 둘이서 짝짜꿍이 맞아서 좋겠다. 글 써서 부자 되었다는 소리는 들어보지 못했다. 나는 남편이 글만 쓰고, 답답하고 재미없는데 딸마저 그 길로 간다니까 실망이다. 게다가 무조건 딸이 하는 것은 다 좋다고 하는 '딸 바보'인 아빠가 있어서 진아는 참 좋겠다."

"엄마는 내가 아빠 닮은 것을 싫어하더라. 엄마는 진명이가 하는 것만 이쁘지?"

"그래, 니가 글 쓰는 것을 좋아하는 니 아빠가 마음에 안 든다."

인이는 남편이 딸만 좋아하는 것이 마음에 안 들었다. 남편은 아들이 컴퓨터학과에 간다고 해도, 어떤 학과에 가든지, 아들에게는 관심이 없는 사람 같았다.

"아빠, 이 옷 이뻐요? 친구들이 나더러 이쁘다고 하더라구."

"그래, 우리 딸이 입은 것은 이쁘지. 너는 아무것을 입어도 이쁘더라."

남편은 딸이 입은 것은 다 예쁘고, 무엇이든 잘하는 것으로만 보이는 것 같았다. 어떻게 딸이 그렇게 예쁘게 보이나? 하기는 인이도 아들이 하는 것은 다 잘하는 것으로 보였다. 세상에 어떻게 저렇게 잘할 수 있을까. 자식은 그렇게 예쁘니까 키우는 것인가 보다. 딸이 여행 갔을 적에 갈비를 먹으면서 남편은 '우리 진아가 갈비를 참 좋아하는데, 우리끼리만 먹어서 미안하다.' 하고 딸을 생각했다. 그런 것을 생각하면, 자식 없는 사람은 무슨 희망을 가지고 사나? 자식 없는 사람이 참 불쌍하다는 생각이 들었다. 인이가 어렸을 때에 내 부모도 나를 그렇게 생각했을까? 우리 아버지도 나를 예뻐하기는 했지만, 저렇게 뭐든지 잘한다고는 하지 않았다. 남편은 진아가 하는 것은 모두가 예쁘고, 잘하는 것으로 아는 것 같다. 어떤 때는, 진아가 인이 자기가 낳은 딸인데도 질투가 났다. 하루는 딸과 인이가 싸웠다.

"그건 안 돼. 우리가 무슨 재벌도 아닌데, 그렇게 비싼 옷을 사고, 우리 식구는 너 때문에 굶어야 하니?"

"나도 너무 비싸서 안 사려고 했지만, 내가 며칠 굶더라도 그건 꼭 사고 싶은데, 엄마는 딸이 이렇게 원하는데 안 사 주면 마음이 편하겠어요?"

"너는 글만 잘 쓰면 됐지. 왜 비싼 옷이 필요하지?"

"낭송을 하면 그런 옷을 입어야 한다고 친구들은 다 사 입는데 나만 거지같잖아. 흑흑…."

남편이 왔다. 남편이 딸이 우는 것을 봤다.

"진아야, 왜 울어, 뭔데 그래?"

"진아가 낭송한다고 평소에 입는 옷도 아닌데 비싼 옷을 사 달라고 하잖아요?"

"내가 사 줄게. 딸이 원하는데 사 줘야지."

"뭐야, 당신은 딸 비싼 드레스 사 주고, 식구들은 밥을 굶어도 된다는 거요? 지금 당장 생활비가 부족해서 곗돈도 못 주고 있는데 그럼 싼 것으로 사면, 되잖아."

"싼 것은 싫어. 안 입어. 나만 거지같이 하고 다니라고. 흑흑…."

"뱁새가 황새를 따라갈 수는 없지."

"우리 딸이 왜 뱁새야? 걱정 마. 아빠가 사 줄게."

"저러니 애 버릇이 나빠지지."

남편은 굶더라도 딸이 원하는 것은 사 줘야 했다. 아들이 그랬다면, 남자가 아무것이나 입으면 어떠냐고 했을 것이다. 남편은 아내인 인이 말보다 딸이 우선이었다. 괘씸했다. 어떻게 딸에게 그렇게 반할 수 있나, 이해가 되지 않았다. 남편이 딸 편만 드니까 딸이 미웠고, 실컷 때려주고 싶을 때도 있었다. 딸도 이제는 엄마에게 말해 봤자 들어주지 않으니까 원하는 것이 있으면, 아빠에게 말했다. 그러다 보니 딸 때문에 남편과 싸우기도 했다. 결국 여당과 야당처럼 엄마 편과 아빠 편으로 갈라졌다. 딸은 남편의 딸이고, 아들은 인이 아들이었다. 남편은 딸 옷을 사 주고, 곗돈을 내놓지 않아 인이는 속이 상했다. 부모님에게 다달이 보내드리는 돈도 못 드리게 생겼다. 돈이 부족하니까, 남편과 싸웠다.

"당신은 내 말보다 딸 말만 들리나 봐요? 그러니까 진아가 내 말은 듣지 않지."

"진아가 남의 딸이야? 당신과 내 딸이잖아. 딸이 좋아하는 것은 해줘야지."

"그럼 아들은 남의 자식인가. 왜 당신 진명이는 신경쓰지 않지?"

"진명이는 남자니까 털털하고 용감하게 키워야지."

남편과 가끔 싸웠지만, 남편은 언제나 딸만 위했다. 딸이 중학교에 가니까 사춘기가 왔는지 신경질만 부렸다. 그래도 남편은 딸이 귀엽다고 했다.

"아니 저게, 왜 저렇게 신경질만 부리고 지랄이야. 제 아비가 버릇을 못되게 가르쳐서 저 지경이 됐지."

"조금만 참아요. 사춘기라 그러잖아. 나는 그러는 것도 귀엽기만 하구먼."

딸이 신경질 내는 것도 귀엽게 보는 남편이다.

"저게, 누구를 닮아서 저 지경이야. 어디서 주워온 것도 아니고. 어이구, 답답해."

인이는 정말, 저게 누구 자식인가! 의심이 들기도 했다. 그날 저녁, 어떤 남자가 들어와서 무슨 일이 있었던 것은 아닌가? 혈액형도 다르고, 얼굴도 안 닮았고, 인이는 딸을 생각하면 이해할 수 없다. 남편은 아무것도 모르고 딸 편만 들고 있다. 그런 생각을 하니까 잠이 오지 않았다. 유전자 검사를 하고 싶기도 했다. 만약 진아가 남편의 딸이 아니라면, 생각만 해도 무섭다. 요즘 갱년기 증상이 일찍 왔는지 인이는 마음이 불안했다. 의심은 꼬리가 꼬리를 이어서 밤을 새웠고, 마음이 괴로워서 살고 싶지도 않다. 남편은 인이가 그런 생각하는 것을 눈치챈 것 같다.

"당신 왜, 잠을 못자고 있어. 무슨 내가 모르는 고민이라도 있는건가?"

"무슨 고민이 있어. 당신이 착실하게 사는데, 다만 진아가 내 말을 안 듣고 신경질만 부리니까 속이 상한 것뿐이지. 왜, 쟤가 누굴 닮아서 성질이 저렇게 못되었나. 나를 엄마로 생각하지 않고 나를 개똥같이 생각하고 있잖아요."

"왜? 그래서, 의심이 되나?"

"무슨 의심?"

"남의 자식일까 봐?"

"당신 이상한 소리 하네요. 그럼 내가 바람이라도 피웠다는 말이야?"

"혹시, 내가 모르는, 나하고 결혼 전에 무슨 일이 있었던 것 아니야?"

"뭐, 뭐라구요?"

딸 바보 53

"내가 결혼 전날, 아침에 전화를 받지 않아 숙이네 갔더니 문은 열려 있고, 당신은 팬티도 안 입고 발가벗고 자던데?"

"뭐야? 그날 당신이…?"

인이는 지금까지 가슴에 맺혔던 참았던 눈물이 폭포수처럼 쏟아졌다.

"잘못했어. 미안, 미안해요."

이윤수는 인이를 꼭 껴안았다.

양반

양반

　금자는 부엉이 골 양반집 딸이다. 얼굴이 하얗고 예쁘게 생긴데 다 가난한 동네에서 옷도 비단 옷을 입고 다녀서 하늘에서 내려온 공주 같았다. 금자는 우리 동네에 있는 학교에 다니면서 귀한 돈을 마구 썼다. 우리는 돈 잘 쓰는 금자가 부러웠다. 어른들이 곡식을 가지고 십 리나 되는 읍내에 가서 돈과 바꾸어 오지만, 아이들은 돈을 만져 보지도 못 했다. 학교에 내는 사친회비도 비싸서 간신히 냈다. 돈이 없어 못 내는 아이들은 날마다 선생님이 빨리 내라고 독촉했다. 연필이나 공책도 부모님이 사 주는데, 연필도 딱 한 자루 가지고 다니면서 칼로 깎아 쓰고 몽당 연필심이 다 닳도록 썼다. 그것도 아무리 꼭꼭 눌러써도 흐릿하게 나와서 침을 발라 썼다. 금자는 글씨가 진하게 써지는 외국제 연필을 쓰고 돈을 종잇조각처럼 생각했다. 다른 아이들은 종이도 귀해서 마분지 조각도 아껴 썼다.

　우리 동네는 복 씨가 많이 살고 있다. 복 씨는 우리 동네뿐 아니라 이웃 동네에까지 많이 살아서 면장 선거를 하면 단연 복 씨가 당선됐다. 국회의원 선거를 하면 우리 동네의 제일 어른에게 먼저 인사를 하러 왔다. 다른 성씨들도 살고 있지만 우리 복 씨처럼 많이 살지 않았다.
　옆 동네 부엉이 골에는 다른 성씨는 많아도 이 씨는 달랑 한 집 살고 있었다. 땅이 많고 돈이 많은 부자라고 했다. 그분은 조용하고 점잖고 별로 밖에 나다니지도 않았다. 하기는 조용하지 않고 잘난 체 하면 복 씨네들이 꼴사납다고 가만두지 않았을 것이다. 그분이 어쩌다 여름에 출타를 하는 것을 봤다. 고운 세모시 옥색 모시 두루마기를 입은 모습은 그야말로 위엄이 있는 부잣집 양반의 모습이었다. 키가 크고, 얼굴도 잘생기고 위엄이 있어 보였다. 그 부인도 얌전하고 고운 모습이 품위 있는 양반집 부인이었다. 그런데도 우리 복 씨들은 그분을 양반이라고 생각하지 않고 낮추어 봤다. 그 분도 우리 복 씨에게는 잘난 척하지 않았다. 그 주위에는 그 집 땅을 빌려 농사짓는 사람들이 많아 양반 유지를 하고 살았다. 그분은 양반을 돈 주고 샀다는 설이 있고, 우리 동네가 아닌 우리 이웃 동네인 부엉이 골로 이사 왔다는 소문이 있었다. 우리 동네에서 다른 타성이 잘난 체하고 살기는 어려웠다.

그런 그분에게 아주 예쁜 딸이 하나 있었다. 얼굴은 나무랄 데 없이 예쁜데 얌전하지 않고 촐랑대고 살았다. 부인은 아기를 낳지 못하다가 대를 이을 아들이 아닌 딸 하나를 낳았다. 귀한 딸이라 금자라고 이름을 짓고 금덩이같이 귀하게 길렀다. 이 딸이 귀엽게 길러서 그런지 어른을 공경할 줄도 모르고 양반이 지켜야 할 도리도 몰랐다. 집안에는 일하는 머슴과 살림해 주는 아줌마가 주인집 딸이라고 위해 주었다. 금자는 세상에 무서운 것이 없고 천방지축 버릇없이 자랐다.

우리 동네가 조선 시대에는 떵떵거리고 잘 사는 집이 많았다. 일본 식민지가 되면서 나라를 찾겠다고 땅을 팔아 애국운동을 하는 사람들이 많아서 가난해졌다. 게다가 6.25 전쟁을 겪고 나서 밥 먹고 살기가 힘들어졌다. 내가 초등학교 2학년일 때 금자는 4학년이었다. 너무 잘난 체를 하더니 내게 '너 돈 가지고 싶어? 이까짓 돈이 뭐라고.' 하더니 그 귀한 새 돈을 짝짝 찢어 버렸다. 우리는 돈이라는 것을 만져도 못 보는데 돈을 찢어 버리다니. 줍고 싶지만 어린 마음에도 자존심이 있어 줍지는 않았다. 내게 부자라고 과시하고 싶었던 모양이었다.

"니 오빠에게 일러라. 니 오빠, 그 새끼 내가 가만두지 않을 거야."

공연히 내가 말도 하지 않았는데 우리 오빠에게 욕을 했다. 저 여자가 아무리 키가 크다고 해도 기운이 장사인 우리 오빠를 이길 수 없을 텐데, 공연히 잘난 척하고 있다고 생각했다. 금자는 앞뒤에 보이는 것도 없고 안하무인으로 자랐다.

　우리 동네에 물방앗간이 있다. 그 방앗간 주인은 이사 온 지 그리 오래 되지 않았다. 체격이 좋고 기운깨나 쓰게 생겼고 아들이 많았다. 아들들도 아버지를 닮아서 씨름 장사같이 덩치가 컸다. 아들들이 거리를 다닐 때 보면 감히 누가 그들과 대적할 수 없을 정도로 힘깨나 쓰게 생겼다. 그 사람들은 우리 동네 곡식을 찧어주고 돈 벌어먹고 살고 있으니 동네 사람들과도 잘 지내고 있었다. 그 집 둘째 아들은 아들들 중에도 더 기운이 세고 체격이 좋았다. 그 집 둘째 아들 돌쇠와 부엉이 골 금자가 연애한다고 동네에 소문이 파다하게 퍼졌다. 이 씨는 미칠 지경이었다. 비싼 돈 주고 족보를 사서 양반이 되었는데 하나뿐인 딸이 양반이 아닌 중인 출신과 붙어 다니니 딸이 야속했다. 배운 것도 없고, 겨우 방앗간 일이나 하는 놈과 연애를 한다니 이 씨는 통곡할 노릇이었다. 딸은 어려서부터 말썽을 부려 걱정이 되었지만 나이가 들면 단속하려고 했었다. 아직은 나이가 어려서 설마 했는데 어린 것이 임신을 했다. 딸을 방에 가두고 묶어 놨더니 소리 지르고 난리를 쳤다. 이 씨와 이 씨 부인은 가슴이 찢어지도록 아팠다. 이 씨는 얼굴을 들고 다닐 수도 없는데 방앗간 아들이 왔다. 머슴이 못 들어오게 했지만 백두장사 같은 돌쇠가 머슴을 밀치고 마당으로 들어왔다.

　"금자야 돌쇠가 왔다. 나와라⋯."
　"누가 감히 허락도 없이 남의 집에 들어와 소리치느냐."

"제 여자를 찾으러 왔습니다."

"누가 네 여자야? 이런 못된 놈. 당장 나가지 못하느냐."

"아이구. 장인님. 금자는 제 여자입니다. 제 여자를 돌려주십시오."

돌쇠는 마당에 꿇어앉았다.

"이놈이. 누가 장인이야. 상놈이 어디 감히 양반집 처녀를 제 여자라고. 이런 불한당 같은 놈을 봤나. 이놈을 당장 내쫓아라."

금자는 소리를 질렀지만 입에 수건을 물리고 소리를 지르지 못하게 했다. 머슴이 힘센 돌쇠를 몰아내기에는 역부족이어서 동네 사람들이 쫓아냈다. 동네 사람들은 편들지 않고 싶었다. 그 집 땅을 얻어 농사짓는 동네 사람들은 할 수 없이 거들었다. 그런 일이 있은 이후로 방앗간 아들에게 그 집 대문은 열리지 않았다. 기어이 금자는 방에 갇히어 살다가 아기를 낳았다. 그 집에서 일하는 사람들은 입을 다물었다. 그렇지만 발 없는 말은 천리를 간다고 소문은 먼 동네까지 퍼져 나갔다. 금자는 아버지와 어머니가 잠든 오밤중에 아기를 안고 돌쇠네 집으로 갔다. 돌쇠와 돌쇠 아버지와 어머니는 '얼싸' 좋다고 방앗간 집에 많지 않은 방 한 칸을 돌쇠 부부에게 주었다. 돌쇠의 형은 마땅찮았다. 그러지 않아도 방도 부족한데 방 한 칸을 독차지하고 둘이서 하는 행태는 꼴사나워서 볼 수가 없었다. 돌쇠 아버지와 어머니는 양반 며느리가 들어오니 좋아서 싱글벙글 입을 다물지 못했다. 게다가 떡두꺼비 같은 손자를 안고 들어왔으니 입이 함박만 했다. 사람들만 보면 '우리 며느리가….' 하면서 자랑을 했다. 그렇지만 금자는 말만 양반이지 아무것도 할 줄 아는 것이 없다. 제 집에서 밥 한 번 해 보지 않고 살았지만, 이곳은 누가 금자 심부름을 해주는 사람이 없었다. 배가 고파 밥을 하는데 논에서 흙물을 떠다가 밥물을 부었다. 금자네 집에는 울안에 우물이 있지만 이 집에는 우물이 없다. 불도 땔 줄 몰랐다. 밥을 한다는 것이 밑에는 다 태우고 위에는 익지도 않아서 삼층밥을 했다. 또 어느 날은 밥이 아니라 죽이었다. 시어머니는 일이 바빠 며느리를 도와주지 못했다. 바쁘니까 대충 해 먹고 살던 집이라, 금자는 밥을 먹을 수가 없었다. 그렇다고 친정에 가서 어머니에게 반찬을 달라고 할 수도 없었다. 돌쇠의 형은 돌이 씹힌다고 밥을 못 먹겠다고 했다. "그럼 지가 해 먹든지." 금자가 말했다.

　금자는 돈 안 쓰고는 살 수 없었다. 금자는 돌쇠에게 돈 달라고 볶았다. 돌쇠는 쌀을 팔아서 금자를 주었다. 금자는 장에 가서 방앗간 집에 어울리지 않는 것들을 샀다. 형은 돌쇠에게 금자 욕을 했다. 형과 싸운 돌쇠는 금자에게 아무 말도 하지 않았다. 금자가 같이 살아 주는 것만도 고마웠다. 금자에게 돈 없이 살라고 하는 것은 말이 안 되었다. 금자가 돈 안 준다고 돌쇠에게 자꾸만 졸랐더니 돌쇠가 금자를 때렸다. 금자와 돌쇠는 소리 지르고 때리면서 싸웠다. 그렇게 싸우고 돌쇠는 잘못했다고 빌었다. 공주처럼 살던 금자는 살아가는 것이 힘들었다. 금자는 누구를 때리기는 했어도 맞아 보지 않았는데 돌쇠에게 얻어맞기까지 하니 너무 분했다. 방앗간에 맡긴 남의 쌀을 아주 몰래 장사꾼에게 싸게 팔고 새벽에 도망쳤다.

방앗간에 있는 쌀을 훔쳐 팔기가 쉽지 않았다. 장사꾼과 짜고 감쪽같이 팔았기에 누가 사갔는지 가족들은 몰랐다. 아침에 집안은 발칵 뒤집혔지만 금자는 이미 집을 나갔다. 며칠 후에 돌쇠도 나갔다. 돌쇠는 금자를 찾아서 서울행 기차를 탔다.

딸이 돌쇠의 아기를 낳고, 이 씨와 이 씨 부인은 속이 상해서 말도 못하고 살았다. 금자가 방앗간에서 나갔다는 소문이 났고, 금자 어머니는 병이 나서 일어나지 못하고 앓다가 금자를 부르면서 죽었다. 지금까지 이 씨는 흐트러짐 없이 살던 사람이 날마다 술을 마셨다. 그러다가 술집에서 쓰러져 머슴이 업어 오기도 하고 그냥 술집에서 자고 오기도 했다. 집안 꼴이 엉망이 되었다. 이 씨는 양반 노릇하면서 젊잖게 살려고 했지만, 대를 이을 아들도 낳지 못했다. 늦게 딸 하나를 낳았다. 딸이 어리광을 피우면 귀엽기만 했다. 사위를 얻어 양반 명맥을 잇고 살려고 했다. 딸이 자라면서 얌전하게 노는 것이 아니라 방정을 떨지만 그것조차 예쁘게 봐 준 것이 탈이었다. 계집애가 사내애들을 때려서 상처를 내고 오면 아들이 없는 이 씨는 남자처럼 노는 것도 밉게 보이지 않았다. 공부나 잘하기를 바랐지만 공부도 하지 않았다. 조신하게 바느질이나 하고 신부 수업이나 했으면 좋으련만 나이도 어린 것이 남자들과 어울려 다녔다. 차츰 이 씨는 걱정이 되었다. 기어이 조마조마 했던 딸이 탈이 나고 말았다.

이 씨는 사는 것이 싫었다. 날마다 술에 취해서 정신을 놓고 살았다. 술을 먹지 않으면 숨 쉬고 있는 것조차 부담스러웠다. 아내마저 죽고 누구 하나 괴로운 심정을 말할 사람도 없었다. 양반으로 바뀌고, 이사를 하고 친구들조차 끊어 버려서 고향에도 갈 수 없었다. 친구들도 배신한 이 씨를 좋아할 것 같지 않았다. 날이 새면 하늘을 올려다보기 싫었다. 부모님이 모은 재산을 가지고 양반이 되고 싶어 고향을 배반하고 타관에 온 것이 죄가 되었나, '남들은 아들딸 잘 낳고, 잘 사는데 나는 무슨 죄가 있어 이 꼴이란 말인가.' 하늘을 원망했다. 양반으로 품위를 지키고 잘 살려고 했다. 그런데 간신히 늦게 딸 하나 낳은 것마저 아비를 사정없이 짓밟고 으깨어서 얼굴을 들고 다닐 수 없이 만들었다. 기막혀서 해가 뜨고 날이 밝아오는 것도 화가 났다.

금자는 서울에 가서 술을 판다는 소문이 돌았다. 머슴네 식구들이 '쉬쉬' 하고 말하지 않으려고 했다. 그 소리를 듣고 이 씨는 그 자리에서 고꾸라져 죽고 싶었다. '지가 뭐가 부족해서 술파는 작부가 됐다는 말인가. 돈이 없나. 아비가 없나.' 죽이고 싶도록 미운 딸이지만 집에 돌아오기를 바랐다. 사람을 시켜 서울 가서 딸을 찾으려고 했지만 못 찾았다. 딸을 한 번 만나보고 죽고 싶었다.

외롭고 억울해서 술을 마셨다. 이 씨는 아들 하나만 있으면 소원이 없을 것 같았다. 술집 여자에게 아들 하나만 낳아 달라고 했다. 술집 여자는 아들 낳으면 무엇을 해줄 것이냐고 물었다. 재산을 다 준다고 했다. 이 씨는 술집에서 자고 오는 날이 많았다. 술집 여자가 정말 임신했다. 짐을 싸가지고 이 씨 집으로 들어왔다. 그 여자가 집으로 들어오더니 안주인 행세를 하는데 머슴 내외는 아니꼬와서 그 꼴을 볼 수 없었다.

"영골네, 나 물 좀 떠다 줘. 목말라 죽겠네."

조금만 늦으면 빨리 가져오지 않았다고 물바가지를 내동댕이치곤했다.

"내 속옷 좀 입혀 줘. 아이구 힘들어…."

먼저 주인아줌마는 옷 입혀 달라고 하지 않았는데 정말 못 봐 주겠다. 별 유세를 다 떨더니 딸을 낳았다. 그 여자는 아들을 낳을 것이라고 장담했었다. 딸을 낳더니 보통 유세를 떠는 것이 아니었다. 아들을 낳았으면 그 꼴을 어떻게 볼 것이었나, 그 딸이 한 돌도 안되어 느닷없이 죽었다. 머슴 내외는 그 여자 주인 행세에 너무 힘들었다. 그 여자는 딸이 죽고 꼭 아들 낳을 것이라고 큰소리치더니 임신이 되지 않았다. '하긴 그 아기도 누구 딸인지 알게 뭐야.' 머슴 내외는 믿지 않았다. 이 씨는 술집에서 자고 오는 날이 잦았다.

"당신 어디서 자고 왔어요?"

"술이 취해서 잤지. 왜?"

"하늘을 봐야 아들을 낳지."

그렇게 일 년이 지나고, 이 년이 지나도 그 여자는 그 후로 아기를 낳지 못했다. 여자는 쌀을 퍼다 팔아 쓰고 싶어도 이 씨가 곳간 문을 열지 않아 마음대로 하지 못했다. 이 씨에게 짜증을 내지만 받아 주지 않았다. 머슴 내외에게 안주인 행세를 했지만 그들도 그 여자 말을 들어주지 않았다. 할 수 없이 그 여자는 이 씨에게 술집 차리게 돈을 달라고 했다.

"왜? 무엇 때문에 돈을 달라고 그래."

"당신이 재산 다 준다고 했잖아요?"

"아들 낳으면 준다고 했지."

"아이구 내 팔자야. 딸을 낳고 그것마저 죽었으니 억울해서 못 살겠다."

이 씨에게 대들고 싶었지만 명분이 없었다. 그 여자에게는 읍내에 작은 술집을 차려 주는 것으로 끝냈다. 그렇게 그 여자가 나갔다. 머슴 내외는 꼴값 떨던 그 여자가 나가고 나니 살 것 같았다.

금자는 서울로 갔다. 서울에 갔지만 아는 사람도 없고 갈 곳이 없었다. 술집에 들어가 종업원이 되었다. 인기가 좋았다. 끼가 많은 금자는 몸을 팔았다. 돈도 생겼다. 그러나 원래 쓰기 좋아하는 버릇은 고치지 못해서 돈은 모으지 않았다. 거기서 남자를 만나 술집을 차렸다. 문전성시를 이루었다. 남편은 술버릇이 나빴다. 술만 먹으면 금자에게 어떤 놈을 좋아하느냐고 개 패듯 때렸다. 아침에 일어나면 남자는 어제 일이 하나도 기억나지 않는다고 했다. 상처투성이인 금자를 보고 어디서 얻어터지고 왔느냐고 도리어 화를 냈다. 남자는 자기가 때린 것을 나중에 깨닫고 잘못했다고 빌었다. 그리고 서비스가 아주 좋았다. 금자는 서울에서 먼 곳으로 도망치려고 궁리하고 있었다. 남자가 나간 틈에 돌쇠가 찾아왔다.

"엄니는 니가 나간 후에 속 끓이다가 돌아가셨고, 아버지는 술만 잡숫다가 아주 폐인이 되셨다. 니는 언제 정신 차릴래. 아버지가 돌아가시기 전에 가서 뵈어라."

"나 못 가? 무슨 낯으로 어떻게 가."

금자가 그 집에서 도망갔다면 돌쇠를 만나지 못할 뻔했다. 금자는 슬프게 울었다. 돌쇠는 같이 가자고도 못하고 그냥 나갔다. 금자는 혼인신고도 하지 않았기 때문에 아직 처녀로 되어 있었다. 돌쇠가 다녀간 후로 금자는 울다가 앓아누웠다. 남자는 왜 우느냐고 따졌다.

"어떤 놈을 못 잊어 우는 거야. 왜 울어? 그놈 못 잊어서 지랄이냐. 당장 말하지 못해? 빨리 말해. 말하지 않으면 죽여 버릴 거다."

먹지도 못하고 앓아누워 있는 금자를 남자는 치료해 줄 생각은 하지 않고 의심만 했다. 남자는 금자를 수상하게 생각하고 때리고 머리를 깎아 버렸다. 금자는 아무 변명도 하지 않고 머리를 깎이고 실컷 맞았다. 어머니도 죽이고 아버지도 폐인으로 만든 괴로움에 맞아도 싸다고 생각했다. '그래 때려라. 나는 죄인이다. 죄인은 맞아야 한다.' 아무 말도 하지 않고 맞았다. 남자가 나간 뒤에 금자는 머리에 수건을 쓰고 길을 나섰다. 기차를 탔다. 기차에서 남몰래 소리 없이 울었다. 창피한 줄도 모르고 눈물이 줄줄 나왔다. 눈이 퉁퉁 부어서 고향에 왔다. 금자가 떠나기 전에 있던 머슴네가 그냥 살고 있었다. 아버지는 닷새 전에 딸이 보고 싶다고 날마다 울다가 죽었다고 했다. 금자는 아버지가 덮던 이불에 엎디어 통곡을 했다. 머슴 내외는 금자를 싫어하는 기색이 완연했다. 돌쇠도 없고 아들도 없는 시집에 가지 않았다. 머슴 부부에게 들은 바로는 돌쇠는 금자가 나가고 뒤이어 나갔다고 했다. 금자의 아들은 초등학교를 졸업하고 나가서 들어오지 않는다고 했다. 아들이 보고 싶지만 찾을 길이 없었다.

다행히 금자는 서울에 가서 이름을 '선화'라는 가명을 쓰고 살았다. 고향을 부산이라고만 말했기 때문에 같이 살던 깡패 같은 남자는 찾아오지 못했다. 자식을 낳지 않기 위해서 금자는 피임을 하고 있었다. 아이가 없어서 홀가분하게 떠날 수 있었다. 철없던 지난날을 생각하면 되돌릴 수 없는 것이 안타깝기만 했다. 아버지의 사랑이 그리워 눈물이 쏟아졌다. 아버지가 여자는 얌전하게 행동해야 한다고 말할 때는 그 소리가 지겨웠다. 어머니는 아버지가 하라면 하라는 대로 복종하는 것도 싫었다. 모든 것을 아버지가 지시했고, 어머니는 무조건 따랐다. 아버지는 우리 집의 제왕이었다. 그런 것들이 부당하다고 생각했다. 아이들이 부잣집 딸이라고 금자 말이라면 다 들어주면 재미있어서 심술을 부렸다. 남들은 공부를 열심히 하고 돈이 없어 학교에 못 가는데 금자는 공부하는 것이 싫었다. 가난한 집 아이들은 돈이 없어 학교에 못 갔다. 금자는 공부가 싫어서 중학교에 진학하지 않았다. 금자가 못되게 굴면 따르지 않는 아이들을 무조건 때렸다. 그러면 아이들은 돈 많은 금자에게 꼼짝 못했다. 아이들에게 못된 말을 하고, 대꾸하면 때렸고, 대꾸하지 않아도 때렸다. 상처가 많지 않으면 그냥 넘어갔고, 상처가 많으면 아버지가 치료비를 물어 주었다. 그런 것들이 재미있기만 했다. 금자네는 땅이 많아서 금자네 땅을 얻어 농사짓는 집이 많았다. 그러니까 그 부모들도 금자에게는 깍듯이 대했다. 금자는 모든 아이들이 자기 밑에 있는 하인으로만 보였다.

 집에 와서 처음에는 두문불출 꼼짝하지 않고 집에만 있었다. 머리도 깎여서 나다닐 수 없었다. 금자가 중이 되어서 왔다고 소문이 났다. 땅 문서가 보이지 않아 머슴에게 물어봤더니 우물쭈물하면서 내놨다. 수상해서 알아봤더니 머슴이 땅을 팔아먹으려고 했는데 금자가 왔다. 나머지 땅문서를 달라고 했다. 그래서 금자가 온 것을 좋아하지 않았던 모양이다. 금자가 오지 않았다면 땅문서를 가지고 땅을 전부 팔아 없앴을 것이다. 곳간에 곡식은 아직 팔지 않고 남아 있었다. 그렇다고 당장 머슴을 나가라고 할 수는 없었다. 그래도 어머니와 아버지를 뒷바라지한 사람들이라 고맙게 생각했다. 금자는 어머니와 아버지만 생각하면 눈물이 쏟아졌다. 철딱서니 없는 딸을 자식이라고 애지중지 했건만, 속만 썩이고 나가 버렸으니 얼마나 기가 막혔겠나. 양반으로 품위를 지키고 살아온 부모님이었다. 딸이란 것이 보잘 것 없는 방앗간 집 막노동하는 배운 것도 없는 상놈(중인)과 어울려 다니다가 아이를 낳았다. 그것도 잘 사는 것이 아니라 나가서 화냥질이나 했으니 부모님 무덤 앞에 가서 죽어도, 죄를 씻지 못하겠다. 그래도 어미라고 아들은 어떻게 살고 있는지 궁금했다. 부모에게 불효하고 자식에게도 천륜을 저버린 매정한 어미다. 금지옥엽으로 길러준 부모를 버리고 자식도 버린 못된 년이다.

금자는 그래도 아들이 보고 싶었다.

돌쇠는 금자가 나가고 따라 나갔다. 금자를 잊을 수 없어 아들을 버리고 금자를 찾으러 서울로 무조건 갔지만 찾을 수 없었다. 아들이 보고 싶어 집에 들어왔다가 다시 나갔다. 막일을 하면서 술집마다 찾았다. 어디서 본 사람이 있다고 해서 찾아가면 금자가 아니었다. 십 년도 넘게 찾으려고 했지만 찾지 못하고 허탕만 쳤다. 매번 속으면서도 포기할 수 없었다. 간신히 소식을 들었지만 결혼해서 산다고 했다. 잘 살고 있는 사람에게 찾아가면 피해가 있을 것 같아 금방 나타날 수 없었다. 그렇게 몇 달을 금자 주위를 살피다가 남편이 나가는 것을 보고 금자를 찾아갔다. 행복하게 사는 줄 알았던 금자가 행복해 보이지 않았다. 돌쇠는 금자를 만나고 눈물이 왈칵 쏟아졌다. 남의 아내가 된 여자를 껴안고 울면서 소식만 전했다. 그 후로도 그 집을 맴돌았지만 금자는 보이지 않았다. 돌쇠는 어려서 불장난처럼 금자를 좋아했다. 자기 때문에 금자의 신세를 망치게 한 것을 생각하면 미안하기만 했다. 지금도 사랑하는 마음은 변하지 않았다. 금자와 다시 만나 아들을 찾아 가정을 꾸리고 싶었다. 돌쇠가 서울에 가서 금자를 찾으려고 하다 보니 기술도 없어 막일을 하고 살았다. 갈 곳도 없어 처음에는 청량리역 지하에서 신문지만 덮고 살다가 막노동을 해서 방 한 칸 사글세를 얻었다. 고향 방앗간에서 무거운 쌀가마를 나르던 것보다 더 고생스러웠다. 일거리가 있는 날도 있고 없는 날도 있었다. 그러다가 집 짓는 곳에 가서 벽돌 나르는 것도 하고, 청량리 시장에서 짐을 나르는 일도 하고 안 한 것이 없었다. 타향살이 설움도 많이 받았다. 배운 것은 없지만 기운이 장사라 할 일이 많이 생겼다. 금자를 찾고 아들을 찾아서 살림을 차리려고 돈을 모았다. 금자를 찾지 못한 돌쇠는 울화통이 터져서 술을 먹고 여자와 잠을 잤다. 금자가 보고 싶어 다른 여자가 좋아지지 않아 살림을 차리지 못했다. 술집과 미장원을 샅샅이 뒤져봤다. 술집에서 금자 같은 사람을 안다고 해서 찾아갔지만 갈 때마다 다른 사람이었다. 이번에도 속는 셈치고, 찾아갔는데 오래 못 봤어도 금자는 확실했다. 정말 반가웠지만 남의 아내가 되어 있었다. 이제 내 여자가 아니었다. 돌쇠는 시간만 나면 금자가 살고 있는 집 근처에 가서 금자를 몰래 보고 갔다. 살림집까지 찾아가 어렵게 만났지만, 그 이후로 어찌된 일인지 금자가 보이지 않았다. 사람들에게 물어봤더니 금자가 앓아누워 있는데, 남편이 뚜드려 패는 소리가 나더니 없어졌다고 했다. 남자가 선화를 찾으려고 하지만, 고향은 부산이고 이름은 '선화'라고만 안다고 했다. 하지만 이곳 세상에서 진짜 이름을 쓰는 여자는 없다고 했다. 남자는 선화를 찾기만 하면 죽인다고 날뛰고 있다고 했다. 사람들에게 물어보니 부산이 고향이고 부모는 없다고 했단다. 아무도 없는 고아라고 했단다. 돌쇠는 '또 나 때문에 금자가 힘들었구나.' 금자에게 도움을 주지 못하고 힘들게만 한다고 생각했다. 자살이라도 했을까 봐, 걱정되었다. 혹시? 하고 돌쇠는 고향 가는 기차를 탔다. 집에는 들르지 않고 금자네 집을 찾았다.

"집에 왔었구나?"

"어떻게 알았어?"

"니가 나오는 것이 보이지 않아서 혹시 하고 찾아왔지."

돌쇠는 아주 잘했다고 했다. 금자는 혼자 살기도 벅차고 돌쇠와 같이 살기를 원했다. 돌쇠가 하룻밤을 자고 나더니 간다고 나섰다.

"갈 거야?"

"그럼, 가야지. 니가 집에 온 것을 봤으니 가야지."

"그래, 가아. 부인이 기다릴 텐데…. 찾아와 주어서 고마워."

"부인? 나는 부인 같은 것 없어. 여자는 니 하나뿐이야. 아들도 우리 바우밖에 없어."

"무슨 소리야. 우리가 헤어진 지가 언젠데. 배신한 여자를 기다렸어?"

"내가 잘못했으니까. 나는 지금도 니만 사랑해. 상놈이 양반 아가씨를 좋아하고 고생시키고 때리고…."

"그만해. 아버지와 엄니가 양반이지 나는 양반 아냐. 천하에 못된 화냥년이지."

금자는 눈물이 나와서 말을 제대로 할 수 없었다.

"우리 아들이나 찾았으면 좋겠다. 나는 우리 집에 들르지 않고 그냥 갈 거야."

"부인도 없다면서 왜 가는데? 여기서 그냥 같이 살면 안 돼?"

"정말, 내가 와도 괜찮겠어?"

"그럼, 우리 혼인신고도 하고 아들도 찾아서 오순도순 살면 좋겠다."

돌쇠는 눈물이 쏟아졌다. 그리고 금자를 껴안았다.

"왜 울어? 우리 이렇게 만났는데."

"나 정말 와도 돼?"

다시 한 번 재차 물어봤다.

"그럼, 우리 아들 딸 더 낳고 잘 살자."

"뭐야. 지금 뭐라고 했니? 정말 꿈같은 말이다. 그럼 가서 정리하고 올게."

돌쇠가 그렇게 서울로 떠났다. 금자는 곡식을 팔아서 살림을 장만하고 집을 정리했다. 돌쇠는 서울에 가서 한 달 만에 모든 것을 정리하고 돌아왔다. 집안이 사람 사는 것 같았다. 혼인신고도 오랜만에 하고 아들 바우도 호적에 제대로 올렸다.

바우는 엄마가 돌이 지나고 간신히 발짝을 떼기 시작할 때, 나갔다는데 얼굴도 기억나지 않았다. 아버지도 그 이후로 엄마를 찾으러 나갔다고 했는데 가끔 찾아왔다. 일 년에 몇 번만 만나니 남 같았지만 그나마 이제는 오지 않아서 죽었는지 살았는지 알 수 없었다. 큰아버지는 결혼도 하지 않았는데 바우를 미워해서 이 집에서 나가고 싶었다. 할머니가 맛있는 것 있으면 아꼈다가 주었다. 큰아버지에게 들키면 애 버릇 나빠진다고 할머니와 싸웠다. 큰아버지는 끄떡하면 바우에게 그 큰 주먹으로 때렸다. 부모도 없는 놈이 큰아버지에게 맞다 보면 맞아 죽을 것만 같았다. 바우는 초등학교를 졸업하고 할아버지 호주머니에서 돈을 훔쳐가지고 집을 나갔다. 무조건 서울이라는 곳을 갔지만 갈 곳이 없었다. 거리를 헤매다가 구두 닦는 아저씨를 만나서 구두를 닦았다. 몇 년이 지나니 구두닦이 아저씨가 운전을 배우라고 했다. 아저씨 덕분에 운전면허증을 땄다. 초등학교밖에 나오지 않았지만 열심히 했더니 필기는 두 번에 합격했고 실기는 한 번에 합격했다. 운전면허증도 땄으니 택시 운전하면 먹고 사는 것은 걱정 없을 것 같았다. 피도 섞이지 않은 아저씨는, 때리기만 하던 큰아버지보다 훨씬 좋았다. 아저씨는 혼자 살았는데 바우를 친자식처럼 잘해 주었다.

"바우야, 점심 먹었니?"

"아니요. 바빠서 조금 있다 먹을게요."

"한참 자랄 때는 밥을 잘 먹어야 한다. 제 때에 밥을 먹지 않으면 건강을 해친다. 짜장면이라도 시켜 먹자."

자장면이 얼마나 맛있던지 평생 잊지 못할 것 같았다. 아저씨 덕분에 언제나 때를 거르지 않았다. 바우는 아저씨가 너무 고마웠다. 나중에 돈 벌어서 아저씨를 부모님으로 모셔야겠다고 생각했다. 아저씨는 공부를 해야 한다고 손님이 많아 바쁜데도 검정고시 학원에 보내 주었다. 중학교를 검정고시로 졸업 자격증을 땄다. 아저씨는 중학교 졸업 합격증을 보고 기쁘다고 케이크를 사다 주셨다. 힘은 들었지만 태어나서 이렇게 행복한 날이 없었다. 다시 고등학교 검정고시 공부를 했다. 날마다 큰아버지 눈치만 보고 잘못이 없는데도 맞아가며 살았는데, 아저씨는 잘못이 있어도 때리지 않았다. 한 번도 물어보지 않던 아저씨가 바우에게 물었다.

"바우야, 엄마나 아빠 둘 중에 아무도 없니?"

"엄마는 제가 태어나고 얼마 있다가 나갔대요. 아빠는 엄마를 찾는다고 서울로 갔다고 하더니 가끔 왔었는데, 오지 않은 지 오래 됐어요. 할아버지와 할머니와 삼촌들이 있는데 결혼도 하지 않은 큰아빠가 때려서 맞아 죽을 것 같아 나왔어요."

"누가 제일 보고 싶으니?"

"할머니요. 그리고 나를 버렸지만 엄마도 보고 싶어요."

"그럼, 친구에게 할머니 소식도 물어보고, 엄마도 찾아왔는지 물어보면 되잖아?"

"연락하는 친구가 없어요. 저는 부모도 없고, 큰아빠에게 맞다 보니까 기가 죽어서 누구와 친하게 지내는 사람이 없어요. 그런데 요새는 엄마가 보고 싶어요."

아저씨는 바우에게 고향 주소가 어떻게 되느냐고 물었다.

"아빠와 엄마 이름은 아니?"

"아빠는 오돌쇠래요. 엄마는 이금자라고 말만 들었어요. 엄마는 그 동네 양반집 딸이고 아빠는 방앗간 집 아들이라 외할아버지가 반대해서 결혼식도 못하고 살았대요."

"그랬구나. 그래도 엄마는 네가 보고 싶을 것이다."

"글쎄요. 보고 싶어서 저를 버리고 도망가서 한 번도 찾아오지도 않았을까요? 어디 가서 자식 낳고 잘 살면서 저 같은 것은 잊었을 테지요."

양반 75

"네가 모르는 말 못할 사정이 있을 수도 있지."

아저씨가 바우에게 경찰서에 가서 부모를 찾는다고 하라고 했다. 바우는, 바우를 버리고 간 엄마가 자기를 찾지 않을 것이라고 생각하면서도 하라는 대로 했다. 찾는다 해도 새로운 가정을 꾸미고 잘 산다면 방해하고 싶지 않았다. 몇 달이 지나고 경찰서에서 느닷없이 바우를 찾는다고 했다. 바우는 내가 무슨 잘못을 했나? 겁이 났다.

"너 오바우 맞니? 고향에 오돌쇠와 이금자. 그리고 그 밑에 아들 오바우. 너 호적이 제대로 되어 있는데 누구를 찾니? 야, 이것 봐라. 맞지 않니? 고향도 같고 이름도 같고. 그럼 한 번 찾아가 봐라."

"에이, 그런 일 없어요. 아빠와 엄마도 집을 나갔는데 무슨 그런 일이 있어요. 말도 안 돼요. 다른 사람 이야기겠지요?"

바우는 엄마와 아버지가 그것도 고향에서 같이 산다는 것은 말도 안 되었지만 혹시라도 정말 그랬으면 좋겠다고 생각했다. 엄마와 아버지는 결혼식도 하지 않았다고 들었는데 이해가 되지 않았다. 바우는 아버지와 엄마가 같이 산다는 것은 꿈에서나 있을 수 있는 일이라고 생각되었다. 정말 아버지와 엄마가 같이 살았으면 좋겠다고 생각했다. 그날 저녁은 잠이 오지 않아 하얗게 밤을 새웠다. 바우는 나도 아버지와 엄마의 사랑을 받으면서 살고 싶었다. 그러면 서울에서 산다 해도 힘이 생길 것 같았다. 이튿날 아침, 아저씨에게 고향에 갔다 온다고 말하고, 무조건 고향 가는 기차를 탔다. 집을 떠날 때의 생각이 났다. 나는 부모에게도 버림받은 태어나지 말았어야 하는 인간이라고 생각했다. 세상에 태어난 것이 억울하고 슬퍼서 기차를 타고 앉아 울었었다. 고향에 다시는 발을 들여놓지 않을 것이라고 다짐했었다. 고향에 가기는 하지만 정말 엄마와 아버지가 같이 살고 있는지, 또 엄마나 아버지가 나를 반갑지 않게 생각할는지 만감이 오갔다. 기차를 타고 버스를 타고 걸어서 동네를 찾았지만 낯설기만 했다. 할머니가 보고 싶지만, 큰아버지를 보고 싶지 않아 엄마가 태어났다는 외갓집이라는 곳을 찾았다. 지난날 그때의 그 모습 그대로다. 서울에서 일찍 떠났지만 저녁때가 되었다. 밖에서 대문을 쳐다보고 있었다.

"누구유?"

"여기가 이금자씨 댁인가요?"

"맞는디, 누군디 우리 주인아줌니를 찾는겨?"

"이금자씨가 여기 사시나요?"

"그럼, 살지, 바우 엄니…. 누가 찾아왔네유? 나와 봐유?"

분명 바우 엄니라고 했다. 나이가 지긋한 할머니가 바우엄니를 불렀다. 바우는 어렸을 때, 엄마가 없어서 외갓집을 밖에서만 봤고, 그 집을 들어가지 않았었다. 그 집에서 일하는 사람들도 잘 몰랐다.

"누가 나를 찾아와요?"

엄마가 나왔다.

"너, 바우! 우리 바우가 왔구나."

엄마는 바우를 한 눈에 알아보고 와락 껴안고 울었다.

"누가 왔는디 그려."

아버지가 나오더니 바우를 껴안았다.

"아이구, 바우야, 네가 왔구나. 세상에 우리 바우가 왔구나."

엄마와 아버지는 바우를 한눈에 알아보고 껴안고 울었다.

"어떻게 제가 바우인 줄 알았어요?"

"제 자식을 모를 리가 없지. 너는 아빠와 얼굴이 똑같아서 서울바닥에서도 찾을 수 있지. 어떻게 찾나? 걱정을 했는데, 네가 찾아왔구나. 고맙다."

"절 받으세요."

"절, 받아야지. 네게 절 받을 염치도 없지만 네 절을 받고 싶구나. 고맙다. 나는 네게 죄를 너무 지어서 너 볼 면목이 없지만 살아가면서 갚으마. 고맙다, 내 아들 바우야."

엄마와 아버지가 너무 반가워해서 이게 어찌된 일인지 바우는 정신을 차려야 했다. 지구가 거꾸로 돌아가는 것만 같다. 지금 꿈을 꾸고 있는 것만 같다. 그냥 바우가 어디 잠깐 나갔다 온 것 같은 기분이었다.

"엄마 나 배고파?"

"그래 밥 줘야지. 우리 된장찌개 해서 같이 밥 먹자."

엄마가 나가더니 호박과 풋고추를 썰어 넣고 된장찌개를 해서 차려 왔다. 태어나서 처음으로 엄마가 한 밥을 먹어 봤다. 이 세상에 엄마가 한 밥이 이렇게 맛있는 줄은 몰랐다.

"엄마, 밥 더 줘요? 너무 맛있어요."

"그래, 배고팠나 보다."

바우는 태어나서 이런 기쁨은 처음이었다.

"얼마나 고생이 많았니? 이제 내려와서 우리 같이 살자."

바우는 정말 좋았다. 그렇지만 이제 시작한 공부를 해야 했다. 이제는 고향이 있고 집에 엄마와 아버지가 있다는 것만으로도 마음이 든든해서 마냥 행복할 것 같다. 지금까지 나는 왜 이 세상에 태어났나? 남들은 명절이면 선물을 한 보따리씩 사 가지고 부모님을 찾아가는 것이 부러웠다. 나도 이제는 명절에 부모님을 찾을 수 있겠다.

"바우야, 우리 이렇게 같이 살자."

"고맙습니다. 그렇지만 시작한 공부를 더 해서 대학에 꼭 갈 겁니다."

"공부?"

돌쇠와 금자는 공부라는 말에 눈을 크게 뜨고 신기하게 바우를 쳐다봤다. 금자는 내 아들이 공부한다는 말에 고맙기만 했다. 금자와 돌쇠는 공부는 담쌓고 살았기에 아들이 공부를 한다는 말에 신기하고 놀라웠다.

"공부하려고? 그래, 네가 공부한다면 얼마든지 대주마. 땅을 팔아서라도 너를 가르칠 테다. 이제라도 부모 노릇을 하고 싶구나."

"땅을 사려고 했더니 우리 아들 공부시켜야겠다. 내가 번 돈으로 아들 등록금을 준다면 좋지."

아버지도 기분 좋게 말했다. 엄마와 아버지는 바우가 공부한다고 하니까 너무 좋아했다. 돌쇠는 지금까지 열심히 벌어서 꽤 많은 돈을 저축했다. 바우는 '나도 나를 공부 가르치려고 하는 부모가 있구

나. 나는 이제 고아가 아니다.' 꿈을 꾸고 있는 것만 같다. 큰아버지에게 맞을 때마다 죽고 싶었는데, 죽지 않고 살아서 이런 기쁨이 있다는 것이 거짓말만 같다.

"엄마, 아빠, 나는 검정고시로 고등학교 공부를 하는데 이제 대입 검정고시를 봐서 대학을 갈 거예요. 운전면허증도 있으니 열심히 벌어야지요. 공부 열심히 해서 제가 좋아하는 학과에 들어가 졸업하고 취직해서 엄마와 아빠 호강시켜 드릴게요. 기다리세요."

"우리가 공부 시켜 주면 안 되겠니?"

"아니 제가 벌어서 공부할게요. 그래도 저는 이제 부모님이 계시니까 마음 놓고 공부할 수 있어요. 그리고 구두 아저씨에게 은혜도 갚아야 해요. 제가 나쁜 길로 가지 않고 바른길로 가게 해준 그분이 감사할 따름이에요."

"그래, 그분이 너무 고맙다. 우리도 그분을 찾아가 뵈어야겠다."

그렇게 바우는 기쁜 마음으로 서울로 떠났다.

내 아들의 아빠

내 아들의 아빠

"엄마아…."

니아는 슬기가 처음 엄마라고 부르는 소리를 듣고 미치도록 가슴이 벅찼다. 잘못 들었나? 귀를 의심했다. 지금까지 듣던 어떤 무슨 소리보다 그렇게 아름다운 소리는 들은 적이 없다. 새들이 노래하는 꽃동산에서 꿈을 꾸는 것만 같았다. 이렇게 살맛 나는 세상을 산다는 것은 정말 축복받은 것이다. 슬기가 엄마라고 부르는 소리는 이 세상 어떤 음악도 더 이상 따를 수 없는 향기로운 소리다.

큰언니는 마흔다섯 살에 결혼했지만 아기를 낳지 못했다. 시아버지가 장남에다 집안의 종손이라 다른 여자에게서라도 아기를 낳아서 대는 꼭 이어야 한다고 형부를 닦달했다. 결혼이란 아기를 낳기 위해서만 하는 것 같았다. 형부는 아기를 못 낳아도 큰언니와 이혼할 수 없다고 자기 아버지와 싸우고 절연을 하고 말았다. 큰언니는 항상 가시방석에 앉아 있는 기분으로 산다고 했다.

큰언니는 형부와 오랫동안 연애를 했고, 서로 사랑해서 결혼했지만, 아기 문제로 시아버지와 인연을 끊고 살자니, 형부와 불편해지기 시작했다. 명절이나 시부모 생일이 되면 형부 눈치를 보게 되고 괴로워했다. 너 아니면 죽고 못 산다고 할 정도로 사이가 좋았던 큰언니와 형부가 틀어지기 시작했다. 공연히 형부는 큰언니에게 신경질을 부렸고, 마음이 불편한 언니도 형부에게 곱지 않게 말을 받아들이다 보니 싸움이 잦아졌다. 급기야 별거를 하더니 기어이 이혼하고 말았다. 큰언니를 보면서 니아는 여자가 나이가 많으면 아기를 낳고 싶어도 낳지 못한다고 생각하니 불안하기 시작했다.

니아는 아기를 낳고 싶었다. 벌써 서른다섯 살이나 되었다. 여자는 마흔 살이 넘으면 아기 낳기가 쉽지 않다고 하는데 걱정이 되었다. 친구들은 아기가 하나 있는 친구도 있고 둘 있는 친구도 있다. 친구들이 아기를 낳아서 안고 다니는 것을 보면 부러웠다. 그렇다고 마음에도 없는 남자와 결혼할 수는 없었다.

니아에게 남자 친구가 있었다. 남자가 니아에게 잘해 주어서 좋은 느낌이 있었다. 날마다 서로 보고 싶어 하느니 같이 살자고 하면서 남자가 니아의 오피스텔에 들어왔다. 동거하면서 남자는 직장에 사직서를 내더니, 니아만 믿고 판판 놀면서 가장 노릇을 했다.

"왜 이렇게 늦게 오니?"

"일이 밀려서 늦었어. 밥 먹었어?"

"무슨 밥을 먹어. 너도 들어오지 않았는데…."

아침에 밥해 놓은 것을 챙겨 먹으면 좋으련만, 점심만 먹고 저녁에 니아가 밥 차려 주기를 바라고 있다. 이렇게 하루도 아니고 계속 니아를 부리려고 했다. 그러더니 용돈을 달라고 했다.

"자기가 벌어서 써야지. 내가 용돈까지 줘야 되나?"

"알아. 잠깐만 빌려줘. 내가 돈 벌면 몇 배로 갚고 호강시켜 줄게."

용돈을 달라고 하는 것도 한두 번이지, 계속 니아를 이용하려고 했다. 달력을 두 번이나 바꾸어 달았지만 변하지 않았다. 니아는 평생 동안 이 남자를 책임져야 할 것 같았다. 남자는 미안하게 생각하지도 않고 당당하게 말하고 있었다.

"왜, 여자가 이제 오는 거야. 너무 늦잖아."

"여자가? 그래, 나 여자야. 남자는 여자에게 밥 얻어먹고 놀아도 되는 거야. 게다가 네가 뭔데, 나를 간섭해."

"너무 늦게 다니니까 그렇지."

"나 이제 이렇게 살기 싫어. 힘들게 일하고 와서 네 밥까지 챙겨 줘야 하고, 내가 너 책임져야 할 의무 없어. 나는 네가 싫어, 그만 나가 주기를 바라."

"내가 취직할 때까지만 기다려 줘. 그리고 우리 그냥 헤어질 수는 없잖아."

"왜 그냥 헤어질 수 없는데? 나는 네게 빚지지 않았고, 더 기다리기도 힘들어. 오늘 당장 나가. 아니면 내가 나갈 거야."

니아는 주인집에 가서 보증금을 빼달라고 했다. 주인집 아줌마에게 니아의 사정을 말하고 보증금을 빼서 부모님 집으로 들어갔다. 그리고 남자가 없을 때 짐을 옮겼다. 남자는 나가지 않으려고 하는데, 주인집 아줌마가 니아가 보증금을 빼가서 나가야 한다고 했다. 니아는 전화번호도 바꾸고 직장도 옮겼다. 그렇게 그 남자와 헤어졌다. 니아는 피임을 하고 있었다. 마음에 맞지 않는 남자의 아기를 낳을 수 없었다. 니아는 누구에게도 부모님 집을 알려주지 않았다.

마음 편하게 살고 있는데, 동갑짜리 청년과 같이 일하다 보니 친하게 되었다. 한 번 경험이 있는 니아는 이제 무조건 동거는 하지 않았다. 몇 년 동안 친하게 지냈다. 청년은 니아에게 선물도 잘 사주고, 멋있게는 사는데 저축을 하지 않는 것 같았다.

"너는 저축은 않나 봐?"
"저축은 하지 않아. 내일보다 오늘을 즐겁게 살 거야."
"그러면 늙어서는 어떻게 살아."
"나는 지금이 중요하지. 늙어서까지 생각하지 않아."

니아는 오늘도 중요하지만 내일도, 늙어서도 오래도록 행복하게 살고 싶었다.

니아가 고등학교 다닐 때, 유아원에 근무하는 큰언니를 만나러 갔었다. 방실방실 웃는 아기들이 많았다. 아기가 예뻐서 아기를 안

아봤다. 가슴이 찡하도록 아기의 체온이 아주 좋았다. 니아는 아기들이 보고 싶어 큰언니가 다니는 유아원에 자주 놀러갔다. 아버지가 큰언니와 작은언니는 대학에 보내주고, 셋째 딸인 니아는 돈이 없다고 대학을 보내지 않아서 할 수 없이 커피 점에 취직해 일하면서 공부했다. 아기 돌보는 일을 하고 싶어 유아교육을 공부했고, 이어서 방통대에 등록해 대학원 공부를 했다. 열심히 공부했다. 대학원 졸업하고 자격증을 받고 임용고시에서 점수가 좋아 병설 유치원에 취직했다. 니아는 아이들이 보고 싶어 유치원에 가는 것이 좋았다. 친구들과 만나는 모임에 가면, 아기를 데리고 오는 친구들이 있었다. 아기가 방긋방긋 웃는 모습을 보면, 아기를 빼앗아 오고 싶은 충동까지 느꼈다. 아기와 찍은 사진을 보고 결혼하지 않은 니아는 친구가 부러웠다.

"너 빨리 결혼하라고 약 올리는 거야. 아기를 키우면 아무것도 부러운 것이 없다. 너도 아기를 낳아 봐. 그때는 내 심정 알 거야."

"아기는 남자도 없이 낳을 수 있니?"

"결혼하면 될 것 아냐."

"결혼은 혼자 하냐?"

"남자야 거기서 거기더라. 다 똑같아, 길들여 가면서 사는 거지."

"늑대 길들여봤자 늑대지. 사람이 될 수는 없는 것 같더라."

"왜 늑대만 있냐. 사람이 더 많아."

니아는 눈을 씻고 찾아봤지만, 남자다운 남자가 니아에게 다가오지 않았다. 20대 초반에 연애도 해 봤지만 마음에 맞는 남자를 만나지 못했다. 남들은 남자를 잘 만나 행복하게 사는데 니아는 니아가 찾는 남자를 찾지 못했다. 니아는 대궐 같은 좋은 집에 사는 사람보다 아기와 다정하게 손잡고 다니는 사람이 더 부러웠다. 비싼 옷을 입고, 명품 가방을 들고 다니는 사람보다, 아기를 안고 다니는 사람이 더 좋아 보였다. 나이가 들어가면서 니아의 머릿속은 온통 아기 생각만 났다. 작은언니가 결혼하더니 형부와 아기를 안고 와서 아기와 놀아주는 것이 더 없이 행복해 보였다. 니아는 작은언니를 보면서 빨리 결혼하고 싶었다. 그러나 니아에게 결혼하고 싶은 남자가 나타나지 않았다. 니아는 내 아기를 낳아 기르고 싶었다. 그렇다고 아기를 낳기 위해 아무 남자하고 결혼할 수는 없었다. 그럭저럭 니아는 나이가 오년 후면 마흔 살이 될 것이고, 그러다 보면 아기를 못 낳을 것만 같았다. 지금 결혼하면 아기를 낳을 수 있지만 마음에 맞는 남자가 보이지 않았다. 혼자 많이 생각하다가 유명하다는 병원에 가서 난자를 냉동 보관했다. 생각보다 절차가 쉬운 일이 아니어서 그만둘까 했지만, 욕심을 버릴 수 없어 어려움을 참아냈다. 여러 날 동안 호르몬 주사를 맞았고, 복통과 두통으로 너무 힘들었다. 그때가 언제가 될지 모르지만, 마음에 맞는 남자가 나타나 결혼하면 아기를 낳아야겠다고 생각했다. 그런데 마흔 살이 되어도 마음에 맞는 남자가 나타나지 않아 니아는 내 자식을 낳고 싶어 남편 없는 아기를 낳기로 마음먹었다. 당장 아버지와 어머니가 절대로 안 된다고 반대했다.

"난 내 아기를 낳아서 기르고 싶어요."

"결혼하면 될 것 아냐."

"마음에 맞는 남자가 없는데 아무하고나 결혼하라고요? 그렇게 내 신세를 망치고 싶지는 않아요."

"이 세상에 마음에 꼭 맞는 남자는 없어. 반만 맞으면 맞추어 가면서 살아야지. 나는 뭐, 네 아빠가 마음에 들어서 사는 줄 아니?"

"아빠 같은 남자를 찾는데 나타나지는 않고, 나이는 자꾸 많아지고 나이가 들면 아기를 기르기도 힘들 것 같아요. 아기도 늙은 엄마 때문에 고생하게 되니까 더 나이 먹기 전에 아기를 낳을 거야. 지금도 나이가 너무 많아요."

"절대로 안 된다. 남에게 웃음거리가 되고, 아이도 아비 없는 자식이 되니까 죽기생전 살면서 힘들게 된다. 아이가 자라서 아비 없는 자식이라고 잘못되면 그때는 어떻게 대처할 거냐. 또 어떤 놈의 씨앗이 될지 누가 아나. 못된 놈의 씨앗이라도 받게 되면 그 뒷감당을 어떻게 하니? 안 된다. 내가 죽기 전에는 나는 그 꼴 못 본다."

니아가 도둑질을 한다고 한 것도 아닌데, 아버지가 강경하게 반대했다.

"그럼 나는 큰언니처럼 평생 아기 없이 살란 말인가요? 나도 내 아기를 기르고 싶어요."

"집안이 망할라니까 큰딸년은 시집가서 소박맞아 오고, 막내딸년은 아비 없는 자식을 낳는다고 하고, 내가 늙어 이게 무슨 꼴이냐. 얼굴을 들고 밖에 다닐 수가 없구나. 남들은 자식 자랑하지만 나는 전생에 무슨 죄를 지어서 아비 얼굴에 먹칠만 하는 딸년들뿐이니…."

 반대가 너무 심해서 다시 집을 나왔고, 할 수 없이 니아는 아버지와 어머니와 인연을 끊었다. 늦게라도 마음에 맞는 남자를 만나면 인공수정이라도 해서 아기를 낳으려고 했지만, 나이가 너무 많아졌다. 니아는 아버지와 어머니의 충고를 받아들이지 않고 시험관 아기를 낳기로 했다. 그렇게라도 내 아기를 낳고 싶었다. 순리대로 하는 것이 아니어서 힘든 것이 많았다. 아기를 낳고 싶은 욕망 때문에 비용도 만만치 않았지만 쉬운 것이 아니었다. 수정란을 자궁 속에 넣고, 입덧이 심해서 고생도 많이 했다. 먹지도 못하고 수도 없이 토하고 누워 있다가 간신히 일하러 나가려면 죽을 것만 같았다. 어떤 날은 과일이 먹고 싶은데 사다 줄 사람도 없고, 힘은 들고 내가 이렇게 아프면서까지 아기를 낳아야 하나! 많은 생각을 하기도 했다. 그렇지만 니아는 내 아기를 꼭 낳고 싶었다. 도와주는 사람도 없고 오직 의사의 지시만 따랐다.

 정말 아버지 말처럼 아이가 자라서 엄마를 원망하면 어떻게 하나, 걱정이 되기도 했다. 남편 있는 친구들은 임신하면 남편이 먹을 것도 사다 주고 너무 잘해 준다고 했다. 니아에게는 그런 복은 없었다. '오빠, 나 살구 먹고 싶어,' '살구, 그리고 또 뭘 사올까? 먹고 싶은 것 있으면 다 말해. 당신이 먹고 싶다면 뭐든지 사 주지. 우리 아기가 먹고 싶다는데 아빠가 사 주고, 말고,' 혼자 뇌까려 보고 상상해 봤다. 친구들이 부러웠다. 니아는 남편 없이 임신해서 누구에게 어리광도 못 피워 보고 모진 고생을 하지만, 하소연할 사람도 없었다. 힘들어서 혼자 울기도 했지만, 임신이 되었다는 것만도 신에게 감사했다. 다섯 달이 되면서 아기가 뱃속에서 태동을 하는데 내가 엄마가 되는구나, 하는 묘한 행복한 느낌이 왔다. 딸을 낳고 싶었는데, 아기는 너무 힘차게 뛰어놀아 아파서 잠을 잘 수가 없었다. 친구는 아기가 태동을 하니까 남편이 너무 좋아하더라고 했다. 니아는 말할 사람도 없어 혼자 말했다. '슬기야 왜 이렇게 뛰니. 엄마 너무 아파. 축구선수가 되려고 하니? 하기는 축구선수도 좋지. 엄마가 열심히 응원할게.' 니아는 아기가 세상을 살아가면서 슬기롭게 살라고 슬기라고 이름을 짓기로 했다. 아기 낳을 달이 되니 배가 많이 나왔다. 사람들은 니아의 배를 보면서 의아하게 바라봤다. 혼자 사는 니아가 배가 불러오는 것을 보고 신랑은 어디 있느냐고 해서 외국에 있다고 말했다.

"외국사람?"

"아니요."

남의 눈총을 받으면서 아기를 낳았다. 도둑이 제발이 저리다고 한다. 누가 뭐라고 하는 것 같아 신경이 쓰였다. 마흔이 넘어서 늦둥이 아기를 낳았다. 신기하기도 했다. 손가락 발가락이 열 개씩 맞는지 세어 봤다. 아기는 건강하고 아주 잘 생겼다. 아기 낳고 일 년이 지나서 다시 유치원에 출근했다. 아기가 자라면서 얼마나 예쁜지 아기 낳기를 잘했다고 생각했다. 아기가 웃을 때면 니아는 세상을 다 가진 것처럼 미치게 행복했다. 아기는 먹는 것도 잘 먹고 쑥쑥 잘 자라서 한 돌이 되면서 걷고, 두 돌이 되자 말을 하기 시작했다. 천재를 낳은 것 같았다. 아기의 아빠가 머리가 좋은 사람인 모양이었다. 잘 생기고 튼튼하고 머리가 좋은 것을 보면 니아는 아주 잘한 일이라고 생각했다. 아기를 기르려면 돈을 벌어야 하니까 할 수 없이 어머니에게 부탁했다. 어머니가 아기를 보더니 그러마고 했다. 어머니는 아기를 아주 예뻐했다. 어머니에게 죄송했지만 내 욕심을 채우기 위해서 어머니를 힘들게 했다.

"하머니, 아스크림 줘요."

"그래. 슬기야 많이 먹고 쑥쑥 자라라. 우리 슬기는 말도 잘해. 나중에 뭐가 되려고 말도 잘하고 잘 생겼을까? 하기는 네 엄마도 어려서 얼마나 예뻤는지 남들이 셋째 딸은 선도 안 보고 데려간다고 했는데, 남자들이 눈이 삐었나 보다. 휴우…."

어머니는 니아가 결혼하지 않은 것이 아쉬워서 한숨을 쉬었다.

슬기가 세 돌이 지났는데 친구가 남자를 소개해 주었다. 니아는 이제 친구는 좋지만, 결혼하고 싶지는 않았다. 슬기만 있으면 된다고 생각했다가 슬기에게 아빠가 있으면 더 좋을지도 모른다고 생각했다. 친구가 소개해 준 남자를 만났다. 남자는 건강해 보였고 멋지게 생긴 젠틀맨이었다. 니아는 두 번의 남자를 겪어 봤을 때, 겉에서 보는 것과 속은 다르다는 것을 알기에 쉽게 마음을 주지 않았다. 이 남자와는 만나기만 하고 금방 결정하지 않았다. 신중하게 생각하고 슬기에게 잘해 줄 남자가 아니면 결혼하지 않기로 마음먹었다. 이 남자는 전에 연애하다 헤어지고 결혼하지 않기로 마음먹었다고 했다. 여자가 싫어졌다고 말했다. 그렇지만 남자는 니아를 만나고 마음이 변했다고 털어놨다. 니아는 아기가 있어서 누구와 결혼할 수 없다고 남자에게 말했다. 남자가 자기는 아이가 없으니 잘 되었다고 했다.

"애까지 있는 너 같은 것을 누가 좋다고 하니. 너 같은 것과 결혼한다고 하는 사람이 다 있구나. 혹시 골이 빈 모자란 사람은 아니냐?"

아버지는 남자가 모자란 사람일 것이라고 했다. 이 남자가 니아의 부모님에게 인사드리러 왔다. 아버지는 남자를 보더니 한눈에 홀딱 반했다.

아버지는 니아가 아기 낳았다는 말을 듣고 반가워하지 않았다. 그러나 슬기를 보더니 아버지도 슬기를 예뻐했다. 슬기가 할아버지를 졸졸 따라다니고 안기니까 아버지 마음이 완전히 변했다.

"하부지 나 힘들어. 업어 줘."

"어어, 그래. 어부바 하자."

아버지는 슬기만 보면 예뻐서 어쩔 줄을 몰라 했다. 하늘에 별이라도 따달라고 하면 따 준다고 하게 생겼다. 어떻게 그렇게 변할 수 있느냐고 물어보고 싶었다.

남자네 집에서도 아들이 결혼하지 않는다고 해서 포기했다가 결혼한다고 하니까 반갑다고 했다. 늙은 부모님은 손자를 못 보는 것이 안타까워했는데, 전에 부모 몰래 만나서 생긴 아기라고 했더니 무척 반가워했다고 남자가 말했다.

"그런 일이 있어서 결혼하지 않는다고 했구나. 진작 그렇게 말하지. 그런 속셈을 몰랐구나. 고맙다."

니아는 시부모님에게 죄송했다. 남자도, 니아도 결혼은 처음 하는 것이었다. 나이는 늦었지만 양가 부모님 모시고 결혼식을 했다. 양가의 늙은 부모님이 흡족해하셨다. 결혼하고 하루하루가 즐거운 날이었다. 니아는 남편의 아기를 낳아 주고 싶어 노력해 봤지만, 나이가 많아서 그런지 아기가 생기지 않았다. 남편은 슬기를 제 자식처럼 끔찍하게 예뻐해 주어서 정말 행복했다. 슬기는 자라면서 아무 상관도 없는 남편을 참 많이도 닮았다. 얼굴 생김새도 성격도 닮았다. 같이 살면 닮는 모양이라고 생각했다. 슬기는 남편을 친아빠로 알고 있다. 슬기와 손잡고 나가면 사람들이 한마디씩 했다.

"어쩌면 아들이 아빠와 판박이네요."

"부자간이니까 닮았지요."

남편은 흐뭇해하면서 사람들이 말하면 능청스럽게 대꾸했다. 슬기는 아빠 닮았다는 말을 좋아했다. 니아가 봐도 어쩌면 그렇게 닮았는지 이해할 수 없었다. 슬기가 자라면서 같이 목욕도 가고 운동경기도 같이 가고 취미까지도 같았다.

"엄마, 친구들이 나더러 아빠하고 붕어빵이라고 해서 아빠 아들이니 똑같다고 했어. 그렇잖아. 아들이니까 아빠 닮는 것이 맞잖아? 그치…?"

"그래. 아빠 아들이니까 똑같지."

"그런데 엄마, 결혼식은 나 낳고 했나 봐?"

"어. 그때는 결혼식 할 돈이 없었어. 돈 모아서 결혼식을 늦게 했지."
"엄마는 아빠를 좋아하나 봐."
"그럼, 아빠가 엄마에게 잘해 주니까 엄마도 아빠를 좋아하지."
"아빠도 그렇게 생각한대?"
"그럼."
"나도 엄마 아빠가 좋아."

슬기는 공부를 잘했다. 니아와 남편은 아들이 공부하는 것을 보면 조용하게 해주느라고 거실에서 걸음도 조심스럽게 걸었다. 둘이 말할 때도 소리 나지 않게 말했다. 남편은 니아보다도 더 열심히 슬기를 보살폈다. 니아는 남편이 슬기에게 잘해 주어 고마워서 눈물이 나왔다. 만약에 남편의 아들이 있다면 니아는 남편처럼 그렇게 잘해 주지 못할 것 같았다. 친아빠도 그 이상은 못할 것 같았다. 아들이 수학이나 영어를 물어보면 자상하게도 가르쳐 주었다.
"엄마, 아빠는 모르는 것이 없어. 정말 공부 잘했나 봐?"
"그러니까 좋은 대학을 나왔지. 할머니가 그러시는데 너무 공부 열심히 해서 병날까 봐 걱정했었대."
"내가 아빠 실망시켜 드리면 어떻게 하지."
"그냥 네 힘껏 열심히 공부하면 되는 거지. 아빠도 그것을 바랄 거야."
정말 남편은 열심히 사는 사람같이 보였다. 니아에게도 슬기에게도 최선을 다하는 것이 눈으로 보였다. 슬기는 열심히 공부해서 원하는 대학에 갔다. 아빠의 대학 후배가 되었다. 니아는 이제 바랄 것이 없다. 슬기가 대학교 졸업하고 여자 잘 만나서 잘 살기를 바랄 뿐이다. 니아는 부모님이 강경하게 반대하는데도 기어이 아기 낳은 것을 아주 잘했다고 생각했다. 그때 부모님 말 듣고 포기했더라면 지금의 이 행복이 없었을 것이다. 너무 좋아서 구름 위의 무지개 길을 걷는 느낌이다. 니아는 슬기를 낳기 전에 아기들만 보면 정신을 잃었었다. 어느 날은 공원에서 아기가 뛰어가는데 넘어질까 봐, 따라가다가 아기 엄마에게 오해를 받은 적도 있었다.

"왜요?"

이상하게 생각하는 것 같았다.

"아기가 다칠까 봐…."

"어머, 아줌마가 걱정하지 않아도 우리가 보살펴 줘요. 별꼴이야. 멀쩡하게 생겨 가지고."

니아를 이상한 여자로 보는 것이었다. 그런 망신을 당하고서야 '내가 왜 이러지, 미쳤구나.' 했다. 생각하면 지금 니아는 정말 행복했다. 세상에 부러운 것이 없다.

그런데 니아에게도 아들에게도 더 없이 잘해 주던 남편이 어느 날 술을 먹고 집에 늦게 들어왔다. 니아에게 화가 난 사람처럼 말을 하지 않았다. 왜 그런지 알 수 없었다. 며칠을 그렇게 니아는 남편 눈치만 봤다.

"왜 그래, 당신?"

"내가 뭘, 왜 트집 잡아?"

"……."

"당신은 좋겠다. 아들이 당신 마음에 들게 해주니까."

"왜 당신은 싫어. 우리 아들이 잘나서 속이 상한 건가요?"

"나는 이집에서 뭐하는 사람이고 어떤 존재야?"

"무슨 소리요? 당신은 내 남편이고 우리 아들의 아빠고 이 집의 가장이지요."

"정말 그렇게 생각해? 당신과 슬기가 나중에 나를 버리면 어쩌나 하는 생각이 나더라고. 나는 당신과 슬기에게 끼어들어서 쓸모없는 존재가 아닌가?"

"내가 당신에게 무엇을 서운하게 했나 봐요. 그렇다면 사과 할게요. 뭐가 서운했지요? 다 고칠게, 말해 봐요?"

"서운하게 한 것이 아니라 공연히 그런 생각이 나더라고. 내가 늙었나 봐."

"별생각을 다 하네요. 거듭 말하지만 주민등록등본을 떼어 봐요? 나는 당신의 아내고, 슬기는 당신의 아들이죠. 슬기가 아빠를 얼마나 존경하고 있는데 빈말이라도 그런 소리 하지 말아 줘요."

그렇구나. 내 생각만 하고 있었구나. 남편은 나와 아들에게 그런 생각을 하고 있는 것을 모르고 있었다. 남편에게 미안했다.

니아가 행복해 하고, 감사하게 생각하고 사는 것을 하늘은 가만 두지 않았다. 남편이 오토바이를 타고, 아들에게 노트북을 사다 준다고 나갔다가 뺑소니차에 치어 콩팥이 망가져서 이식을 받아야 산다고 했다. 남의 콩팥을 이식받아야 산다는데 어떻게 해야 할지 니아는 막막했다. 그런데 슬기가 자기가 콩팥을 아빠에게 이식해 준다고 했다. 슬기는 제 아빠가 친아빠인 줄 알고 그런 모양인데, 니아는 슬기에게 사실을 말할 수도 없고 난감했다.

"안 돼."

"엄마, 내가 아빠에게 콩팥을 하나 떼어 주는 데 뭐가 문제야. 왜 그래? 엄마에게 준다고 해도 엄마가 반대할 거요? 엄마 참 니쁜 사람이네요."

"나는 나를 위해서 너를 희생시킬 생각 없어. 아빠도 그렇게 생각할 거야. 네 인생을 생각해야지."

"내가 콩팥을 주면 아빠가 산다는데, 자식이 아빠가 죽는 꼴을 그냥 볼 수는 없잖아요."

니아는 말을 못했다. 니아는 지금까지 남편이 고마웠지만 내 아들이 저 남자를 위해서 죽을 수는 없다. 물론 남편이 슬기를 위해서 잘해 준 것은 알지만, 젊은 내 아들이 피 한 방울 섞이지 않은 늙은 계부를 위해서 희생할 수는 없다. 만약 잘못되어 아들이 남편 때문에 고생하게 된다면 니아는 살아갈 수가 없다. 어떻게 낳은 아들인데 남편 없이는 살아도 아들 없이는 못 산다. 죽으러 가는 심정으로 슬기의 고집 때문에 피 검사를 하는데 따라갔다. 잘 맞는다고 했다. 할 수 없이 아들이 없을 때, 의사에게 사실을 말했다.

"선생님 피 한 방울 섞이지 않은 남편을 위해서 내 아들의 콩팥을 떼어낼 수는 없어요."

니아는 울었다. 이런 일이 있으리라고는 생각하지 않았다.

"아주머니, 아들의 콩팥을 남편에게 주게 하지 않으려고 그러시는 거죠? 하나 떼어내도 아무 이상 없어요. 안심하고 아들이 하자는 대로 하세요."

"선생님이 우리 아들 건강을 책임질 수 있어요?"

"네 제가 책임지겠습니다. 걱정마세요."

니아는 어쩔 수 없이 아들과 의사 말을 따르기로 했다. 니아는 슬기의 결심에 강경하게 반대했지만, 슬기는 엄마의 마음을 모르고 고집을 꺾지 않아서 할 수 없었다. 모든 사연을 다 말하고 싶지만, 다음 일어날 일이 무서워 말을 못하고 참았다. 왜 오토바이를 타고 가서 내 아들의 콩팥을 떼어가려고 하나. 아들을 위해서 나가다가 다쳤는데 남편이 미웠다. 할 수 없이 남편에게 콩팥을 제공한다는 사람이 나타나서 수술하기로 했다고 말했다. 너무 많이 울어서 눈이 부은 얼굴을 보고, 남편은 작은 목소리로 힘없이 니아 손을 잡고 말했다.

"당신 만나서 행복했고 미안해. 내 아들 슬기도 고맙고 사랑해, 슬기가 보고 싶다."

"슬기가 마음고생이 많아서 아빠를 볼 수가 없나 봐요."

니아는 제발 슬기에게 수술할 수 없는 일이 있기를 바랐다. 지금이라도 슬기 마음이 변해서 수술하지 않는다고 말하기를 바랐다. 누가 콩팥을 제공하는 사람이 나왔으면 좋겠다고만 생각했다. 슬기가 수술을 끝내고 아파할 때, 니아는 가슴이 찢어지게 아팠다. 왜 이런 일이 생겨서 내 귀한 아들의 콩팥을 떼어내게 했나, 종교를 믿지 않는 니아는 하느님도 부처님도 미웠다. 그렇지만 하느님과 부처님께 슬기가 무사히 수술이 잘 되기를 빌었다. 남편 얼굴을 보고 싶지 않았다. 슬기는 며칠이 지나고 멀쩡하게 아무 이상이 없었고 아빠를 걱정하고 있었다. 남편이 수술하고 아파할 때, 안타까움 보다는 저 사람 때문에 멀쩡한 내 아들을 수술하게 했다고 남편이 밉기만 했다. 결혼하지 않았으면 이런 일이 없었을 것을, 남편과 결혼한 것을 후회했다. 남편이 수술이 잘 되어 부작용 없이 일어났다. 니아는, 남편의 몸보다 아들 건강이 걱정되었다. 몇 달이 지나고 몸이 많이 회복된 후에 남편에게 슬기가 콩팥을 주었다고 말했다. 남편은 깜짝 놀라서 말리지 않았다고 니아에게 야단쳤다. 니아는 슬기가 아버지를 살려야 한다고 강경하게 말해서 말리지 못했다고 했다. 의사가 니아를 만나자고 하더니 이상하다고 했다. 니아의 말을 듣고 의사는 이상한 생각이 들어 니아에게 남편과 아들의 유전인자를 검사한다고 했을 때, 할 필요 없다고 했지만 의사의 요청대로 검사를 했다. 99.9% 일치한다는 소식을 들었다. 니아는 내가 지금 무슨 소리를 들은 건지 도저히 이해가 안 되었다. 뭐가 어떻게 되는 것인지, 내가 제 정신인지 알 수가 없었다. 의사가 거짓말을 하는 것이라고 생각했다. 그렇지 않고서야 어떻게 피 한 방울 섞이지 않은 슬기가 남편과 피가 일치한다는 말인가. 믿어지지 않았다.

남편은 수술이 끝나고 슬기가 보고 싶은데, 보이지 않아 무슨 일이 있나 걱정되었다고 말했다.

"그래도 말렸어야지. 늙은 나를 위해서 젊은 애의 신장을 떼어내면 안 되지."

얄밉게도 남편은 아들을 걱정했다.

"제 아빠 고집 닮아서 말릴 수가 없었어요. 아빠를 살려야 한다고 워낙 강경하게 말하니까 꺾을 수가 없더라고요. 슬기 고집으로 당신을 살렸어요."

"내 고집이 그렇게 센가?"

"여보, 이상한 것은 병원에서 의사가 당신과 슬기가 99.9% 친자가 맞는다고 하네요. 이해가 되지 않아서 내가 제 정신으로 살고 있나. 알 수가 없어요. 나 살아 있는 것 맞지요?"

"그래? 이상한 일도 있네."

"아기를 너무 낳고 싶어서 분명 모르는 사람의 정자를 얻어서 아이를 낳았는데, 그때 부모님이 반대해서 인연을 끊고 나 혼자 무지하게 고생했어요. 남의 눈치를 보면서 낳은 아이인데 당신과 얼굴도, 하는 짓도 똑 닮아서 같이 살면 닮기도 하는구나, 했지요. 그런데 어떻게 이럴 수도 있는지 모르겠네요? 그때 한국 사람 정자를 받았으면 좋겠다고 했을 뿐인데요. 걸음을 걸으면서도 땅을 딛는 것이 아니라 하늘에서 구름을 밟는 느낌이 들어요. 몇 번을 생각해 봐도 나는 지금도 믿을 수가 없어요."

"그럼 검사 한 번 다시 해 봐야겠다."

"하지 말아요? 아니라고 할까 봐 겁이 나요."

"밑져야 본전이지."

"슬기가 알면 오히려 상처가 생기지요. 슬기는 당신을 친아빠로 알고 있는데."

"몰래 해야지."

"난 하지 말았으면 좋겠어. 불안해요."

다시 병원을 찾았지만 대답은 친아빠와 아들이 맞는다고 했다. 남편은 다른 병원에 슬기의 머리카락과 칫솔을 가지고 가서 검사했다. 얼마 만에 답변서가 집으로 왔다. 99.9% 일치한다고 기록되어 있다.

"이게 웬일이야? 별일도 다 있네."

"사실은 내가 서른다섯 살 때, 친구들과 장난 겸 정자은행에 내 정자를 보관한 일이 있었거든. 그리고 내가 결혼을 못 할 것 같아서 좋은 일이나 한다고 필요한 사람에게 기증한다고 했지. 혹시 하고 알아봤더니 그때 당신이 가져가서 임신을 한 것이었어. 너무 믿기지 않아서 알아봤더니 정자를 가져간 날짜와 당신이 아기를 임신한 달이 일치하더라고. 어떻게 당신에게 가서 그런 일이 있었나, 모르겠더라고, 처음에는 나도 믿을 수 없었지. 그렇지만 우리는 하늘이 맺어준 부부가 맞다. 소중한 우리 아들이, 다행히 효자 아들을 두어서 내가 이렇게 당신과 아들과 행복하게 살 수 있으니 나는 참 복 많은 사람이다. 여보, 내 아이를 낳아줘서 정말 고마워요."

"여보 나도 당신을 만나서 너무 고마워요. 어떻게 이런 일도 있나요. 내 욕심만 생각하고 아비 없는 아이를 낳은 것이 죄가 되어서 했는데, 제 아빠를 찾아서 정말 고맙습니다. 세상은 살맛 나는 세상이네요."

니아는 그렇게도 원하던 정상적인 가정을 이룰 수 있어 감사하는 마음으로 환하게 밝아오는 하늘을 바라봤다.

그런데 유전자 검사를 하고 해명서가 온 것을 슬기가 알았다. 슬기가 갑자기 말을 하지 않고 싸늘했다. 남편과 니아는 영문을 알 수 없었다.

"너 어디 아프니?"

"……"

"아프면 병원가야지."

"참견하지 말아요."

슬기는 니아에게 차갑게 쏘아붙였다.

"참견 말라고, 수술한 곳이 아프면 병원 가야지."

"내게, 왜 나와 상관도 없는 사람에게 신장을 떼어 주게 했어요?"

"무슨 소리야. 네가 아빠를 살려야 한다고 했잖아."

"몰랐으니까 그랬지."

"슬기야, 네 친아빠가 맞아."

"나는 그런 줄도 모르고 바보같이 살았잖아. 나는 엄마도 싫고 아빠도 싫어요."

"미안하다. 그러나 나는 너를 진심으로 사랑한다."

"다들 위선자들이에요.'

지금까지 그런 일이 없었는데 확실하게 알고 싶다고, 남편이 유전자 검사를 해가지고 아무것도 모르고 평화롭게 살던 아들에게 상처를 주었다. 니아는 그것이 큰 잘못이라고 생각하지 않았는데, 슬기는 많이 괴로운 것 같았다. 슬기가 집에 늦게 들어왔다. 지금 몸조심해야 하는데, 니아는 걱정이 되었다. 남편과 니아는 불안한 마음으로 슬기의 눈치만 봤다.

"밥 먹어야지?"

"필요 없어요. 무슨 걱정이 되시나요?"

착하고 순진하던 슬기가 삐딱하게 말하고 방으로 들어가 버렸다. 슬기에게는 상처가 큰 것 같다. 남편과 슬기는 지금 몸조심을 해야 하는데 걱정이 되었다. 방에 들어가 문을 잠그고 우는 것 같았다. 슬기는 이튿날 나가서 집에 들어오지 않았다. 말없이 나가서 나간 줄도 몰랐다. 휴대폰도 꺼져 있었다. 학교에 알아봤더니 슬기는 수술을 하면서 진작에 휴학계를 냈었다고 했다. 슬기와 친한 친구에게 전화했다. 친구가 하는 말이 슬기가 죽고 싶다면서 엄마가 보고 싶지 않다고 말했다고 했다. '무슨 일이 있구나?' 했는데 전화도 받지 않아서 그러지 않아도 어머니에게 전화하려고 했다고 말했다. 아는 친구들 전화를 알아보고 전화를 했지만 모른다고 했다. 니아는 슬기에게 무슨 일이 있으면 어쩌나. 겁이 났다.

니아는 그동안 행복했던 내 인생은 끝이 났지만 슬기가 걱정이 되었다. 내 아기를 낳고 싶어 낳았건만, 아버지의 걱정대로 아들에게 피해를 주었다. 아들 얼굴을 한 번 보고 죽고 싶다. 밥도 먹을 수가 없고 잠도 오지 않았다. 제발 내 아들의 목소리라도 들어보고 싶다.

"내가 살아서 내 아들을 괴롭게 했다. 죽어야 할 사람이 젊은 아들을 아프게 하고 무슨 낯으로 살겠나. 아들에게 용서를 빌고 싶다."

남편도 괴로워했다. 그렇게 며칠 동안 아들을 찾지 못하고, 죽지 못하고 살았다. 숨 쉬고 살아 있다는 것이 부담스러웠다.

슬기 친구 전화가 왔다. 슬기가 왔다고 어서 오라고 했다. 남편과 둘이서 갔다. 슬기는 친구와 찻집에 있는데 얼굴이 꼴이 아니다. 수염도 깎지 않고 거지 같은 몰골로 탁자에 얼굴을 묻고 있다.

"슬기야…,"

"……"

슬기는 울고 있었다. 걸을 수조차 없이 힘이 없어 보였다. 슬기와 같이 집에 왔다. 슬기는 쭈그려 앉아 얼굴을 양다리 속에 묻고 울고 있었다.

"슬기야 내가 잘못했다. 정말 잘못했다."

"견딜 수가 없어요. 태어나지 말았어야 할 사람이 태어났습니다. 죽고만 싶습니다. 두 분에게 죄송하지만 살고 싶지 않습니다."

"아들아, 내가 내 아기를 낳고 싶어서 어려운 여건을 감수하면서 그런 짓을 했다. 나는 내 어머니 아버지에게, 친척들과 여러 사람에게, 사람 취급도 못 받고 갖은 고통을 받아가면서 견디고 살았다. 그래도 내 아기를 낳아서 너무 기뻤고, 너를 낳고 네가 잘 자라 주어서 행복했다. 다행스럽게 네 아빠를 잘 만나서 행복했다. 네게 조금만 잘못하면 헤어지려고 했는데, 아빠는 네게 친자식처럼 잘해 주더라. 네가 커가면서 얼굴도 하는 행동도 어쩌면 피 한 방울 섞이지 않은 아빠와 닮았더라. 같이 살면 닮아지는 것이라고 생각했다. 이번 일도 나는 네 아빠에게는 죄송하지만 아빠는 죽어도 괜찮고, 네게 무슨 피해가 있을까 봐 반대했는데, 네가 기어이 네 콩팥을 아빠에게 준다고 하더라. 네게 다 말할 수도 없고 나 정말 힘들었다. 제발 네 마음이 변해서 취소하기를 바랐다. 검사했을 때, 할 수 없이 의사에게 내 사실을 말했더니 나를 의심하더라. 나중에 유전인자가 99.9% 맞는다고 하더라. 기막혀서 믿을 수가 없었다. 아빠에게 말했더니 아빠가 검사를 다시 하니까 유전인자가 일치한다고 하더라. 나는 겁이 나서 검사하는 것을 말렸다. 아빠가 젊어서 그런 일이 있었다고 하면서 자기 아들이 맞는다고 했다. 이제 마음이 편하다고 생각했는데 네게 마음고생을 하게 한 것을 몰랐다. 아들아 미안하다. 엄마가 아기를 낳고 싶은 이기심에 욕심을 부려서 그렇게 되었다. 내가 정말 잘못했다. 진심으로 사죄한다. 이 못된 엄마를 용서할 수는 없겠니?"

니아는 슬기 앞에 무릎을 꿇었다. 눈물이 뚝뚝 떨어졌.

"죄송합니다. 속이 좁아서 엄마가 그렇게 괴로워하는 줄도 모르고 제 생각만 했습니다. 아빠도 피 한 방울 섞이지 않은 남의 자식에게 정말 정성을 다하셨습니다. 그런 사실을 진작 알았어도 너무 괴로웠을 것 같습니다."

슬기는 믿었던 아빠가 친아빠가 아니라고 오해하고 더 상처를 받은 모양이었다.

"결국은 하늘이 내 소원을 이루어 주셨다. 내 욕심대로 되었지만 네게는 정말 미안하다. 이제 죽어도 소원이 없다고 했는데 그것은 다 내 욕심일 뿐이었다. 내 자식을 괴롭게 할 것은 생각하지 않았다. 아들아, 그래도 세상에 태어났으니 엄마 생각하지 말고 네 인생을 위해서 마음을 풀 수는 없겠니?"

"그래, 나도 네게 잘못을 빈다. 어떻게 이런 일이 일어날 줄은 몰랐다. 젊은 마음에 그런 짓을 하고 다행히 엄마를 만나고 너를 만나 행복했다. 내가 신장이 망가지지 않았으면 너는 아무것도 몰랐을 것을 이렇게 되었다. 나는 그 덕분에 하늘의 도움으로 내 진짜 친아들을 만났다. 너를 만났을 때, 피가 통했는지 네가 남의 자식 같지 않고 내 자식만 같았다. 남의 자식이라는 느낌이 들지 않았단다. 네가 내게 신장을 떼어 주었다는 소리를 듣고 나는 죽더라도 네 건강을 해치면서까지 내가 살고 싶지 않았다. 그래서 엄마에게 왜 그랬느냐고 나무랐다. 네 건강을 해칠까 봐 걱정이 되었다. 너는 왜 나를 살려야겠다고 했는지 네가 걱정이 되었다. 나는 그것이 죄가 된다는 것은 몰랐다. 네가 세상에 나가 바른 사람이 되어서 잘살아 엄마와 아빠의 죄를 씻어 주면 안 되겠니? 이렇게 염치없는 소리를 하는구나. 아들아 내 아들 슬기야. 나를 용서해 다오."

남편도 울면서 니아 옆에 꿇어앉아 빌었다. 슬기가 남편과 니아의 손을 잡았다.

"왜 이러세요? 그렇게 원해서 이렇게 못난 아들을 얻었나요?"
남편과 니아와 슬기가 얼싸안고 엉엉 울었다.

촌
수

촌수

안방에 처음 보는 큰 상이 차려졌다. 아버지 환갑이라고 사람들이 굉장히 많이 왔다. 환갑이 무엇인지는 모르지만 사람들이 많이 오고 언니와 형부 오빠들이 먼저 절을 하고 나더러 절을 하라 했다. 섣달 스무이레이니 설날이 되려면 사흘이 아직 남아 있다고 했는데, 왜 아버지와 어머니에게 절을 하라 하는지 모르겠다. 설날도 아닌데 빨강색 명주치마와 색동저고리를 입었다. 여섯 살 먹은 나는 큰절을 어떻게 할 줄도 모르지만, 언니와 오빠가 하라는 대로 큰절을 하려고 하는데, 뒤에서 왁자지껄 소리가 들렸다. 신경이 쓰여서 얼른 일어나려고 하다가 긴치마에 걸려서 엉덩방아를 찧었다.

"애개개…. 하하하, 호호호…."

"내가 큰절 않는다고 했잖아…."

집안 오빠와 올케들이 웃음보를 터뜨렸다. 아버지 환갑잔치를 한다는데 여섯 살 아이가 손녀도 아니고 딸이라고 하니, 귀여워서 웃는 것인지, 한심스러워서 웃는 것인지 모르겠다. 나는 창피해서 얼른 도망쳤다.

"우하하 왜 도망가…?"

대청에 상을 차리면 넓고 좋지만, 음력 12월 추운 겨울이라 안방에다 상을 차렸다. 방마다 나이 먹은 집안 오빠들과 올케들과 나이 먹은 조카뻘 되는 사람들이 절을 하려고 차례를 기다리고 있다. 윗방에는 키 크고 배가 부른 술항아리들이 나란히 줄지어 술 냄새를 풀풀 내면서 버티고 서 있다. 나는 어젯밤에 시끄러워서 잠을 잘 못 잤는지 졸음이 왔다. 술항아리와 술항아리 틈바구니 사이에 끼어 앉아 꾸벅꾸벅 졸고 있는데 집안 오빠가 봤다.

"애기야, 어 어, 거기서 자, 자."

나는 창피하지만 시끄러워도 갈 곳이 없어 거기서 쪼그려 앉아 잤다.

"애기 좀 봐. 저기서 자네. 호호호…."

"제 아버지가 환갑인 줄도 모르고, 어이구 귀여워."

"귀엽기는 한심스럽다. 저게 언제 크니? 어이구 손녀딸도 아니구…."

사람들이 한마디씩 했다.

우리 집은 가운데 골목이 있고 그 골목 사이에 두 집이 있다. 골목을 들어가서 제일 위에 있는 집이 우리 집이다. 그 위에 한참 올라가서 산 밑에 자식 없는 할아버지 할머니가 사는 오두막이 하나 있기는 하다. 그 집은 동네 젊은 사람들이 오갈 데 없는 노인이라고 집을 지어 주었다. 우리 집 주위에는 감나무 밭이 있고 밤나무와 호두나무, 배나무, 복숭아나무와 과일나무들이 있다. 밭둑에는 대추나무가 줄지어 있다. 과일나무가 참 많았다. 나는 어려서 개떡이나 고구마 같은 주전부리를 하고, 과일나무가 많아서 밥은 잘 먹지 않고 과일만 실컷 먹고 살았다. 골목에는 어려서부터 내가 꽃을 좋아해서 백일홍과 분꽃, 냄새가 많이 나는 노란 서광꽃, 키가 큰 해바라기와 다알리아가 있고 바닥에 납작 주저앉은 채송화도 있고, 백합과 나리꽃도 있었다. 어머니는 닭 벼슬 같은 맨드라미를 마당가에 심어서 빨갛게 피었다. 나는 맨드라미가 꽃 같지 않아서 좋아하지 않지만 어머니는 맨드라미를 좋아했다. 꽃들은 봄에서 가을까지 골목을 곱게 장식했다. 사람들이 우리 집에 오면, 꽃구경을 하면서 꽃집이라고 했다. 집 안에도 온통 꽃밭이고, 나팔꽃은 울타리를 덮었고, 울안에는 꽃향기가 진동했다. 군청에서 노인잔치를 한다고 아버지에게 오시라고 군청 서기가 오다가 꽃을 꺾어가고 싶다고 했다. 내가 꽃 심는 것을 마땅찮아 하던 아버지는 그 소리를 듣고 그때부터 꽃을 좋아하게 되었다.

오른쪽 집 큰손자와 작은손자는 나하고 한 살 위고, 한 살 아래라서 둘 다 친구로 같이 잘 놀았다. 그 집은 조상이 옛날에 굉장한 양반이었고 부자였다고 했다. 그 집 딴채에 옛날 양반이 쓰던 모자인 상투 위에 쓰던 망건과 갓들이 있고, 커다란 부채도 있었다. 종이가 떨어져 제대로 쓸 수는 없었다. 양반이 출타할 때, 타는 가마도 있고, 아래 사람들이 들어 주던 우산도 굉장히 크지만, 살만 제대로 있고 너덜너덜했다. 여러 가지 옛날 물건들이 많이 있었다. 친구는 제 조상을 자랑하지만, 몰락해서 제대로 보존을 못 하고 뒹굴어 다녔다. 하긴 망건과 갓은 우리 집에도 있었다. 그 집은 서울에서 살다가 전쟁이 일어나 고향으로 내려왔다. 처음에는 아이들이 눈이 반짝반짝하고 똑똑했었다. 그러나 식구들이 많다 보니 살기가 어려워지니 기가 죽어갔다.

　왼쪽 집은 우리 감나무가 그 집 뒤꼍을 덮었다. 그 댁은 우리와 성씨가 같은 집안 아저씨 댁이었다. 아저씨가 기거하는 바깥채에 예쁜 아줌마가 가끔 왔다. 또 한쪽 행랑채에는 머슴이 기거했다. 우리 아버지는 그 아저씨보다 한 살 아래였다. 우리 아버지가 그 아저씨에게 '성님.'이라고 불렀다. 예쁜 아줌마는 곱고 단정해 보여서 양반집 안주인 같았다. 나는 그분에게 아주머니라고 부르지 않았다. 안채는 아저씨의 큰며느리가 살고, 손자와 손녀가 살고, 옆채에는 큰손자며느리가 살고 있었고, 식모가 있었다. 아저씨의 큰며느리는 내게는 올케뻘 되고 언니라고 불렀다. 언니는 아들딸들이 많았다. 첫째 큰아들은 대학교 나오고 결혼해서 아내는 어머니와 살고, 큰아들은 직장에 다녔는지 집에 없었다. 둘째는 특무대장이라고 하고, 우리나라에 몇 안 되는 영어를 잘하는 사람이라 통역관이라고 했다. 그 사람이 왔을 때, 바깥마당에 지프차라는 것이 있었다. 우리 동네는 그때 버스도 다니지 않았다. 어쩌다 트럭이 지나가는 것을 구경했을 뿐이다. 그 사람은 그림도 잘 그려서 제 할아버지에게 화투장을 그려 주었다고 들었다. 셋째는 딸인데 초등학교만 가르치고, 시골 농사짓는 사람에게 일찍 시집보냈다. 아들만큼 잘 생기지 않았다고 버림받은 딸이었다고 들었다. 넷째는 아들인데, 최고로 인기 좋은 서울대학교 사범대학에 다녔다. 다섯째도 아들인데, 서울대학교 의과대학에 다녔다. 본인은 의대가 싫은데, 아버지가 강제로 의과대학에 가라고 해서 어쩔 수 없이 다닌다고 했다. 자기는 공과대학에 다니고 싶다고 했다. 사람이 잘난 체 하지 않고 수더분했다. 여섯째는 딸인데 나보다 한 살 더 많았다. 일곱째는 막내아들인데 나보다 한 살 아래였다. 방학이 되면 그 집 아들들이 내려왔다. 머슴이 있지만 할아버지가 나무 해 오라고 시키면 손자들이 나무를 해 왔다.

"아이구 장하다. 잘했다."

할아버지가 칭찬했다. 논에도 가서 논을 매라고 시켰다. 다섯째는 바지를 걷어붙이고 일하고 와서 웃으면서 '아이구 힘들다,' 하면서 재미로 일하는 것 같았다. 넷째는 일을 하지 않는데 다섯째는 동네 사람들과도 잘 어울렸다. 그 집 손자들이 오면, 환하게 빛이 나고 동네가 가득 차는 것 같았다. 우리 동네는 가난해서 먹고 살 수가 없어 동네에 학교가 있지만, 초등학교도 들어가지 못하고, 노동일 해서 먹고 살았다. 읍내 장에 가려면 십 리가 넘는데도 걸어서 갔다가 왔다. 무거운 물건도 지게에 짊어지고 갔고, 여자들은 머리에 이고 갔다 왔다. 남자는 산에 가서 나무를 베어다가 십 리가 넘는 읍내 사람들에게 팔아서 돈을 벌고, 남의 집에 가서 일해서 먹고 살았다. 여자들은 더욱 가르치지 않았다. 공주 유구에 있는 인조공장에 가서 돈을 벌어 오고, 도시에 나가 식모살이해서 가족을 먹여 살렸다. 그런 동네에서 아저씨네는 그 많은 손자들이 대학까지 다녔다. 아저씨 막내딸도 서울에서 대학을 다니고 서울에 있는 고등학교 선생님에게 시집갔다고 들었다. 모두가 키가 크고 잘 생겼고 체격도 집채 같았다. 집채 같은 조카들이 조그만 어린 나를 보면 불렀다.

"아줌니…."

큰조카는 열세 살 더 먹었다고 들었고, 다음 둘째도 한 살 차이니 열두 살 더 먹었다. 집채 같이 큰조카들이 콩알만 한 나를 보면 놀리는 것이 재미있어서 크게 불렀다. 촌수로는 아줌마가 맞다. 그 시절에는 촌수를 많이 따졌고 타성 보고는 아줌마라고 부르지 않았다. 그 조카들이 우리 오빠보다 나이가 더 많은데 오빠에게 세배를 하려고 해서 말렸단다. 나이 많은 올케들도 내게 이름을 부르지 않고, '애기씨'라고 불렀다. 나는 그렇게 큰조카들이 지나가면 아줌니라고 부르는 것이 창피해서 도망쳤다. 그러면 더 재미있어서 '아줌니이….' 하고 소리쳤다. 일가도 일가 같지 않은 것이 촌수만 높다는 말이 있다. 나이 많은 사람이 어린것에게 손윗사람 대우해 주기가 얼마나 아니 꼬았으면 그런 말이 나왔겠나? 나는 촌수가 높다. 동네 집안사람들이 많지만 내 나이 또래는 모두가 조카뻘이 되었다. 항렬이 같은 사람들은 나이들이 많았다. 설날이 되면 집안 오빠와 조카들이 우리 아버지에게 세배를 하러 왔다. 날마다 얼마나 많이 오는지 어머니는 상 차리느라 보름 전까지 바빴다. 설날은 동네 집안사람이 오고 며칠 후는 근동 사람들이 왔다. 먼 동네 사람들도 왔다. 먼 동네 사람들은 제 조상 산소에 갔다가 아버지를 뵈러 왔다. 세배하러 오는 사람들이 나를 보고 귀엽다고 했다. 아버지가 연세가 많다 보니 세배하러 오는 사람들이 줄을 이었다.

　우리 집은 제사가 많았다. 종갓집이라 제사가 한 달에 두 번도 지낼 때가 있었다. 어머니는 제삿날이 되면 벼를 두었다가 방아에 찧어 쌀밥을 하고, 고기도 놓고, 포와 과일과 전도 상에 놓고, 술을 빚어 용수를 넣고 고양이 눈 같은 맑은 술을 떠서 조상님께 올렸다. 여러 가지 반찬을 해서 한시가 되어야 제사를 지내고, 끝나고 밥을 먹고 나면 첫닭이 울었다. 그렇게 제사를 지내야 시간이 맞는 것이란다. 그 밤중에 아랫집 아저씨를 불러서 제삿밥을 같이 먹었다. 잘 사는 아저씨지만 자다 말고 우리 집에 왔다. 지금 생각하면 말이 안 된다. 남자들은 밤중에도 술이 좋았나 보다.

　우리 아버지가 그 옛날에 가난해서 결혼을 늦게 했다. 게다가 우리 어머니가 임신을 하지 못하다가 구 년이 지난 후 늦게 아이를 낳기 시작했다. 간신히 임신을 하고도 딸만 먼저 낳고, 큰아들을 아버지 나이 사십 중반에 낳았다. 오십이 넘어서 아들을 하나 더 낳았고 큰딸은 시집가서 죽었다. 나는 큰언니가 결혼해서 죽고 난 뒤로 낳았기에 큰언니 얼굴도 보지 못했다. 그리고 다 낳은 줄 알았더니 반갑지 않은 종갓집 막내딸로 내가 태어났다. 어머니는 너무 늦게 나를 낳아서 태어나지 않았으면 좋았을 것을 태어나서 귀찮다고 노래처럼 자주 말했다. 아랫집 큰며느리는 자식을 일곱이나 낳았지만 막내가 나보다 한 살 아래였다.

나는 그 두 집 가운데 골목을 내려가서, 두 집 밑으로 도랑물이 흐르고 있어 아침이면 그곳에 가서 세수하고 아침밥을 먹었다. 그날 아침도 쪼르르 내려가 세수를 하는데, 그 집 여섯째가 도랑 건널목 돌에 앉아서 종이를 찢어서 내가 세수하는 데다 뿌렸다. 못 본 척 했더니 이제는 물을 뿌렸다. 성가셔서 내가 얼른 물을 한 번 끼얹고, 뛰어서 집에 왔다. 집에 와서 한참 있다가 밥을 먹는데 우는 소리가 났다. 문을 열어 보니 여섯째가 옷이 흠뻑 젖은 모습으로 엉엉 울고 있다.

"왜 그러니?"

어머니가 물었더니 여섯째가 울면서 말했다.

"엉엉, 덕이 아줌니가 물을 뿌려서 옷이 다 젖었어요."

놀랄 일이다. 물을 손바닥으로 한 번 뿌리고 왔지만, 내게 자기가 뿌린 것보다도 적게 뿌렸는데, 금방 올라온 것도 아니고 한참 있다 와서 하는 말이다.

"옷이 흠뻑 젖었네. 너 왜 그랬어. 왜 그런 짓을 했어?"

아버지가 나를 야단쳤다. 여섯째는 그것을 노리고 한 짓인데 얼마나 고소했을까? 만약 내가 그렇게 젖어서 집에 왔으면 나만 혼났을 것이다. 내가 잘못해서 그 애가 물을 뿌렸을 것이라고 말했을 것이다. 어떤 때는 입에 무엇을 잔뜩 입에 물고 '무어개?' 하고 손으로 가리켰다. 모른다고 하면 엿물을 쏟아 내거나. 꿀물이라고 하면서 버렸다. 주워 먹을 수는 없지만 '아까워라.' 부잣집이라고 과시하지만 우리 집에는 그렇게 좋은 것을 먹을 수 있는 형편이 아니었다. 부자인 그들은 가난하고, 조그맣고 저보다도 어린 내가 아줌마라니 아니 꼬아서 내게 과시하고 싶었던 것 같다.

오른쪽 집 애가 서울에서 오니까, 왼쪽 집 일곱째가 두 살이나 많은 그 애를 이기고 싶어 했지만 언제나 졌다. 그러자 오른쪽 집 애가 감기가 걸려서 밥을 먹지 못하고 죽게 앓고 일어났다. 일곱째는 그것을 노렸다가 이유도 없이 실컷 두드려 팼다.

"다시는 내게 덤벼들지 마. 기운도 없는 것이 까불어."

오른쪽 집 애가 내게 말했다.

"그 새끼가 내가 앓고 나니 노리고 나를 때렸지만, 두고 봐라. 언젠가는 내가 가만두지 않을 거야. 나쁜 새끼."

오른쪽 집 애는 어머니는 키가 크지만 아버지를 닮아서 키가 작았다. 왼쪽 집 일곱째는 어머니와 아버지가 키가 커서 오른쪽 집 애와 비슷했다. 왼쪽 아랫집 아저씨 댁은 모두가 키가 크고 체격도 좋고 잘 생겼다. 그 집 손자들이 서울에서 오면 동네가 환하게 빛이 났다. 노동일을 하지 않아서 얼굴이 하얗고, 우리 동네 사람들은 무명 한복을 입고 짚신이나 검정 고무신을 신었지만, 그 집 아들딸들은 양복을 입고 운동화나 구두를 신었다. 우리 동네는 무명 한복도 누덕누덕 기워 입은 사람들이 많았고, 겨울에는 잘 사는 집 사람들은 솜을 두툼하게 넣어서 한복을 입었지만 가난한 사람들은 홑저고리와 홑바지, 홑치마를 입고 살았다. 그래도 얼어 죽지 않은 것이 이상할 정도였다. 곡식이 없어 밥을 제대로 먹지 못하고 옷마저 갖추어 입지 못하고 아주 춥게 살았다. 부지런만 하면 나무는 얼마든지 베어다가 땔 수 있었기에 살아남은 것 같다.

그런 부잣집에도 탈이 생겼다. 6.25가 터지니 아랫집 아저씨는 부르주아라고 인민군에게 잡혀갔다. 어느 날 아저씨가 산으로 해서 우리 집에 왔다. 두루마기 입고 외출할 때 보면, 감히 쳐다보기도 어려울 정도로 위엄이 있었다. 그렇게 잘났던 아저씨가 알아보지 못할 정도로 바짝 말라서 밀레 송장(무덤 속 시체)같이 해 가지고 왔다. 누가 구치소 문을 열어 주어 몰래 빠져 나왔다고 했다. 얼마나 고생하고 힘들었으면 전시가 바뀌어 작은아들이 죽으러 가는데도 겁에 질려서 말 한마디 못했을까? 인민군으로 활동하다가 경찰에게 붙들려 죽게 되는데도 작은아들을 살리지 못했다. 전쟁은 참 무서웠다. 다시는 전쟁이 일어나지 않았으면 좋겠다. 그 아저씨는 정말 똑똑한 분이라 나라에서 도시와 가까운 곳에 초등학교를 세우려고 하는데, 아저씨가 아주 깡촌인 우리 동네에 학교를 세우게 했다. 그 아저씨 덕분에 나는 초등학교를 멀리 가지 않고 가까운 곳으로 편하게 다녔다. 우리 동네보다 더 먼 동네 사람들은 나보다도 더 고마운 분이다. 어린아이들이 십 리가 되는 길을 걸어서 우리 학교에 다녔다. 6.25 전쟁이 나기 전에 내가 초등학교에 입학했는데, 1학년이 105명이었다. 그런데 전쟁이 나고 졸업할 때는 36명이 졸업했다. 두 반도 더 되는 학생이 싹 줄었다. 여자가 한 명인 반도 있었다. 입에 풀칠하기도 어려운데, 비싼 사친회비를 내고 딸을 학교에 보낼 수가 없었다. 6.25 전쟁 시절에는 교장 선생님이 평교사가 되고 젊은 선생님이 교장이 되고, 우리는 김일성 만세를 외치면서 공부하라고 했다. 아저씨네 머슴 장순이가 인민군 완장을 차고 밥만 먹으면 여자들을 나오라고 했다. 할머니들도 나가고 새로 시집온 새댁도 나갔다. 남자들은 군대에 가지 않았으면 인민군이었다. 장순인 인민기를 들고 우리 동네 큰길을 돌면서 김일성 노래를 부르면 모두들 줄을 서서 따라 불렀다.

"김일~성 장군…♪ 만세…♪."

만세를 부르며 모두가 그 뒤를 따랐다. 그러다가 어느 날 갑자기 전세가 바뀌어 우리 국군이 들어왔다. 교실에서 공부하는데 시끄러워 밖을 보니, 학교 옆 큰길로 군대들이 총을 메고 지나가는 데 너무 무서웠다. 그 이후로 장순인 어떻게 되었는지 모르겠다. 하늘에는 제트기가 쌩쌩 날았다. 제트기 보고 쌕쌕이라고 했는데 무섭기만 했다. 선생님들도 나오지 않아 교장 선생님이 가르쳤다. 젊은 교장선생님은 잠깐 큰소리 치고 살았지만 붙잡혀 갔다. 사람들은 서로 눈치만 보고 살았다.

아저씨는 부자였지만, 작은아들이 돈을 이미 많이 써 버려서 그런지 작은며느리를 도와주지 않았는가, 그 집도 살기가 어려운 것 같았다. 그 아들도 아주 멋쟁이고 잘났었다. 한복만 입던 시절에 양복을 입고 다녔다. 아주 멋있었다. 그 언니는 나갔던 남편이 일본 여자를 데려왔는데, 밥을 해 주면서 이왕 첩실을 보려면 예쁜 여자나 데려오면 자존심이라도 상하지 않을 것 같았다고 했다.

"뭐야. 내 앞에 이쁜 여자나 데리고 오든지 하지, 저렇게 못생긴 것을 데리고 와서 자랑하나?"

그 여자는 일본 여자라 한국말을 몰라서 눈만 크게 뜨고 껌벅껌벅 쳐다봤다고 했다. 6.25가 터지기 전에는 동네 우리 집안에는 똑똑하고 잘난 남자들이 많았다. 전쟁이 나면서 이쪽 편으로 죽고, 저쪽 편으로 죽었다. 종전이 되고 초등학교에 선생님들이 새로 부임하면 아저씨에게 먼저 인사하러 갔다.

뒷산에 육대조, 조상님의 묘소가 있다. 그 산소가 온 동네의 후손들을 내려다보고 있다. 우리 육대조 후손들이 온 동네에 꽉 차서 다른 성씨들은 감히 대적을 하지 못할 정도로 번창했다. 음력 시월에 시제를 지내는데 남자들은 모두 산소에 올라갔다. 굉장히 거창한 행사였다. 다른 성씨들이 부럽게 올려다봤다. 나는 어려서 내 또래 조카 여자 애들과 시제가 끝나는 시간에 맞춰서 산에 올라갔다. 위에서 집안 오빠들이 올라가는 우리를 내려다보고 있었다.

"어서들 오너라."

오빠들이 반갑게 손을 흔들었다. 올라가면 떡과 과일과 사탕 등을 많이 주어 손이 모자랐다. 그때만 해도 우리 집안들이 잘난 사람들이 많아서 남들이 우리 집안들을 부러워했다. 나도 어린 시절을 온 동네가 내 집안사람들이라 평화롭게 살았다. 나는 집안에서 제일 어린 막내딸이라 모두들 귀여워했다.

아랫집 아저씨네는 첫째 손자며느리가 시집에서 살림을 하고 살았는데, 인물도 좋고 일도 잘하고 착하다고 시어머니가 자랑했다. 아저씨의 아들은 큰아들에게 묻지도 않고, 부잣집과 아버지끼리 약속을 하고 일찍 결혼을 시켰다고 했다. 큰아들은 결혼을 하고 색시와 한 방에 있지 않고 베개를 들고 다른 방으로 갔다고 했다. 얼마 동안 그렇게 살았지만, 남편이 싫어하니 그 여자는 그냥 친정으로 갔다. 그 여자는 상냥하고 얼굴도 예뻤다. 시어머니는 아까워했지만, 아들이 싫어하니 할 수 없었다. 다시 본인이 좋아하는 서울 여자와 재혼하고 신부가 왔는데, 내가 보기에는 키만 크고 얼굴은 그 여자처럼 예쁘지 않았다. 시어머니는 아들이 좋다고 하니, 뭐라고 할 수 없는 일이었다. 첫째 아들은 아주 예의가 바른 사람이었다. 그러나 남녀 관계는 어쩔 수가 없나 보다. 특무대장인 둘째 아들이 색시를 데리고 왔다. 그 여자도 식모가 있는데도 일을 아주 잘했다. 시어머니가 흡족해서 아주 좋아했다. 어린 내게도 만날 때마다 '아줌니.' 하면서 살갑게 대했다. 그렇게 식구들이 많은 집이었지만, 자기 살길을 찾아 모두 떠났다. 여섯째는 중학교를 서울로 갔고 일곱째는 아버지를 따라 부산으로 갔다. 그 오빠는 그 언니와 열다섯 살에 결혼해서 재미있게 살았다고 했다. 처음부터 어린 부부가 사이가 좋아서 언제나 같이 다니고 헤어지지 않을 것 같았다고 했다.

아내가 너무 예쁘다고 어떤 기생이 이렇게 예쁠 수 있느냐고 자랑을 하고 다녔다고 했다. 아내를 그렇게 사랑하던 남편이 사업을 한다고 부산에 가서 백화점 하는 여자와 살면서 고향에 명절 때만 오고 잘 오지 않았다. 그 언니는 독수공방으로 외롭고 슬퍼서 날마다 울면서 살고 있는데, 여섯째가 서울에서 학교에 다니다가 ○○○ 장로가 교주로 있는 사랑당에 다니면서 어머니에게 권했다. 그 언니는 집을 교회당으로 만들고 자주 부흥회를 했다. 그 집 안마당에는 언제나 사람이 꽉 찼고 찬송가 소리가 들렸다.

"만년성 거룩한 땅 들어가려고… ♪"

얼마나 찬송가를 크게 부르는지, 우리 집에도 다 들려서 찬송가를 외우게 되었다. 부흥회를 하면 울면서 호소하고 기도했다. 울면서 호소하면 소원이 이루어진다고 했다. 날마다 시끌시끌했다. 대문에는 ○○○ 사랑당 교회 간판이 붙어 있었다. 그 언니 얼굴에 생기가 돌았다. 그러다가 땅을 다 팔고 ○○○ 장로가 있는 서울 근교 경기도 사랑당 촌으로 간다고 했다. 남편이 찾아와서 말렸다.

"당신이 내게 무슨 할 말이 있어. 참 뻔뻔하네."

그 오빠는 그 언니에게 죄가 있어 말리지 못하고 낙심하고 그냥 갔다. 큰아들이 와서 말렸다. 그 언니가 아들에게 말했다.

"내가 남편도 없고, 나 혼자 이 시골에서 무슨 힘으로 살 수 있니? 네가 내 마음을 알 수나 있어?"

"내가 어머니 마음을 알잖아요."

"네가 알긴 뭘 알아? 네 애비가 다른 여자와 재미있게 살 적에,

나는 시아버지 모시고 이 큰살림을 나 혼자 했다. 네 애비는 나를 위해서 한 번이라도 고맙다고 한 적도 없다. 명절에 오면 차례만 지내고 나를 무슨 식모 쳐다보듯 하고 그냥 떠나더라. 내가 이 집을 위해서 죽도록 봉사했지만, 자식들도 다 떠나고 내게는 이제 아무 것도 없는 빈껍데기다. 흑흑."

"어머니 흑흑…."

첫째 큰 아들은 어머니를 말리지 못하고 ㅇㅇㅇ 사랑당 교회 간판을 떼어서 발로 쾅쾅 밟아 버리면서 눈물을 펑펑 쏟았다. 예의 바르고 공자 같은 아들도 어머니를 말리지 못했다. 그렇게 그 언니는 ㅇㅇㅇ 사랑당 교회로 갔다. 그 언니가 집을 판다고 하니, 그 집은 잘 되는 집이라고 돈 많은 사람들이 서로 사려고 했다. 워낙 큰 집이라 아마도 비싸게 팔았을 것이다. 급하게 팔아서 제 값을 못 받았을 수도 있다. 많은 땅을 갑자기 다 팔고 그 언니는 돈만 들고 ㅇㅇㅇ 장로가 있는 사랑당 촌으로 갔다. 그 집을 사온 사람은 그 집에 와서 그렇게 부자가 되지도 않았고 잘 된다고 듣지 못했다. 아마 아저씨 네가 좋은 운을 다 소비했는지도 모른다. 몇 년이 흐른 후에 그 언니가 왔다. 얼굴이 바짝 늙었고, 피부도 까맣고, 곱던 손이 아주 까칠했다. 점심 먹을 때 왔는데, 쌀 섞은 보리밥을 같이 먹었다.

"아이구, 우리는 이렇게 밖에 못 먹으니 그냥 같이 먹어야지."

"이 정도면 잘 먹는 거요."

"지금도 시키면 보리밥을 먹는데, 무슨 소리야."

"저는 밀가루만 먹고 밥도 제대로 먹지 못했어요."

그 많은 재산을 다 가지고 갔지만, 일을 얼마나 많이 시켰는지 너무 힘들었고 밀가루 음식만 먹었다고 했다. 식모와 머슴을 두고 품위를 지키고 살던 언니가 벽돌을 등에 지고 나르고 험한 일을 했다고 말했다. 우리 어머니가, 내가 밥을 먹지 못해 살이 찌지 않아서 얼굴이 작다고 불만이 많았다. 그 집 여섯째는 잘 먹어서 얼굴이 둥근 보름달같이 살이 찌고 통통하니 떠오르는 달덩이 같다고 부러워했다. 나더러 그 아이 하는 것처럼만 하라고 했다. 그 아이는 얍삽해서 말도 잘하고, 못하는 것이 없다고 했다. 나는 여섯째가 부러웠지만, 그 아이처럼 말도 잘하지 못하고 살도 찌지 않았다. 그 아이는 부잣집 딸이라 기가 살아서 무서운 것이 없었을 것이라 말을 잘했는지도 모른다. 나는 늦게 낳아 약해서 그런지 밥만 먹으면 체했다. 게다가 막내라서 순서대로 제일 늦게 밥을 퍼 주니 보리와 밑에 깔린 검은 콩만 남은 것을 주었다. 콩밥을 먹으면, 소화가 안 되어 배가 아팠다. 작은오빠는 콩밥을 먹어도 배 아프다고 하지 않고 건강했다. 내가 밥을 못 먹겠다고 울고 있으면, 아버지가 쌀밥을 조금 퍼 주었다. 그럴 때는 아버지가 너무 고마웠다.

아랫집 언니는 여섯째 말 듣고 그 많은 땅을 팔아서 사랑당 교회로 따라갔다가 신세 망쳤다. 부자여서 식모 두고 살던 언니는 외로워서 종교에 몸을 의탁하려 했던 것 같다. 그때는 어려서 아무것도 몰랐지만 나이를 먹고 생각하니 그 언니를 이해할 수 있고 불쌍했다. 돈이 많다고 다 행복한 것은 아닌 것 같다. 겉으로 보기에는 자식들도 잘되고, 머슴 두고, 식모 있고, 땅도 많고 부러울 것이 없는 안방마님이었다. 그 후로 우리 어머니가 다시는 그 집 여섯째처럼 하라는 말을 하지 않았다. 일곱째는 다른 아들들도 잘생겼는데, 이 아이는 더욱더 잘생겼다. 머리가 좋아서 그런 것인지, 식구들이 귀여워해서 그런 것인지 일곱째는 꾀가 많았다. 할아버지가 너무 귀여운 막내 손자에게 나무를 해 오라고 하면, 할 수 없이 나무를 조금 해서 비틀비틀 하고 오면 할아버지는 잘했다고 아주 칭찬을 많이 했다. 아저씨는 오만하지 말라고 손자들에게 나무 해 오라고 시킨 것 같다. 그 집 식구들은 막내인 일곱째를 더욱더 예뻐했다. 일곱째는 초등학교를 졸업하고 아버지가 살고 있는 부산에 가서 중학교를 다녔다. 어느 날 우리 동네에 소문이 파다하게 났다. 중학교 다니는 일곱째가 아버지 금고에서 좋은 논 70마지기 값을 가지고 도망갔다고 소문이 났다. 아버지의 작은 여자가 너무 화려하게 사는 것이 화가 나서 그랬다고 했다. 참말인지 거짓말인지는 모르지만, 그 뒤로 어떻게 되었는지 모르겠다. 동네 사람들은 다른 사람 같으면 감히 그렇게 큰돈을 가져가지 못할 것이라면서 그 아이나 하니까 그런 배짱이 있다고들 말했다. 잘못한 것도 장한 사람이란 말인지 놀랍다고 혀를 내둘렀다.

 나이가 들어 서울에 와서 물건을 사려고 하면, 사랑당 촌 물건이 많이 나오는데 사랑당 물건은 신용이 있다고 했다. 비싸기는 해도 신용이 있어 사랑당 물건이 인기가 있었다. 사랑당 물건을 살 때마다 그 언니 생각이 났다.

 나는 그 아저씨 작은아들의 딸과 같은 반이었다. 내가 공부 잘하니까 그 어머니와 딸들이 나를 시기했다. 우리 집에서 학용품을 팔았다. 하루는 교장 선생님이 우리 교실에 들어와 우리 집 물건을 사지 말고 그 집 물건을 사라고 했다. 오빠가 교장 선생님에게 따졌더니 잘못했다고 빌었다. 그 집에서 부탁했는지 모르지만, 그 집을 위해서 그 집 물건을 사라고 교장 선생님이 얄팍한 심정으로 하는 말이었다. 그 집 큰딸이 무용을 가르치는데, 내게는 가르쳐 주지 않고 잘못한다고만 했다. 기분 나빠서 연습을 하지 않았다. 교감 선생님이 나중에 잘한 사람을 뽑았다. 나는 하지도 않았는데 교감 선생님이 잘 하려니 했는지 뽑았다. 그 아이의 큰언니가 깜짝 놀랐다.

"어머, 덕이는 연습도 하지 않았는데 뽑혔네."

그 사람이 뽑았으면 나를 뽑지 않았을 것이다. 그렇게 그 집 식구들이 나를 미워했다. 하루는 그 아이 엄마가 또 빈정거리는 소리를 했다. 한 번도 아니고 만날 때마다 계속 당하니까 나도 참다가 약이 올랐다.

"왜 내게 이름을 불러요?"

"뭐야. 이름을 불렀다고? 그래 '애기씨'라고 하지 않았다. 기가 막혀서 어린 것이 촌수가 높다고 나를 참 우습게 보네."

"왜 만날 때마다 빈정거려요?"

그들이 내게 너무 시기하고 질투가 심해서 쌓이고 쌓인 화가 치밀어 참지 못하고 어른에게 촌수를 따져서 항의했다. 사람들은 내게 뭐라고 하는 사람이 없었다. 오히려 이름을 불렀다고 그 언니가 잘못했다고 했다. 지금 생각하면 말도 안 되는 소리다. 그 언니도 참 불쌍했다. 누구만 못한 인물이 아닌데도 남편이 바람이 나서 나가 살다가 전쟁이 나고 인민군에 들어가서 행방불명이 되었다. 자식은 많은데, 먹고 살기가 참 힘들었을 것이다. 학교 선생님들 하숙을 쳤다. 젊은 여자가 남자들 하숙을 치니 무수한 좋지 않은 소문이 있었지만, 남편 잘못 만나 고생 많이 했다.

초등학교에 다니면서도 주위에 우리 성씨가 워낙 많아서 대부분 우리 집안이었다. 촌수가 높아서 아이들이 아줌니라고 하는 사람이 많았고 손녀뻘 되는 사람과도 한 반이었다.

내가 결혼을 했다. 남편의 삼촌 숙모는 한 살 아래고, 사촌형님은 네 살 아래였다. 사촌시아주버니는 내 남편보다 하루 일찍 낳았다고 했다. 시고모도 한 살 아래였다. 그나마 손윗동서는 한 살 더 먹었다. 한 살 더 많은 손윗동서의 시집살이는 말로 다 할 수가 없었다. 남편은 사촌에게 형이라고 부르지 않았다. 나는 내가 결혼도 먼저 하고 아기도 일찍 낳았지만, 사촌동서에게 깍듯이 '형님'이라고 불렀다. 시집에서 일거리가 있으면 동서와 삼촌 숙모와 시고모와 사촌동서가 가만히 앉아서 나를 시켰다.

"전은 자네가 하게."

이것도 저것도 다 나를 시키고 자기들은 앉아서 노닥거리고만 있었다. 열 받았다. 어려서는 촌수 높은 것이 창피했지만, 지금은 남편이 촌수가 낮아서 정말 치사스러웠다. 삼촌 숙모와 동서와 사촌동서는 기운이 장사였지만 빼빼 마른 내게 손아래 사람이라고 일을 시켰다. 나는 촌수가 낮으니 어쩔 수 없이 시키는 대로 해야만 했다. 삼촌 숙모는 나보다 나이도 어리고, 아이들도 내가 먼저 낳았지만 손아래라고 명령을 했다. 시고모도 늦게 낳았지만 그래도 촌수가 높다. 그들은 유행하는 것들을 사서 잘 입고 잘하고 다녔다. 나는 먹는 것도 아끼고 입는 것도 아껴서 집을 샀다. 그들은 나이는 어리지만, 손윗사람이 집을 사지 않았는데, 윗사람에게 먼저 집을 사게 하지 않고 아랫 사람이 먼저 집을 샀다고 당장 떼거리로 쳐들어 와서 난리를 쳤다. 하루가 멀다 하고 쳐들어와서 욕하고 소리를 쳐서 동네에 창피해서 사는 것이 힘들었다. 게다가 친정 손위올케마저 이런 곳에 집을 샀다고 빈정거리고 심술부렸다. 거짓말로 일러바치면, 오빠는 내게 내 말은 듣지도 않고 야단만 쳤다. 손윗사람들의 횡포를 견디지 못하고 기어이 그 집을 팔았다. 그들이 집을 사고 난 후에 집을 사라 했다. 그러나 그들 손윗사람들은 잘 먹고, 잘 쓰고 인생을 즐기면서 살았다. 그들은 씀씀이가 워낙 많아서 시집이나 친정이나 촌수만 높았지, 돈은 모으지 못했다. 손윗사람이라고 큰소리만 쳤다. 돈만 보면 정신없이 써 버리고, 집을 사지 못하고 우리에게 자기들을 도와주지 않는다고 볶아댔다. 우리보다 수입이 훨씬 많아도 모으지 못했다. 나는 먹지 못하고, 입지 못하고 알뜰하게 모았지만, 그들은 내게 돈을 준일도 없으면서 손윗사람이라고 빼앗아 가려고만 했다.

아파트 베란다에서 화분갈이를 하려고 흙을 팠다. 화분에서 지렁이가 나왔다. 큰 것도 있고 작은 것도 있다. 아주 반가웠다. 벌레가 생길 때마다 살충제를 뿌려서 다 죽은 것으로 알았는데, 지렁이가 있는 화분이 있다. 어릴 때 지렁이를 보면 징그러워서 도망쳤던 내가, 아파트에서는 지렁이가 반가웠다.

"너희들은 누가 촌수가 더 높으니? 물론 큰 것이 촌수가 더 높겠지? 하긴 사람은 크다고 촌수가 높은 것이 아니더라!"

왜? 지렁이를 보고 촌수가 생각났는지 나도 모르겠다. 지난날을 생각하고 혼자 웃었다. 오랜 세월이 흘러가서 촌수 낮은 그 조카님들은 어디서 어떻게 살고 있는지, 이제는 얼굴도 잊어버려서 마주 봐도 몰라볼 것이다. 밤 콩알 같던 것이 이마에는 주름살이 패이고 머리가 하얗게 센 내 얼굴을 보면 놀랄 것이다. 어려서 봤을 때, 키가 크고 집채같이 체격이 좋고, 결혼까지 했던 조카님들도 많이 늙었을 것이다. 나를 보면 지난날을 생각하고 웃음이 나올 것 같다.

"아줌니…."

"예, 조카님…."

내가 지금 그 조카님들을 만난다면, 옛이야기 하면서 이제는 도망가지 않고 반갑게 두 손 마주잡고 인사할 것이다. 조카님들이 보고 싶다.

내 딸

내 딸

새해맞이로 떠들썩하더니 벌써 이월도 마지막 날이다. 달력을 한 장 넘기면 내일부터 꽃 피는 삼월이 돌아올 것이다. 늘어지게 잠을 자고 우유 한 잔과 어제 먹다 남은 빵을 먹었다. 다시 입가심으로 뜨거운 커피를 마시다가 베란다 밖을 내다보니 탐스러운 함박눈이 펄펄 쏟아진다. 이월을 그냥 보내기는 못내 아쉬워서 남은 눈을 쏟아 붓나 보다. 함박눈을 보니, 나가서 아이들처럼 눈싸움을 하고 싶어졌다. 게다가 어제 남편은 친구들과 여행을 갔고, 아이들도 할머니 댁에 가서 내일 온다고 했다. 이런 날을 그냥 보내기는 아까워서 라니 엄마에게 전화했다.

"라니야, 뭐해? 눈이 저렇게 오는데 그냥 방구석에 처박혀 있을 거야?"

"그러게, 눈이 많이 오네. 그럼 어떡해?"

"그냥 있으면 안 되지. 뒷산에 가서 눈사람이라도 만들자."

"그럼 지금 나갈까?"

밤새 쏟아졌는지 눈이 많이 쌓여 있다. 지난겨울에는 유난히 추웠다. 게다가 독감까지 심하게 앓았다. 산에 가는 것이 겁이 나서 신발장 안쪽 깊숙이 넣어 두었던 등산화를 꺼냈다. 라니 엄마를 만나서 산으로 향했다. 아무도 걷지 않은 눈길을 뽀드득 뽀드득 걷다가 장난기가 발동했다. 눈뭉치를 만들어 라니 엄마 등에다 힘껏 던졌다. 라니와 내 딸 인수는, 같은 날 한 병원에서 낳았다. 내 딸보다 자기 딸이 공부를 더 잘한다고 자랑하는 라니 엄마가 마음속 깊은 곳에 은근히 미움이 있었는지도 모른다.

"호호호…."

"이것 봐라. 나는 못할 줄 알고…."

라니 엄마가 눈을 내 것보다 더 크게 뭉쳐서 내 등에다 던졌다. 한참을 그렇게 치고, 받고, 눈싸움 하는 것을 보고, 산을 오르던 남자들이 '하하하.' 웃으면서 지나고 있었다. 라니 엄마가 배짱도 좋게 처음 본 지나가는 남자 등에 눈뭉치를 던지고 도망쳤다. 그랬더니 그 남자가 눈뭉치를 가지고 쫓아와서 기어이 라니 엄마 등에 던졌다. 같이 가던 사람들이 '우와….' 손뼉을 쳤다. 모르는 사람들과 산속에서 눈싸움이 벌어졌다. 그들도 우리와 같이 재미있게 놀았다.

"고맙습니다. 오늘 숙녀님들 덕분에 너무 재미있었습니다. 다음에 또 만나요?"

"네, 죄송했습니다. 같이 놀아 주셔서 감사하구요."

그들도 즐겁다고 웃으면서 지나갔다.

"호호호, 우리보고 숙녀래…."

라니 엄마는 그것도 부족해서 내가 서 있는 곳의 나무를 흔들어, 눈을 흠뻑 맞아 나를 살아있는 눈사람으로 만들었다. '이게 그냥 너 거기 서 있어?' 내가 눈뭉치를 만들어 뛰어 갔더니 도망치다가 넘어졌다. 나도 옆에 가서 누웠다.

"와아… 좋다."

한참 놀다 보니 속옷이 흠뻑 젖도록 땀을 흘렸다. 일어나 진짜 눈사람을 만들었다. 제법 크게 만들어 얼굴에 나뭇가지로 눈썹을 붙이고 낙엽을 주워다가 모자도 멋있게 만들어 놨다.

"이건 라니 아빠다. 잘생겼지?"

"뭐가, 우리 인수 아빠가 더 잘생겼다."

"네 신랑보다야 우리 신랑이 훨씬 더 잘 생겼지."

"어림도 없는 소리다. 어디 우리 신랑에게 비교를 해. 집에 가서 우리 신랑에게 물어볼게. 호호호."

"호호호 그만 내려가자."

"그래 재미있게 놀았다. 나이 들어서 이렇게 놀기는 처음이다."

"우리는 마음이 맞아서 같이 놀 수 있으니 다행이다."

라니 엄마와 나는 눈을 툭툭 털고 내려가서 찻집에 갔다. 나는 따끈한 대추차를 마시고 라니 엄마는 냉커피를 마셨다.

"인수야 오늘 정말 재미있었다. 생전을 못 잊겠다. 그치?"

"그래, 라니 네가 있으니까 이렇게 재미있게 놀 수 있어 좋다. 고마워."

우리는 나이가 같아서 아이들 이름을 자기 이름인 양, 딸 이름으로 불렀다.

"라니 엄마랑, 엄마는 왜 자기들 이름을 두고 딸 이름으로 불러."

하루는 딸 인수가 이상하다고 말했다.

나는 아들을 낳고 두 번째는 원하던 딸을 낳았다. 아들을 낳고 남편과 시어머니와 시아버지가 무척 좋아했지만 복에 겨워서 딸도 낳고 싶었다. 아들을 낳고 시아버지가 선물로 다이아 반지를 사 주었다. 나를 공주처럼 위해 주어서 세상 부러울 것이 없었다. 그렇게 대우를 받고 호강했다. 딸은 애교를 떨어서 귀여움이 아들보다 훨씬 좋다고 딸을 낳은 엄마들이 자랑하는 소리를 듣고, 딸도 낳고 싶었다. 말 타면 종 부리고 싶다고 했다. 또 아들이면 어쩌나, 하고 걱정했지만 다행히 딸을 낳았다. 그렇게 원하던 딸을 낳았는데, 엄마와 아빠를 닮지 않았다. 내 성격은 상냥하고 명랑했지만, 딸은 여자같지 않고 남자 같이 억세고 남자가 하는 놀이를 좋아했다. 그 병원에서 같은 날, 딸을 낳은 엄마와 자주 만나면서 친하게 되었다. 딸을 낳기 전부터 자주 만나면서 전화를 하고, 딸을 낳고부터는 딸이 커가는 상황을 서로 말하고 지냈다. 그 아기 엄마도 아들을 낳고 딸을 낳았다고 했다. 친하게 지내다 보니 말도 터놓고 살았다.

"우리 딸은 오늘 기었다. 제 오빠 때는 이렇게 일찍 기지 않았는데 이 애는 왜 이렇게 빨라. 여자애라 그런지 웃기도 잘한다."

"그래. 우리 애는 며칠 전부터 기기 시작했어. 얼마나 신기한지, 빨리 안아 주지 않고 더 멀리 떨어져서 다가오기를 기다렸지. 정말 예뻐 그치?"

"에이, 빨리 안아 주지. 안타까워라. 하기는 기어다니는 것이 너무 귀여워서…."

남들이 낳지 못하는 딸을 낳은 것처럼, 우리 둘이는 날마다 전화해서 서로 자랑하고 살았다. 같은 동에 살아서 아이들도 친하게 되고 가족끼리 가끔 만나 밥도 먹고, 차도 마시는 형제 같은 친구가 되었다. 아이들이 자라면서 사람들이 그 여자가 낳은 라니가 나를 많이 닮았다고 했다. 내 딸 인수는 라니 아빠를 닮았다고 했다. 남편은 내게 라니 아빠와 무슨 일이 있었던 것, 아니냐고 말도 안 되는 이상한 농담을 했다.

"당신 나 모르게 무슨 일 있었던 것 아니야. 왜 인수가 나를 닮지 않고 라니 아빠를 닮았어. 처음엔 별로 신경 쓰이지 않았는데 내가 봐도 인수는 라니 아빠를 많이 닮은 것 같더라. 안 그래?"

"글쎄! 난 잘 모르겠어. 그럴 리가 있나?"

농담인 줄은 알지만, 그 말도 한두 번이지 자꾸 들으니 기분 나빴다. 게다가 남들이 라니가 나를 닮았다고 했다. 나도 어쩌면 라니가 나를 닮은 것만 같았다. 남편은 아들을 끔찍하게 예뻐했지만, 딸인 인수를 그렇게 아들만큼 좋아하지 않았다. 설마 그렇게는 생각하지 않겠지만, 어떤 때는 정말 나를 의심하는 것 같기도 했다. 아들은 제 아빠를 쏙 빼닮았지만 딸 인수는 아빠를 하나도 닮지 않았다. 내가 봐도 인수가 라니 아빠를 닮은 것 같다. 그렇다고 나를 닮지도 않았고 성격도 닮지 않았다.

자라면서 우리 집 아이들과 그 집 아이들이 친구가 되고 대학을 졸업하고도 잘 어울려 다녔다. 여행도 같이 가고 스키나 영화관도 같이 다녀서 두 엄마가 만나면 아이들 이야기를 하면서 웃었다.

"아이들이 우리보다 더 친하니까 이러다 겹사돈이 될 것 같다니까?"

"에이, 그럴 리는 없겠지. 그냥 형제처럼 친한 것뿐이야. 나는 친하게 지내니까 좋던데."

우리 딸 인수보다 그 집 딸 라니가 공부를 더 잘했다. 성격도 라니는 명랑하고 아주 맘에 들어 며느리 삼고 싶었다. 아들도 그 집 딸 라니와 결혼하고 싶다고 했다. 어려서부터 친하게 지내다 보니 자연스럽게 결혼까지 약속했다.

"아줌마가 이제 우리 엄마가 되겠네요?"

라니가 우리 집에 와서 내게 애교를 떨었다. 나도 라니가 그러는 것이 좋았다.

"그래, 인수가 내 딸이지만 너도 내 딸이다."

"그래도 라니 너는, 며느리니까 우리 엄마 내게서 빼앗아 가면 안 된다."

인수가 은근히 질투했다.

"걱정 마. 네 자리는 남겨 둘 테니까."

시어머니 될 나와 며느리 감인 라니가 얼굴이 같다고 여러 사람들이 말한다고 남편에게 말했다. 남편이 남들이 볼 때, 그렇게 말하면 이상하다면서 DNA 검사를 해 보자고 했다. 남편은 인수의 머리카락을 가지고 가서 검사를 해야겠다고 해서 그러지 말자고 했다. 남편은 인수가 어렸을 때, 나를 의심했다. 내게 바람을 피웠다고 하기도 했었다. 남편은 내가 말렸지만 고집을 부리고 검사를 한다고 이것저것 챙겨 가지고 갔다. 얼마 후에 결과가 나왔는데 남편과 딸과는 맞지 않는다고 했다. 남편이 나에게 따졌다.

"이것 봐. 인수와 내가 DNA가 맞지 않잖아. 그러니 내가 의심을 안 할 수 있어. 나와는 어디 한군데도 닮지 않았잖아. 내가 당신을 의심하지 않게 생겼어?"

"뭐야. 그럼 내가 바람을 피웠다는 거야? 나하고도 닮지 않았잖아. 억울해서 나 못살겠네. 이걸 어떻게 밝히지…!"

이걸 어떻게 해야 하나. 머리가 돌겠다. 억울해서 못 살겠다. 억울함을 풀기 위해 할 수 없이 다시 인수와 나와 검사를 했다. 나하고도 맞지 않았다. 믿을 수가 없다. 남편은 그것 보라면서 병원에 찾아가 그날 딸을 낳은 사람을 찾았다. 다른 사람은 없었고 라니와 인수가 한 날 낳은 것뿐이었다.

이것은 보통 큰일이 아니다. 할 수 없이 나를 닮았다는 라니에게 부탁하고, 라니와 같이 유전자 병원에 가서 피를 뽑았다. 라니는 싫다고 했다가 내가 사정 이야기를 했더니 라니도 응했다. 검사했지만 결과가 쉽게 나오는 것도 아니었다. 그런데 나와 라니의 혈액이 99.9% 일치한다는 결과가 나왔다. 남편이 내게 대한 오해는 풀었지만 걱정은 몇 배로 늘어났다. 그럼, 라니가 내 딸이라는 말인가. '무슨 이런 일이 있나?' 결혼식 날짜까지 잡아 놓고 예식장도 예약했는데, 이게 무슨 일인가? 결혼식 날짜가 아직 남았으니 다행이었다. 라니 엄마에게 연락했다. 커피 점에서 만나자고 했다.

"라니 엄마 큰일 났다. 이게 무슨 일인지 모르겠어. 인수가 인수 아빠와도 나와도 유전자가 맞지 않는다고 한다. 그리고 라니와 내가 DNA가 일치한다고 한다. 라니 엄마 이 일을 어떡해야 옳으냐?"

라니 엄마가 벌떡 일어나 화를 벌컥 내면서, 거센 말투로 싸우려고 했다.

"지금 무슨 이야기를 하는 거야? 아이들 가지고 농담하는 것도 아니고, 기분 나빠 죽겠네. 우리 라니를 며느리로 받아들이기 싫으면 싫다고 하면 되는 것을, 이게 무슨 짓이야. 인수 엄마 그렇게 안 봤더니 맹랑한 사람이네. 이 결혼 파혼해. 나도 우리 라니 당신 집에 보내지 않을 거니까 걱정 마. 당신 꼴도 보기 싫으니까 앞으로 만나지 말고 연락도 하지 마."

라니 엄마가 나가려고 하는 것을 내가 손을 잡았더니 획 뿌리치는 것을 꽉 잡았다. 그리고 다가가서 껴안았다. 라니 엄마가 밀쳐서 나는 넘어지면서 팔을 잡았다.

"라니 엄마, 이것은 큰 사건이야. 화만 내지 말고 신중하게 생각해 봐요. 이런 일이 있으면 안 되는 거잖아요?"

"시끄러, 누구를 뭘로 알고."

라니 아빠와 엄마는 화가 나서 그런 것 하지 않는다고 하더니 라니를 데리고 가서 검사했다. 검사 결과를 보고 놀라서 인수에게 검사하자고 하니 인수도 검사하지 않는다고 했다가 어른들이 사정하니까 검사를 했다. 결과는 뻔했다. 양쪽 부모와 딸들은 기가 막혀서 정신을 놓고 밥도 넘어가지 않았다. 라니는 내 딸이고, 내 딸 인수는 그 댁의 딸이라니! 도저히 믿기지 않았다.

내 남편과 내 피를 나눈 내 딸을 찾은 것은 좋지만, 지금까지 예쁘게 키운 내 딸 인수는 어떻게 남에게 줄 수 있느냐. 게다가 결혼까지 약속한 사람을 동생이라고 하면 내 아들은 어떻게 하고, 라니는 약혼한 사람이 오빠가 되면 그 심정이 어떨 것인가? 라니네와 우리는 만나서 의논을 했지만 답이 나오지 않았다. 할 수 없이 본인들에게 맡기기로 했다. 결혼 약속까지 했기에 아들에게도 말할 수밖에 없었다. 라니는 울면서 이해를 했지만, 아들은 말도 안 된다고 했다. 아들은 확인서를 보고 놀랐다. 아들과 인수는 잠을 못자고 괴로워했다. 진작 알아보지 않았다고 아들과 딸은 부모를 원망했다. 아이도 아니고 성인이 되어 어떻게 부모를 바꾸느냐고 했다. 무슨 물건도 아니고 부모를 바꾼다는 것이 이해가 안 된다고 했다. 난감한 일이었다.

"도대체 지금까지 엄마와 아빠는 뭘 했어요. 자기가 낳은 딸이 바뀐 것도 모르고, 무조건 자기 딸이라고, 자기 자식이 성인이 되어 상처받는 것은 어떻게 보상하죠. 너무 무식하고 염치가 없어 이해가 안 되는 군요. 그렇게 결혼식 날짜까지 받게 해 놓고 우리에게 이해하라고? 어떻게 자기 자식의 혈액검사도 하지 않았나요? 나는 엄마와 아빠를 이해 못 합니다. 지금부터 나와 라니는 어떻게 하라는 겁니까?"

지금까지 착하기만 했던 아들은 이성을 잃은 사람처럼 우리에게 막 퍼부었다.

"병원에서 꼼꼼하게 알아서 해주는 것으로 알았지. 설마 이런 일이 일어날 줄은 생각도 못 해 봤다."

변명을 했지만 아들은 엄마를 쳐다보지도 않고 원수를 대하듯 했다. 딸 인수도 엄마도 아닌 사람이 무슨 말을 하느냐고 말도 못 꺼내게 했다. 이제 와서 병원을 욕하면 뭘 하나. 우리는 병원을 고소했다. 이런 일을 누구에게 알린다고 해결이 되는 것이 아니었다. 신문이나 TV에서 쌍둥이도 병원에서 아기가 바뀌어 다른 나라로 뿔뿔이 흩어져 살다가 나이 들어 찾았다는 말을 들었다. 국내에서도 아기가 바뀌어 찾았다는 보도가 있었지만, 남의 일로만 알고 어떻게 저런 일이 있을까? 의문을 가졌었다. 우리가 이렇게 될 줄은 꿈에도 생각하지 않은 일이었다. 두 집의 엄마와 아빠, 아들딸은 답이 나오지 않았다.

"아줌마는 좋겠네요. 애당초 라니를 좋아했잖아요. 소원 이루었으니 좋겠어요."

인수는 내게 엄마라고 하지 않고 아줌마라고 하면서 빈정거렸다.

"지금, 그게 문제가 아니잖니. 내가 너를 딸로 생각하지 않고 너보다 라니에게 더 잘했니? 네게 뭘 서운하게 했니? 내가 이러고 싶어서 이렇게 되었냐? 나더러 어쩌라고. 흑흑…."

"울면 다야. 이게 뭐야. 당신이 엄마야."

딸은 서럽게 우는 나를 엄마도 아니라고 퍼부었다. 내가 온갖 정성을 다해서 자식을 길렀건만 이게 무슨 일인가? 자식들은 나를 원수로 알고 있다. 평화롭던 가정이 쑥대밭이 되었다. 우선 결혼식을 취소했다. 병원에 손해배상 청구를 했다. 그런다고 해결이 나는 것이 아니었다. 진작 아기였을 때에 알았으면 이런 일이 생기지 않았을 텐데, 다 자란 어른이 되어서 사실이 밝혀졌다. 이제라도 알게 된 것이 다행이라면 다행이었다. 결혼까지 했더라면 어쩔 뻔했나. 생각만 해도 아찔했다. 결혼 전에 알게 된 것만도 신에게 감사하다고 해야 하나. 인수는 짐을 싸 가지고 그 집으로 갔고, 라니도 슬픈 얼굴을 하고 우리 집으로 왔다. 전에는 우리 집에 오는 것을 좋아했는데….

"엄마 라니 왔어요."

"니가 왜 우리 엄마보고 엄마라고 하니."

"넌 왜 우리 엄마보고 엄마라고 불렀니? 피장파장이다."

"벌써부터 시누이 올케냐?"

"호호호."

"하하하."

라니와 인수가 같이 웃었다. 둘이 시시덕거리면서 잘 어울렸는데….

 딸들이 서로 바뀌어 오고 갔다. 나는 인수를 보내면서 넋을 놓았다. 그런데 인수는 나를 바라보지도 않고, 뒤도 돌아보지 않고 갔다.
 그날 저녁 아들은 들어오지 않았다. 밤이 되어 아들 방에 가 보니 옷들을 싸가지고 갔는지 옷장이 휑하니 비어 있었지만, 정신이 없어서 아들이 나가는 줄도 몰랐다. 책상에 편지가 씌어 있었다.
 "얼마 동안 집에 들어오지 않을 겁니다. 엄마와 아빠를 보기도 괴롭고, 라니를 만나기는 더욱 괴로울 것 같습니다. 물론 엄마와 아빠도 편하시지 않겠지만, 자식을 제대로 챙기지 못한 것은 죄악입니다. 어떻게 이런 일이 있을 수 있습니까. 앞으로 결혼은 하지 않을지도 모르겠습니다. 지금 제 마음은 너무 힘듭니다."
 이게 무슨 꼴인가. 내 딸 라니도 집에 들어오기 싫다고 했다.
 "오빠를 만나기가 괴로울 것 같아요."
 라니는 이런 일이 있기 전에는 우리 집에 오는 것을 즐거워했고, 나를 만나는 것을 좋아했다. 나는 내가 행한 실수로 딸과 아들이 안타까웠고 미안하기만 했다. 나 아닌 다른 부모들도 병원에서 잘 해 줄 것이라 믿고 의심을 하지 않았을 것 같다. 그렇다고 내가 잘못이 없다는 것이 아니다. 나는 인수가 보고 싶은데, 인수는 그 집으로 가더니 전화도 하지 않았다. 물론 내가 낳은 내 딸 라니가 왔으니 다행이다. 인수에게는 내가 할 수 있는 모든 것을 정성을 다

해 주었다. 라니에게는 해준 것이 없다. 어쩌다 생일이나 입학식이나 졸업식에 케이크나 조그만 선물을 사 주었을 뿐이다. 내 딸 라니는 아들이 나간 집에 왔지만 전 같지 않고 서로 서먹서먹했다. 게다가 결혼까지 약속했던 오빠조차 집을 나갔으니 말이 잘 나올 리가 없다. 원래 다정하고 살가워서 내 딸이었으면 좋겠다고 했었는데 라니가 말이 없어졌다. 내가 기른 딸 인수가 연락을 끊으니 너무 억울해서 잠이 오지 않았다. 딸이 유순하지 않고 억센 성격이라서 남자아이들과 싸우기도 하고 자라면서 말썽도 많이 부렸지만, 그래도 나는 내 딸 인수를 예뻐했다. 딸이 해 달라는 것은 힘닿는 대로 다 해주었다. 인수가 대학 갈 때, 토목공학과에 간다는 것을 무슨 여자가 토목공학과를 가느냐고 말렸다. 하기는 딸이 꼭 남자같이 걸걸한 성격이라서 토목공학과가 맞을지도 모르는 일이었다. 인수는 엄마 말을 따라서 유아교육학과에 갔고 유치원 선생이 되었다. 라니는 공부를 잘해서 좋은 학교 경제학과에 가고 은행에 취직했다. 아들은 의대에 가고 의사가 되었다. 그 집 아들도 공부 잘해서 학교 선생님이 되었다. 양쪽 집 다 그런대로 대학을 나오고 아들딸이 속 썩이지 않고 직장에 들어가 자기 할 일을 했다. 두 집 다 자식을 잘 길렀다고 자부심을 가지고 편안한 마음으로 노후를 살 것이라고 생각했다.

소문이 나고 말았다. 나는 죽을죄를 지은 사람처럼, 사람들 만나기가 싫었다. 남들이 나를 보면 무엇을 물어볼까 봐, 겁이 났다. 남편은 농담을 했지만, 의심을 했었기에 남의 말을 들어 유전자 검사를 했다. 진작 검사했으면 좋았을 것을, 나 때문에 늦었다. 라니가 들어오고 남편은 오히려 좋아했다. 남편은 진작부터 라니를 자기 딸처럼 예뻐했었다. 피가 땅겼던 모양이다. 나도 라니를 무척 좋아했다. 내 딸 인수가 자기보다 남의 딸인 라니를 더 좋아한다고 딸로 삼으라고 하면서 라니를 질투했었다. 그렇지만 인수도 나도 이 지경이 될 것이라고는 생각하지 못했다. 그 말이 진실이 될 줄은 몰랐다. 사람들이 라니가 나를 닮았다고 할 때, 왜 진작 눈치 못 챘나. 게다가 내 딸 인수가 라니의 아빠를 닮았다고 했는데도 그럴 리는 없다고 눈곱만큼도 다른 생각은 하지 않았다. 나는 남들이 그렇게 말해도 전혀 의심하지 않았다. 지금 생각하면 남의 말을 믿지 않은 것이 이런 불행을 만들었다. 어쩌면 그렇게도 미련했었나. 딸들이 제 집을 찾았고, 제 부모를 찾아서 안정이 된 것 같았지만 우리는 마음이 괴로웠다. 이제 와서 평화롭던 그전으로 되돌릴 수는 없었다. 되돌려서도 안 되는 일이었다. 아들에게도 못할 짓을 했고, 딸들에게도 죽기 생전 잊지 못할 상처를 만들어 주었다.

딸 인수가 어렸을 때, 한 말이 생각났다.

"엄마는 이렇게 예쁜데 나는 누구를 닮아서 엄마를 닮지 않고 예쁘지 않지?"

"무슨 소리야? 나는 내 딸이 어느 누구보다도 제일 예쁘더라."

"정말, 엄마는 내가 예쁘게 보여? 내 엄마니까 딸이 예쁘게 보이나 보다."

"그러엄, 난 우리 딸이 최고로 예쁘더라."

"내가 라니보다도 더 예쁘게 보여."

"당연하지, 라니가 어떻게 내 딸만큼 예쁘냐? 어림도 없는 소리지."

"나는 엄마가 최고로 예뻐. 엄마 사랑해."

"나도 인수가 이 세상에서 제일 예쁘고 제일 사랑해."

소풍을 갈 때면 예쁜 옷을 입혀서 맛있는 도시락을 싸고 선생님 도시락까지 싸가지고 갔던 생각이 났다. 라니가 인수보다 공부를 더 잘한다고 라니 엄마가 자랑할 때는 약이 오르고 질투심도 났다. 우리가 라니네보다 더 잘살아서 옷도 더 잘 입히고 돈도 더 잘 쓰지만, 라니는 살결이 뽀얗고 인수는 얼굴이 나를 닮지 않고 까무잡잡했다. 그래도 전혀 의심을 하지 않았다. 인수가 어느 누구보다도 예쁘기만 했다. 내 딸인 인수가 콧물을 흘려도 예쁘고 똥을 싸도 예뻤다. 울 때도 귀엽기만 했다. 속을 썩이면 미우면서도 이해하려고만 노력했다. 뭣을 사달라고 할 때도 귀엽기만 했다. 새 옷을 사다 주면 좋아하던 모습이 떠올랐다. 제 아빠에게 오빠만 좋아한다고 푸념 하던 모습이 떠올랐다. '그때 참 귀여웠는데…!' 화가 나서 갔지만 언젠가는 나를 보고 싶어 오겠지.

'엄마 뭐해. 나 지금 유치원 아이들과 놀고 있어. 엄마 목소리가 듣고 싶어서….'

그렇게 전화가 올 것만 같았다. 그렇다고 내가 인수 전화를 기다린다고 할 수는 없다. 라니는 말없이 은행에 열심히 다니고 있다.

나는 소식이 없는 인수가 보고 싶어 그 집 앞으로 지나가는 척 갔지만, 아무도 보이지 않았다. 인수가 다니는 유치원 앞에 가서 문을 보고 있었지만 인수는 보이지 않았다. 그렇게 퇴근 시간까지 기다렸다. 그랬더니 인수가 퇴근하는 것이 보였다.

"인수야…?"

"어머, 라니 엄마. 안녕하세요. 여기는 웬일이세요?"

"그래. 나는 라니 엄마다. 그래도 인수가 보고 싶어서 여기까지 왔구나."

"왜요? 라니가 있잖아요?"

인수가 나를 보더니 보지 말 것을 본 것처럼 깜짝 놀란다. 내가 저를 보고 싶어 그곳에 갔다는 것을 알면서 딴청을 부렸다. 나는 인수를 보고 와락 껴안고 싶었지만, 너무 냉정한 인수를 보고 뻗었던 손을 멈췄다. 나는 눈물이 쏟아졌지만, 인수는 한 번 쳐다보고 그냥 지나갔다. 얼굴이 많이 야윈 것 같았다. 표정은 찬바람이 쌩쌩 돌았다. 어떻게 저렇게 변할 수 있을까? 내가 저를 낳지는 않았지만 대학까지 가르쳐서 유치원 선생이 되었는데, 저렇게 나를 모른 척할 수 있을까? 야속했다. 정말 내가 기른 인수가 내게 그렇게 냉정할 수 있을까? 울면서 집에 왔다. 집에 와서 엎드려서 실컷 울었다. 남편이 왔다.

"무슨 일이 있어. 왜 울어?"

"여보, 나 오늘 인수가 보고 싶어 유치원 앞에 가서 만났거든."

"그런데?"

"내가 너무 반가워서 '인수야.' 했더니 인수가 나더러 '라니 엄마 안녕하세요.' 하는 거야. 하도 기가 막혀서 '그래, 나, 라니 엄마다.' 했지 뭐야. 그렇게 차가울 수가 없더라고. 내가 저를 낳지는 안했지만 똥, 오줌 받아가며 지금까지 키워 줬는데 그럴 수가 있어."

"잊어버려, 우리에게는 라니가 있잖아. 내 딸을 찾았잖아."

"내가 무엇을 잘못했는데. 아들도 나를 버리고 나는 자식을 위해서 열심히 살았는데 이게 뭐야?"

남편도 한숨을 '휴…' 쉬었다. 내가 왜 이렇게 되었나. 아들딸 기를 때는 힘들어도 즐겁기만 했는데….

사는 것이 아무것도 재미가 없다. 밥도 먹지 못하고, 잠도 오지 않아 미친 사람처럼 괴로워하다가 결국은 일어나지 못했다. 라니가 죽을 쑤어다가 먹여 주었다. 라니 손을 잡고 울었다.

"라니야, 미안하다."

"엄마…."

"그래 나는 라니 네 엄마다. 그런데 엄마 노릇을 하지 못했구나. 흑흑…."

"엄마…,"

딸도 참고 있던 눈물이 쏟아졌다. 나는 라니를 껴안고 울었다.

"라니야, 나는 어떡하면 좋으냐. 이 죄를 어떻게 해야 옳으냐. 아빠가 진작부터 나를 의심할 때, 그때 알았어야 했는데 미련해서 이렇게 사건을 크게 만들었구나. 인수가 라니 아빠를 닮았다고 하고, 라니 네가 나를 닮았다고 해도 설마 그렇게는 생각하지 않았다. 네가 얼굴뿐 아니라 성격까지 나를 닮았고, 인수는 나를 하나도 닮지 않았는데 그것을 몰랐다. 그냥 라니 너를 내 딸이었으면 좋겠다고 탐만 냈을 뿐이었다. 아빠가 아니었으면 지금도 모를 뻔했다. 너희들이 결혼한다고 하지 않았으면 그냥 묻히고 말았을 것이다. 아빠는 진작부터 눈치를 채고, 인수를 좋아하지 않았다. 딸이라 예뻐하지 않는 줄 알았지. 흑흑….”

“아빠는 나를 정말 예뻐해 주셨어요. 그리고 엄마도 나를 좋아하셨지요. 사람들이 나보고 엄마 닮지 않고 인수 엄마를 닮았다고 해도 눈치를 못 챘지요. 정말 인수보고 라니 아빠를 닮았다고 해도 귓가로 흘려들었어요. 엄마는 나를 며느리를 삼고 싶다고 했지요. 정말 이 집의 며느리가 된다는 것이 그렇게 좋을 수가 없었어요. 오빠도 워낙 친오빠보다 더 좋았고요. 지금 생각하니 아마도 피가 통했나 봐요. 엄마가 너무 불쌍해요. 그래도 엄마, 언젠가는 이런 말 하면서 지난 일을 잊고 살게 될 거예요.”

속이 깊은 라니는 나보다 더 괴로울 텐데 어른처럼 나를 달랬다.

“내 딸 라니야, 고맙다. 너는 공부도 잘하고 착하고 명랑해서 라니 엄마가 부러웠다. 그게 네가 이 집의 피를 이어받은 것을 나는 정말 미련해서 몰랐다.”

딸은 집에 와서 살지만, 아들은 들어오지 않았다. 남편이 엄마가 아프다고 했는지 아들이 왔다. 아무 소리 하지 않고 내 앞에 무릎 꿇고 앉았다. 그리고 눈물을 뚝뚝 떨어뜨렸다. 나도 울었다. 아들은 얼마나 마음고생이 많았는지 몸이 많이 말랐고 얼굴이 훌쭉하니 병든 사람처럼 혈색이 좋지 않고 옛날 얼굴이 아니었다. 그 꼴을 보니 더욱 가슴이 아팠다. 아들이 내 눈물을 닦아 주었다.

"엄마 아프지 마?"

아들은 그렇게 실컷 울고 갔다.

인수가 결혼한다고 편지함에 청첩장이 들어 있었다. 가고 싶었지만 인수가 인사도 오지 않아 남편과 나는 갈 수 없었다. 내가 기르고 대학교까지 가르쳤고 얼마나 애지중지 키웠는데, 결혼식에 안 가는 마음이 안타깝기만 했다. 어떻게 인수는 엄마가 보고 싶지도 않은지 결혼을 하면서도 찾아오지 않는다는 말인가? 너무 서운했다. 내가 무엇을 잘못했기에 엄마가 보고 싶지도 않을까? 인수를 생각하니 더욱 서러웠다. 사실 인수보다는 내 아들과 내 딸 라니가 훨씬 더 괴로운 것을 참고 있는데, 오히려 인수가 더 화를 내고 있다. 남편이 아들에게 인수가 결혼한다고 문자로 알렸단다. 아들은 동생 인수를 참 예뻐했었다. 아들도 딸도 결혼식장에 갔는지 물어보지 않았다. 나도 정말 가고 싶었다. 인수의 신랑이 보고 싶었다.

내 딸 라니도 집을 나갔다.

"엄마 죄송해요. 엄마의 마음은 알지만 여기 있으니 오빠가 보고 싶어 견딜 수가 없어요. 나가 살면서 잊으려고 노력해 보겠어요. 엄마가 자주 찾아오세요. 반찬도 해 주시고요."

"나는 말을 못하겠다. 그렇지만 무슨 죄가 있어 우리만 이렇게 고통을 당해야 한다니? 나도 아들이 장가가고 며느리도 보고 딸도 결혼해서 사위도 보고 손자들도 보려고 했는데, 정말 힘들구나. 하기야 네 오빠와 너는 나보다도 훨씬 더 힘들 텐데 내 죄가 너무 많다. 내가 왜 이렇게 되었니?"

딸이 집을 나가는데도 말리지 못했다. 우두커니 딸이 나가는 것을 바라봤다. 나는 딸이 나간 날 밤에 서러워서 잠을 못 자고 울었다. 며칠 있다가 딸이 왔다. 방도 치우지 않고 누워 있는 엄마를 보고 라니도 울었다. 둘이 껴안고 울었다. 라니도 내 집에서 떠났.

딸이 나가고 누워만 있던 나는 이러면 안 되겠다 싶어 일어났다. 죽을 먹고 정신을 차렸다. 시장에 가서 이것저것 많이 사왔다. 갈비찜도 하고 배추겉절이도 하고 라니가 좋아하는 반찬을 해 가지고 라니가 사는 아파트에 가서 냉장고에 넣고 왔다.

"엄마 왔다 가셨네요. 반찬이 왜 이렇게 많아요. 잘 먹을게요. 사랑하는 엄마 고맙습니다."

내 딸 라니에게서 전화가 왔다. 밝은 목소리다.

"그래, 너도 나도 이렇게 살면 안 되지. 힘내서 살자. 이제 오빠도 반찬 해다 주고 나도 정신 차리고 잘 먹고 기운 차려야겠다."

"먼 훗날에 이런 일도 있었다고 역사는 말하겠지요. 엄마 고맙습니다. 저도 지금부터 힘내서 잘살게요. 엄마 화이팅!"

강낭콩을 심으면서

강낭콩을 심으면서

학교 수업이 끝나고 친구들과 축구를 했다. 0;2로 지고 있다가 막판에 내가 세골을 연거푸 골인 시켜 3:2로 이겼다. 기분 좋게 집에 들어오면서 어머니 잔소리가 겁이 났다. 아니나 다를까 현관문을 열고 신발을 벗기도 전에 얼굴을 찍을 것 같은 어머니의 도끼눈이 보였다. 나는 고개를 들지 못했다.

"뭐 하러 왔니? 어떻게 집은 잊지 않고 찾아왔냐? 중학생이 공부할 생각은 잊고 뛰어놀다가 집도 잊어버리겠다. 그렇게 놀고 대학은커녕 고등학교나 갈 수 있겠니?"

"죄송합니다. 집에 빨리 오려고 했는데 애들이 네가 빠지면 안 된다고 한 판만 하고 가라고 해서…."

"그 따위 변명은 필요 없고, 앞으로 그 애들과 놀지 않도록 해라. 그 애들이 네 인생을 살아 주지 않는다. 네 동생은 진작 와서 공부하고 있다. 형이면 동생에게 본보기가 되어야지, 동생 보기 부끄럽지도 않니?"

귀청이 떨어질 것 같은 어머니의 고함소리에 더 이상 변명을 못했다. 나는 형이지만 동생의 본보기가 되지 못하고 있다. 공부도 중요하지만 친구들과 인연을 끊고 살라고 하니 고민이 되었다. 나는 축구를 잘해서 오늘도 세 골을 내가 골인 시켰다. 그 팀에 내가 빠지면 팥 없는 단팥빵이다. 내가 빠지면 우리 축구팀은 해체될 것이다.

내 동생 얼굴은 아버지와 공장에서 찍어낸 것 같이 판박이다. 게다가 취미와 성격도 같다. 나는 아버지의 큰아들인데 얼굴도 다르지만 성격도 취미도 다르다. 아버지와 동생은 책읽기를 좋아하지만, 나는 운동을 좋아해서 TV를 봐도 축구 경기를 보고, 동생은 역사 드라마를 봤다. 동생은 아예 TV를 잘 안 봤다. 나는 아버지를 닮은 동생이 부러웠다. 마음 단단히 먹고 조용히 앉아 공부하려고 하면, 나는 좀이 쑤셔서 몇 시간을 견디지 못하고 일어나 밖으로 뛰쳐나갔다. 머리에 쥐가 날 것 같았다.

아버지가 근린공원에 운동하러 가자고 했다. 나는 좋아서 아버지 말이 떨어지자마자 친구에게 전화하고 운동 가방을 챙겼다. 동생은 얼굴을 찌뿌듯하게 하고 어쩔 수 없이 따라나서는 것이 완연했다.

공원에는 벌써 벚꽃이 바람에 휘날리어 눈이 오는 것 같았다. 사람들이 많이 나와 있었다.

"어우! 아드님들이 같이 나왔네."

"밥 안 먹어도 배부르겠다. 아들이 둘씩이나 옆에서 호위를 해주고…."

사람들이 아버지를 부러워서 한마디씩 했고, 아버지도 으쓱하는 기분 좋은 얼굴이었다. 동생은 운동하러 가자고 하니까 아버지 말을 어길 수 없어 억지로 따라와서 운동기구에서 운동을 하는 척했다. 나는 친구를 만나서 배드민턴을 치는데, 신이 나서 날아다녔다. 배드민턴 채와 공도 아버지가 사 주었다. 어머니는 내가 운동하는 것을 싫어해서 사주지 않았다. 나는 땀을 뻘뻘 흘리면서 신바람이 났다. 동생은 배드민턴에는 관심도 없다. 남들이 나를 칭찬하는데도 동생은 약이 오르지 않는 것 같다. 빨리 집에 가서 책이나 보고 싶은 사람이다. 그러니까 동생은 전교에서 1등 아니면, 2등을 했다. 1등을 하지 못한 날은 제 방에 틀어박혀서 밥도 먹지 않고 훌쩍거렸다. 나는 동생처럼 공부를 잘하지 못했다. 공부 잘하는 동생을 친구들에게 자랑했다. 나는 반에서도 1등을 한 번도 한 적이 없다. 달리기는 잘해서 1등을 했다.

"우와! 저 정도면 국가대표 급이야. 한 번 도전해 보는 것도 괜찮을 것 같은데. 선생님들이 추천하지 않나?"

사람들이 내가 배드민턴 치는 모습을 보고 입을 다물지 못했다. 아버지가 말은 하지 않았지만 자랑스러워하는 눈빛이 보였다. 친구는 약속이 있다고 먼저 가면서 다음에는 꼭 나를 이기겠다고 했다.

"그래 다음에는 네가 이겨라."

기분 좋다고 아버지가 치킨을 사 주었다. 나는 억수로 기분이 좋지만 동생은 재미가 없는 것 같이 보였다. 공부밖에 모르고 착하기만 한 동생은 빨리 집에 가고 싶은 표정이었다. 말을 못하고 할 수 없이 앉아 있는 것 같았다.

"자랑을 안 하려고 해도 남들이 나만 보면 부럽다고 하니까 나도 마음이 뿌듯하다. 너희들과 다니면 내가 어깨에 힘이 들어가는 것은 어쩔 수 없다. 이래서 자식을 낳나 보다. 너희들 덕분에 내가 사는 맛이 나는구나. 승이야, 봉이야, 고맙다.

아버지가 나와 봉이 어깨를 두드려 주었다. 아주 기분 좋은 날이었다.

나는 밥도 잘 먹고 키도 크고 체격도 좋다. 운동을 많이 하니까 군살도 없다. 동생은 밥도 나처럼 많이 먹지 않고 자주 체하고 몸이 약했다. 사람들이 아버지와 동생을 보고 붕어빵이라고 했다. 그 소리를 들으면 왜 나는 아버지를 닮지 않았을까 궁금했고, 아버지에게 죄를 지은 것 같이 죄송하기도 했다. 공부 잘하는 동생이 부러웠다. 아버지는 나처럼 그런 생각을 하지 않는 것 같다. 아버지는 오히려 나를 큰아들이라고 더 위해 주었다. 언제나 나를 보면 '우리 큰아들, 우리 큰아들,' 노래하듯 말했다. 큰아들이 건강하니까 작은아들을 보살펴 줄 수 있어 다행이라고 말했다. 내가 잘하는 것이 있으면 칭찬을 아끼지 않았다. 동생처럼 공부 못한다고 꾸지람도 하지 않았다. 어머니만 공부하지 않는다고 야단치고 동생 본을 보라고 했다. 아버지는 항상 따뜻하고 부드럽게 말했다.

"역시 너는 큰아들답게 못하는 것이 없다. 내가 아들을 아주 잘 두었다. 남들이 내가 아들들을 잘 길렀다고 부러워하더라."

"그게 누구 덕분이야. 다 내가 아들들을 잘 낳아서 그렇지."

"맞아, 내가 결혼을 잘한 덕분이지, 언제나 당신에게 고맙게 생각하고 있어."

"나도 당신 만나서 호강하고 사는 것을 고맙게 생각하고 있어요."

아버지와 어머니는 우리를 아주 자랑스럽게 생각하는 것 같았다. 동생은 집에 있어도 방에서 나오지도 않고, 책상 앞에만 있어서 집에 있는지조차 모를 정도로 조용했다. 내가 집에 들어오면 떠들썩해서 우리 집이 사람 사는 집 같았다. 동생은 말도 잘 하지 않고 꼭 할 말만 했다. 내가 먼저 말하면 대답만 할 뿐이었다. 동생은 착하고 말도 없으니 싸울 일도 없었다. 내가 맛있는 것을 많이 먹어도 욕심을 부리지 않아서 먹다 보면 미안해 그릇을 동생에게 밀어주었다.

나는 초등학교 다닐 때부터 축구도 하고 유도도 했다. 동생은 공부 잘하고 글을 잘 써서 선생님들의 칭찬을 많이 들었다. 아버지는 큰아들이 운동을 잘하고 작은아들은 공부 잘해서 흡족해했다. 동생이 누구와 싸운다고 들으면 키 크고 체격 좋은 내가 나가기만 해도 동생 친구들은 형이 무섭다고 도망쳤다.

"봉이 형 온다. 도망가자…."

동생 친구들이 도망치고는 나중에 동생에게 물어봤다고 했다.

"진짜, 네 형 맞아?"

"그럼 진짜지. 가짜 형도 있냐?"

"그런데 왜 하나도 닮지 않았니?"

"쌍둥이가 아니잖아."

동생 친구들이 진짜 형이 아니지 않느냐고 못 믿겠다고 했단다. 동생 친구들은 동생이 공부 잘한다고 질투해서 때려 주고 싶어도 형이 무서워 건드리지 못한다고 했다. 전에 한 번 동생을 괴롭히는 친구가 있어 내가 쫓아가서 그 애 손을 잡았더니 내 힘에 지레 겁을 먹고 다시는 그러지 않는다고 싹싹 빌었었다. 그 이후로 동생 친구들이 나만 보면 슬슬 피했다. '봉이 형 굉장히 무섭다. 손을 잡혔는데 으스러지는 줄 알았어. 한참 동안 손이 펴지지도 않아서 병신 되는 줄 알았다니까.'라고 말해서 소문이 났다. 동생 친구들은 내가 손도 대기 전에 미리 도망쳤다.

정말 내가 봐도 동생과 나는 조금도 닮지 않았다. 혹시 아버지와 어머니가 부모 없는 나를 양자로 데려온 것은 아닐까도 생각해 봤다. 그렇지만 우리 둘이는 아주 사이가 좋았다. 동생은 내 말을 아버지 말보다도 더 믿고 따랐다. 나도 공부 잘하는 내 동생이 있어 자랑스러웠다. 아버지는 그런 나를 믿음직스럽다고 말했다.

"아빠는 승이 네가 있어 동생을 잘 보살펴 주니 든든하다. 남들이 너희들 우애가 좋다고 부러워하고, 나도 우리 아들들이 자랑스럽다."

아버지는 말이 없고 키는 작지만 건축일을 해서인지 남이 함부로 볼 수 없는 다부진 모습이 보였다. 나는 우리 가정을 따뜻하고 편안하게 보살펴 주는 아버지가 존경스러웠다. 아버지는 소설을 쓰고 싶었는데, 목수가 직업이었던 할아버지가 글을 쓰면 굶어 죽는다고, 건축과를 가라 해서 건축업을 하게 되었다고 했다. 아버지는 할아버지의 뜻을 어기지 못해서 글을 쓰지 못하게 된 것을 지금까지 후회가 된다고 했다. 그래서 아버지는 내게 원하는 것을 하라고 했다. 나는 체육대학에 가서 힘자랑도 하고 싶고 실컷 뛰고도 싶었다. 학교에서도 나는 당연히 체육대학에 가려니 했는데, 어머니가 체육과는 절대로 안 된다고 고집을 부렸다. 어머니가 건축과에 가라고 했지만 나는 건축과에 가기 싫었다.

"자식이 하고 싶은 일을 하게 하지, 왜 당신 마음대로 건축과로 가라고 하는 거야? 그러면 나처럼 평생 후회하고 살 것인데. 그러지 말고 승이가 가고 싶은 체육과에 가게 합시다."

"안 돼요. 그리고 자식이 아버지와 같은 직업을 갖게 되면 아버지의 조언을 받게 되고 얼마나 좋아요. 나는 당신이 건축업을 하는 것이 자랑스럽고 덕분에 우리가 이렇게 편하게 살고 있잖아요. 체육과에 가면 힘든 것이 너무 많대요. 우선 감독에게 돈을 써야 하고 안 쓰면 아무리 잘해도 팀에 넣어 주지도 않고 뒤에서 기다리기만 하다가 아무것도 못하게 되는 수도 있대요. 게다가 맞기도 많이 하고 고생도 굉장히 한대요. 내 귀한 아들이 왜 남에게 구박 받고 당하고 살아야 해요? 나는 싫어요."

"어디서 그렇게 말도 안 되는 나쁜 소리만 들어서 미리부터 이상한 생각만 하네. 젊어서 고생은 사서도 한대요. 설사 돈이 많이 들어간다고 해도 내가 돈을 써 주면 될 것 아냐. 건축은 뭐 쉬운 줄 알아. 당신은 모르나 본데, 내가 말을 안 해서 그렇지, 제일 힘든 것이 건축일인 것만 같더라고. 건축물 하나 맡아서 하게 되면 처음부터 끝까지 말할 수 없이 신경을 써야 되는 것을 당신은 모르지. 일을 끝내고 나면 성취감은 있지만 말썽이 생겨서 시끄러울 수도 있어요. 어떤 때는 너무 속을 썩다가 머리가 깨지는 것 같이 아파서 당장 집어 치우고 싶을 때가 한두 번이 아니라고."

"나도 알아요. 당신이 속이 깊어서 말을 하지 않고 혼자 속 썩은 것도 알지요. 그렇게 힘들게 벌어서 당신은 자식에게만 투자할 거예요? 당신 인생도 살아야지. 체육을 한다고 잘 풀린다는 보장도 없는데…."

"내가 금방 죽는 것도 아니고 자식 뒷바라지해 주는 것이 부모 된 도리이고, 자식이 원하는 것을 해서 좋아하면 보람을 가질 수 있잖아."

"그래도 절대로 안 돼요. 장손인데 할아버지와 아버지의 대를 이어서 성공하기를 나는 바랄 뿐이에요."

"나는 먹고 살기 위해서 어쩔 수 없이 건축일을 했고, 내가 하고 싶은 일을 못해서 지금까지 후회하고 살았어요. 자식까지 자기가 하고 싶은 일을 못하게 하고, 한평생 후회하고 살게 하는 것이 뭐가 잘하는 것이야. 그것이 무슨 대단한 것이라고 대를 이어….”

"대단하지요. 당신이 설계하고 지은 큰 건물을 볼 때마다 저것이 우리 남편이 만든 건축물이라고 생각하면 얼마나 마음이 뿌듯한지 사람들에게 자랑을 하지요. 남들이 저게 승이 아빠의 작품이라고 할 때도 기분이 좋지요. 나는 당신 덕분에 어깨를 펴고 행복하게 살고 있잖아요."

"글을 써서 내 이름으로 책이 나온다면 더 좋지 않을까?"
"하여튼 우리 승이는 건축과에 보내야 돼요."
"고집도 왕고집이다. 누가 저 고집을 꺾나."

아버지가 그렇게까지 설득했지만 어머니의 고집은 아버지도, 나도 꺾을 수 없었다. 언제나 공부하라고 하는 사람은 어머니였다. 나는 어머니의 극성에 억지로 공부해서 턱걸이로 대학을 건축공학과에 갔다. 아버지는 내가 좋아하는 학과로 가라고 했지만, 어머니의 고집을 꺾지 못한 것을 못내 아쉬워했다. 동생은 글쓰기를 좋아해서 문예창작학과에 갔다. 중·고등학교 때부터 소설을 써서 유명한 문예지에 등단도 했다. 학교에서 소설가라고 이름이 붙었다. 나는 공부 잘하는 동생이 자랑스러웠다. 그렇지만 어머니는 동생이 법대에 가기를 바랐다. 동생이 문예창작학과에 간다고 하니까 어머니는 반대를 했지만 아버지는 찬성했다. 어머니는 작은아들의 고집에는 지고 말았다. 나한테처럼 그렇게 강경하게 반대하지 않았다.

"당신은 왜 봉이를 문예창작학과에 가라고 해요. 공부도 잘하는데 나는 법대에 갔으면 좋겠어요."

"또, 왜 그래? 승이가 체육을 하고 싶어 하는데 막고서, 또 봉이까지 진로를 막게 할 생각이요. 그러지 맙시다. 자기가 하고 싶은 것을 하게 합시다. 부모가 자식이 하고 싶은 것을 막으면 나처럼 평생을 후회하고 살게 돼요. 부모가 자식들의 인생을 가로막으면 안 되지. 안 그래요? 여보."

"아이, 난 몰라요. 실력이 아깝다."

"그 실력으로 글을 잘 쓰면 되지."

내가 고등학교에 가니까 키가 아버지보다 훨씬 컸다. 키가 작은 아버지는 키 큰 아들을 자랑스럽게 여기고 같이 다니는 것을 좋아했다. 남들이 쳐다보면 '우리 큰 아들이에요.'라고 자랑했다. 나는 아버지가 큰 건축물의 감독으로 일하니까 일하는 사람들이 존경하는 것 같은 아버지를 '우리 아빠.'라고 자랑했다. 우리 집은 내가 집에 들어오면 시끌벅적 떠드는 소리가 나기는 하지만, 언제나 조용하고 언짢은 일로 시끄러운 적은 없었다. 우리 형제는 아버지 어머니의 사랑 속에서 평화롭게 살았다. 동생과 내가 가지고 싶어 하는 것은 아버지가 다 사 주었다. 어머니가 그렇게 비싼 것을 사 준다고 말려도 아버지는 자식을 위해서는 돈을 아끼지 않았다.

요즈음 아버지가 자주 피곤하다고 하더니 병원에서 간암이라는 진단이 나왔다. 가족을 위해서 쉬지 않고 일을 하고, 술을 많이 마셔서 그런 병에 걸린 것일까? 지금까지 아버지는 특별하게 아파서 병원에 가지도 않았고, 아프다고 오래도록 누워 본 적이 없어 너무 놀랐다. 눈앞이 캄캄했다. 아직 내가 대학도 졸업하지 않았는데 아버지가 잘못되면, 당장 아버지의 건강도 걱정되지만 우리 가정이 살아갈 일이 문제가 되었다. 아버지는 우리 식구가 아무 걱정 없이 살 수 있도록 지금까지 노력했다. 일을 하면서 어려운 일도 많았을 것이지만, 집에 와서 신경질 한 번 내지 않았다. 우리는 아버지 덕분에 아버지가 얼마나 힘들었을 것을 생각도 하지 못했다. 어떨 때, 아버지가 술이 많이 취한 날은 우리를 불러서 우리들을 꼭 껴안아 주었다.

"나는 우리 장한 아들들이 있다. 아무도 나를 함부로 못한다."

아마도 그날은 아버지가 밖에서 많이 힘든 날이었던 모양이지만 철없는 나는 깨닫지 못했다. 그렇게 아버지는 힘든 일이 있어도 집에 와서 내색하지 않고 혼자 삭였다. 우리가 지금까지 편안하게 살아가는 것을 고맙다는 생각을 하지 못하고, 아버지는 돈 벌어 오는 사람으로만 생각했다. 아버지니까 당연하다고만 생각하고 살았다. 갑자기 아버지가 아파서 누우니까 앞으로 살아갈 것이 걱정되었다. 우리를 감싸고 있던 높고 큰 산이 무너지는 것 같았다. 꽁꽁 얼어붙은 추운 날씨에도 따뜻한 이불 속 같은 포근한 아버지 품 안에 우리를 보듬어 준 것을 이제야 깨달았다.

나는 아버지의 큰아들이다. 큰아들인 내가 아버지에게 간을 떼어 주고 아버지를 살려야 한다고 검사를 했다. 나와 아버지는 B형이고 동생은 어머니와 같이 A형이었다. 평소 아버지는 나와 혈액형이 같은 것도 마음에 든다고 했다. 큰아들이니까 아버지와 혈액형이 같아야 한다고 말했다. 혈액형이 같은데도 왜 성격은 다른지 알다가도 모르겠다. 아버지와 동생은 혈액형은 다른데 성격이 똑같다. 아버지는 큰아들과 혈액형이 같다고 좋아했다. 나는 우리 식구들이 아무런 걱정 없이 살도록, 부지런하고 착한 아버지를 존경했다. 내가 잘못한 일이 있으면 혼내 주지 않고 너그럽게 타일러 주었다. 나는 아버지의 사랑에 아버지를 속상하게 해서는 안 된다고 다짐했다. 아버지가 간암에 걸려서 내가 간을 떼어서 아버지에게 주려고 했다. 그런데 왜 그런 엉뚱한 생각이 났는지 내가 나를 모르겠다. 내 마음속에 의문의 못된 마음이 있는 나는, 우리 아버지와 유전자 검사를 하고 싶었다. 절차가 복잡했다. 얼마 만에 아버지와 내가 유전인자가 맞지 않는다는 청천벽력 같은 검사 결과가 나왔다. 너무 놀라서 당장 쓰러질 것 같았다. 내가 무엇에 씌어서 그런 검사를 하게 되었는지 나도 모를 일이었다. 그런 짓을 하지 않았으면 좋았을 것을 후회가 되었지만 이미 늦었다. '내가 왜 그랬을까?' 알 수 없는 일이었다. 설마 '결과가 잘못 나왔을 것이다.' 생각하지만 그래도 이상했다. 아버지와 내가 얼굴이 닮지 않고, 식성과 성격이 다른 것이 내 마음속에 의문이 되었을까. 누가 내 머릿속에 들어와 지시를 한 것일까? 간신히 정신을 차리고 조용한 찻집으로 어머니를 불렀다. 내 좁은 소견으로는 도저히 이해할 수 없었다.

"무슨 일이야? 왜, 이런 곳으로 나를 불러. 지금 우리가 한가하게 찻집에서 차나 마시고 있을 시간이 있니? 큰아들이라는 것이 참 철딱서니도 없다."

"엄마 말이 맞아요. 그렇지만 엄마, 철없는 나는 이해를 할 수 없습니다. 아빠와 내가 DNA가 맞지 않는대요. 이게 무슨 일이에요. 왜 그렇지요?"

"뭐라고? 누가 그따위 소리를 해. 말도 안 되는 소리…."

어머니가 벌컥 화를 냈다.

"그렇지요? 말도 안 되지요. 그렇지만 이걸 읽어 보세요?"

"이게 뭐야? 누가 이런 짓을 했지?"

어머니는 검사확인서를 자세하게 보더니 얼굴이 하얘졌다.

"엄마, 빨리 말해 봐요? 아빠가 내 아빠가 아닌가요. 엄마가 바람이라도 피웠다는 말인가요. 그럼 내 아빠는 누구에요? 봉이가 내 동생이 아니라고요, 나를 입양해서 길러 줬나요?"

어머니에게 나는 숨도 쉬지 않고 다급하게 물어봤다. 나는 어머니 입만 바라보고 재촉하는데, 어머니가 갑자기 고개를 숙인 채 눈물만 뚝뚝 찻잔에 쏟아내고 있었다. 나는 1초도 기다리기 힘들어 숨이 멎을 것 같이 답답해서 미치겠는데, 어머니는 얼른 대답을 하지 않고 고개만 숙이고 있었다.

"엄마?"

한참 만에 차를 한 모금 마시더니 어머니가 떨리는 소리로 입을 열었다.

"지 지금까지 나 나도 몰랐다. 이런 일이 있을 줄은 생각도 못했고, 나는 지금도 미 믿을 수가 없다. 그 확인서를 보고 정말 나도 놀랐지만 믿어야 하는 것인지, 이것을 어떻게 생각해야 하는지….”
나는 마음이 급했다.
“그래서요? 무슨 일이 있긴 있었군요? 그러구서 지금까지 숨기고 있었어요. 기가 막혀서….”
“이런 것을 어떻게, 생각지도 않은 일을, 나도 믿을 수가 없다.”
어머니는 눈물을 줄줄 흘리면서 눈물을 닦지도 않고 말을 시작했다.

나를 좋아하던 사람이 있었다. 사람이 워낙 참해서 마음에 들어 결혼하려고 했다. 그런데 우리 아버지와 어머니가 강경하게 반대하셨다. 그 사람은 체육대학을 나왔고 유도 선수였다. 내가 친구와 볼링을 치러 갔는데, 그 사람이 가르쳐 준다고 해서 만나다 보니 사귀게 되었다. 운동은 못하는 것이 없었다. 운동을 해서인지 몸이 다부지고 건강 체질이었다. 그 사람은 친절하면서도 다정하고 남자답고 믿음직스러워 결혼하고 싶은 남자였다. 어디 하나 흠잡을 데 없는 청년이었다. 나중에 안 사실이지만 그 사람은 고아였다. 하루는 그 사람이 내게 말했다. 자기는 부모가 없고 할머니 손에서 자랐는데, 할머니가 돌아가시고 삼촌이 돈을 다 없애고 땅도 팔아 먹었다고 했다. 할머니가 돌아가시면서 장손인 그 사람을 삼촌에게 부탁했는데, 철석같이 믿었던 삼촌이 그 많은 돈을 다 탕진하고, 그 사람을 버리고 도망쳤다. 그 사람 어머니와 아버지가 결혼 기념일에 유럽으로 여행을 갔다가 오는 길에 그날 날씨가 좋지 않아 비행기가 추락해서 전원 사망했다. 항공사에서 돈을 많이 받았는데 할머니가 관리하다가 돌아가셨다고 했다. 진작 그 사람 앞으로 공증을 해 놨으면 그런 일이 없었을 텐데, 아무것도 모르는 할머니가 삼촌을 믿었던 모양이었다. 그러면서 자기는 망망대해에 떠 있는 조각배처럼, 옆에 아무도 없는 혼자인 고아라고 했다. 나는 상관없다고 생각했지만, 부모님은 아무것도 없는 고아와 결혼시킬 수 없다는 것이었다.

어머니는 물 한 모금 마시고 다시 말을 이었다.

그 사람이 했던 말이 생각난다.

"나는 딸이고 아들이고 하나만 낳아서, 하고 싶은 것 다 하고 살게 하고 싶다. 내가 부모 없이 고생해서 자식은 정말 행복하게 하고 싶다. 그러니까 내가 건강하게 살아야 하는데 그게 걱정이다."

"무슨 걱정이야. 이렇게 건강한데, 오빠는 참, 별 걱정을 다하네."

"그치. 걱정하지 않아도 되지? 고마워. 난 너만 있으면 돼. 그래 아무 걱정하지 않아도 된다. 오늘은 아주 기분 좋다. 세상을 다 가진 것 같다."

내 말을 듣고 그 사람은 정말 좋아했다. 그런데 그 사람에게는 고아라는 딱지가 붙어서 자식을 잘 기르려고 했지만, 자식을 낳기 전에 결혼도 마음대로 할 수 없었다.

그 사람은 우리 부모님이 반대한다는 소리를 듣고 슬프게 울었다. 너무 불쌍해서 차마 못 보겠더라. 부모 없이 자란 것이 무슨 죄가 되나. 부모의 도움 없이 혼자 힘으로 대학까지 나오고 취직 잘해서 누구에게 의지하지 않고, 사는 것은 오히려 칭찬해 줘야 하는 것이 아닌가? 나는 어떤 말로도 달래줄 수가 없었다. 부모님이 만나지 못하게 해서 그 사람과는 그 이후로 만나지 못했다. 그렇게 그 사람과 헤어지고 중매해서 네 아빠와 결혼하기로 했다. 결혼 며칠 전날, 오랫동안 소식이 없던 그 사람에게서 연락이 왔다. 한 번만 만나달라고 하기에 마지막으로 나갔는데, 잠깐만 이야기하자고 자기의 거처로 데리고 들어가서 그런 일이 있었다. 그 사람은 나를 안고 많이 울었다. '잘 살아라.' 마지막으로 한 말이다. 그 사람은 나를 만나고 그날 저녁, 자살해서 죽었다. 아마 지금 같으면 내가 조사를 받았을 것이지만, 아무도 나와 만난 것을 아는 사람이 없었다. 나도 그 사람이 죽은 것을 나중에야 알았다. 나는 참 무기력하고 한심한 인간이었다. 그 사람이 죽은 것을 알고 불쌍해서 잠을 못 자고 괴로워했다. 아무런 흠도 없는, 마음도 몸도 건강한 청년인데, 내가 그 사람을 죽인 것이라고 생각하니 괴로워서 살고 싶지 않았다. 그렇다고 나도 같이 죽을 수는 없었다. 부모님도 계시고 이미 결혼한 사람에게도 할 짓이 아니어서 죽지 못했다. 아무것도 모르는 남편에게 죄스러워서 결혼 생활이 즐겁지도 않았지만, 내 죄를 알기에 남편에게 최선을 다했다. 그런다고 지은 죄가 씻어지지는 않겠지. 나는 죽어서 지옥에 갈 짓을 했지만, 내가 죽으면 더 죄를 짓는 것이라 아픈 마음을 다스리고 지금까지 살고 있다. 안 된 일이지만, 죽은 사람은 죽은 사람이라고 잊으려고 하면서 살았다. 종교도 믿어

봤지만 마음속에 있는 죄는 쉽사리 없어지는 것이 아니었다. 오랜 시간이 지났건만 그래도 견디지 못해서 정신병원에 갔고, 우울증 약을 먹고 있다. 자식을 둘씩이나 낳았는데, 남편에게도 죽으면 안 되지만 자식을 엄마 없는 고아를 만들면 안 되기에 죽지 않으려고 노력했다.

사정이야 어찌 됐던 결혼하고 금방 임신이 되었다. 남편은 내가 임신을 하니까 아주 좋아했다. 내게 먹고 싶다는 것도 사다 주고 임신한 나를 아껴 주었다. 건강한 아들을 낳았지만 아들이 남편을 하나도 닮지 않았더라. 그렇다고 나를 닮지도 않은 것 같았다. 남편은 키가 작지만, 아이는 내 키를 닮았는지 키 큰 것 말고는 나를 닮지도 않았다. 아빠와는 귀가 닮았다고 하더라. 나는 그럴 수도 있나 보다, 하고 미련하게 의심도 하지 않았다. 다행히 혈액형이 아들과 아빠가 같은 B형이라 의심 같은 것은 하지 않았다. 첫아들이 돌이 되면서 다시 임신이 되고 작은아들을 낳았는데, 이 아이는 남편과 아주 판박이였다. 큰아이는 운동을 좋아하고, 밥 잘 먹고 키 크고, 건강했지만, 남편과 전혀 닮지 않았는데도 조금도 그런 생각은 하지 않았다. 키가 큰 것은 외갓집 식구들이 키가 크니까 외탁을 했나 보다 했을 뿐이었다. 그런데 네가 체육대학에 간다고 해서 나는 반대할 수밖에 없었다. 아빠가 이런 병만 걸리지 않았으면, 너도 나도 모르고 지나갈 일이었다. 그런데 DNA 검사는 왜 했는지. 꼭 했어야 했는지? 모를 일이다. 신은 내 잘못을 용서할 수 없었나 보다. 아니 그 사람의 억울함을 자식은 고아라는 악명을 씌우지 않게 하기 위해서 너를 네 아빠 아들로 태어나게 했나 보다. 그래도 네가 태어나서 지금의 아빠에게는 미안하지만, 네 친아빠에게 핏줄이 있게 했나 보다. 나도 그 사람에게 지은 죄를 너를 태어나게 하고 기르게 해서 고맙다고 해야 하는가 모르겠다. 네 아빠에게도 네게도 정말 미안하다. 나는 아주 못된 사람이다. 기가 막힌 일이다. 세상에 이런 일도 있구나. 지금도 나는 믿을 수가 없다. TV연속극이 아니면, 영화에나 나올 수 있는 일이구나. 자, 이것은 이것으로 끝내고 너를 길러 주신 아무것도 모르는 착한 너희 아빠를 살리기 위해서 최선을 다 하자꾸나.

어머니가 별것 아닌 것처럼 끝내자고 말해서 '무슨 저런 여자도 있나?' 어머니가 의심스러웠지만, 어머니는 밥을 먹지 못했다. 어머니가 아무것도 아닌 것처럼 내게 말했지만 마음속은 충격이 컸는지 손을 떨면서 눈물이 줄줄 흘러내렸다. 아픈 상처를 일깨워 주어 나는 어머니에게 씻을 수 없는 큰 죄를 지었다. 아니 사랑하는 우리 아버지에게 더 큰 죄를 지었다.

또 나를 태어나게 해준 아버지도 불쌍하고 어머니도 불쌍했다. 이것으로 끝내자고 하지만, 밥상에 흘린 물을 행주로 닦아내면 감쪽같이 표시가 나지 않을 수 있다. 또 연필로 쓴 글을 지우개로 깨끗하게 지울 수 있는 문제는 아니었다. 머리가 혼란스럽고 마음이 복잡해서 정신을 차려야 하는데, 이 상태로는 아무것도 할 수 없었다. 검사가 잘못 나온 것이라고 생각하고 싶었다. 제발 아니길 바랐지만 어머니 말을 듣고 보니 가슴이 더 답답해졌다. 아버지는 빨리 간을 이식해야 하지만, 내 복잡한 마음을 잡을 수 없었다.

'아빠 고맙습니다. 몰랐으니 다행입니다. 저도 몰랐으면 좋았을 것을 알게 되었네요. 쌀밥에 잡곡이 섞이면 밥이 더 맛이 있고 건강에 좋을 것이라 믿고 싶습니다. 사랑하는 우리 아빠, 저는 아빠의 아들로 아빠를 위해서 열심히 살겠습니다.'

'그렇지만 불쌍한 친아버지도 안타깝습니다. 잘못하신 것은 맞지만 죽도록 사랑하면서도 고아라는 죄명으로 사랑하는 여자를 사랑하지 못하고, 죽어야만 했던 아버지가 가엾습니다. 죽지 않고 당당하게 살 수는 없었나요? 저는 아버지가 잘못했다고 말하지 못하겠습니다. 아버지 덕분에 저는 이 세상에 태어나서 제가 하고 싶은 것을 하고, 제가 사랑하는 사람과 결혼해서 생전을 행복하게 살 것입니다. 아버지 몫까지 잘 살겠습니다. 아버지, 훗날 하늘에서 만나거든 잘했다고 해주십시오. 열심히 살겠습니다. 천국에 가신 사랑하는 아버지, 저는 존경하는 지금의 아빠를 잘 만나 고아가 아닌 행복한 가정의 장남으로 잘 살고 있습니다. 천국에 계신 아버지, 제가 행복하게 살도록 도와주십시오.'

한 번도 본 일이 없는 친아버지가 웃으면서 나를 보고 있는 것 같았다. 뻐꾸기가 남의 둥지에 알을 낳아 놓고 기르게 한다는 생각이 났다. 그렇게 염치없는 아버지는 아니고, 착한 아버지였던 모양이지만 그런 생각이 떠올랐다. 갑자기 철없던 내가 어른이 된 것 같이 많은 생각을 하게 되었다.

나는 아버지와 함께 밭에다 강낭콩을 심고 호박도 심었다. 강낭콩을 심으면 강낭콩 싹이 나오고, 호박씨를 심으면 호박 싹이 나왔다. 강낭콩 심은 곳에 고추 싹이 나오는 일은 없고, 호박씨 심은 곳에 조롱박 싹이 나오는 일은 없었다.

아버지는 내 동생 봉이가 있다. 아버지는 뻐꾸기가 낳은 알을 자기 새끼인 줄 알고 정성을 다해서 길렀다. 아버지는 나를 끔찍하게 사랑했고, 사람들에게 자랑했다.

"이번에 우리 큰아들 승이가 유도 대회에 나가서 1등 했대요. 우리 큰아들은 기운도 세고 든든합니다."

내가 대학에 합격했을 때도 아버지는 내가 대단한 아들이나 되는 듯이 좋아했다.

"우리 승이는 운동하느라 공부를 많이 못했어도 건축학과에 합격했구나. 우리 큰아들 아주 장한 아들이다."

나는 지금의 내 아버지를 위해서 내 목숨을 아끼지 않고 효도할 것이다. 아버지가 건강해서 큰아들의 효도를 꼭 받기를 바라고 기도할 것이다.

빨래

빨래

'나도 그 남자와 한 번만 잠을 자 봤으면….'

건설 회사에서 잡일을 하는 순자는 같이 일하는 연이가 과장과 밀회를 즐기는 것이 부러웠다. '어떻게 하면 나도 과장님과 잠을 잘 수 있을까?' 그 생각으로 잠이 오지 않았다. 연이는 얼굴이 하얗고 예쁘다. 순자는 연이만큼 예쁘지 않고 살은 까맣다. 그 대신 애교가 많다. 주인아줌마에게 하소연했더니 아줌마는 열심히 사는 남편과 내가 낳은 딸들을 생각하라고 했다. 순자는 남편과 두 딸이 있다. 남편은 잘 생기지는 않았지만 누구보다 성실하고 열심히 살고 있다. 하루도 쉬지 않고 공장에 일하러 나갔다. 순자가 까닭 없이 신경질을 부려도 다 받아 주고, 반찬이 없어도 군말 없이 밥을 먹는 남편이 '천치, 바보' 같기만 했다.

"어이구, 당신은 거지같이, 허리 좀 펴고 다녀요. 어떤 사람은 집세 받아먹고 주인 노릇하면서 사는데 우린 이게 뭐야. 집도 없고, 세 살면서 옷 하나 제대로 입고 다니지도 못하고 창피해서 죽겠어. 우리는 언제 돈 벌어서 집 사고 살아. 어이구, 어이구, 속상해. 그 허리라도 펴고 다녀요? 어이 성질나…."

순자는 남편이 힘들게 일하고 왔는데, 좋은 소리는 못하고 공연히 남편에게 짜증을 냈다. 그러년 말 없는 남편은 허리가 더 꼬부라졌다. 순자는 남편이 참 모자라는 병신같이 보였다. 개구리가 올챙이 적 생각 못 한다는 말이 맞다. 순자는 지난날을 생각 못 했고, 자기가 잘못한 것도 까맣게 잊고 있었다. 남이 잘사는 것만 보였다. 순자는 남편 잘못 만나서 고생한다는 생각만 했다. 딸들도 제 아비 닮았는지 반찬이 없어도 타박하지 않고 잘 먹고 건강했다. 순자는 남의 남편처럼 소리 지르고, 욕하고, 때려 부수고, 아내를 주먹으로 쥐어박는 남자가 남자답다고 생각되었다. '어이구, 저 병신 내가 욕하면 성질도 낼 줄 몰라' 순자는 자기처럼 똑똑한 사람이 저렇게 병신 같은 남자를 만나서 많이 손해 보는 것 같았다. 순자가 이유 없이 신경질을 부려도 아무 말 없이 일만 하고 화도 낼 줄 모르는 남편이 머저리라고 생각되었다.

순자네는 지긋지긋하게 가난했다. 집구석에 먹을 것이라는 것이 보이지 않았다. 쥐새끼라도 있으면 잡아먹고 싶었다. 아버지는 공사판에서 일하다가 다쳤다는데 순자는 아버지가 돈 벌어오는 것을 본 일이 없다. 어머니가 남의 집에서 일하고 밥을 한 사발 얻어다가 나물을 한 소쿠리 넣고 끓였다. 그릇에는 나물만 보이고 불어터진 밥알은 나물 속에 하얗게 보이는 것이 꼭 뒷간에 구더기처럼 보였다. 그것마저 어머니가 일할 수 있는 날이나 먹을 수 있었다.

아버지는 집에만 있으니 어머니만 보면 그 짓만 하자고 졸랐다. 어머니는 다섯이나 되는 새끼를 먹이지 못하는 것이 안타까워서 아버지를 곱지 않은 눈으로 쳐다봤다. 아버지는 '제발 한 번만.' 사정했다.

"어이구, 미쳤네, 미쳤어. 새끼들만 주렁주렁 낳아 놓으면 무얼 멕여 살려.'

어머니는 눈에 쌍심지를 켜고 독살스럽게 쏘아붙이고 받아 주지 않았다. 방 한 칸에서 자식들은 많은데 아버지는 소리쳤다.

"이 쌍년. 서방 말을 듣지 않아. 어떤 놈과 붙어서 무슨 지랄을 하고 다니는 거야. 이년을 잡히기만 하면 때려죽인다."

"이 쌍놈이 새끼만 맹글고 멕이지도 못하는 것이 눈구멍에 보이지도 않냐. 징글징글하다. 빨리 뒈지던지."

"뭐야 이년이 서방더러 죽으라구."

"서방 좋아하네. 지집 새끼 멕이지도 못하고 자빠져서 새끼만 맹글어 놓는 것이 서방이여. 니놈이 빨리 뒈져야 우리가 숨 좀 쉬구 살겄다."

먹지도 못한 어머니를 붙잡히기만 하면 두드려 팼다. 남들은 정월 초하루에 고기 넣고 떡국을 끓여 먹지만, 순자 어머니는 섣달 그믐날 남의 집에 가서 일하고, 밥 한 사발 얻어다 정월 초하루에 시래기죽을 끓여 먹었다. 그나마도 아버지에게 한 사발 퍼 주고 자식들에게는 시래기죽도 양껏 줄 수 없었다. 자식들은 배가 고파 시래기죽을 정신없이 퍼 먹고, 아버지가 먹고 있는 죽사발을 쳐다봤다. 어머니는 어쩔 수 없이 임신이 되고도 남의 일을 다녔다. 아기 낳고도 먹을 것이 없어 굶었다. 임신이 된다는 것은 끔찍한 일이었다. 아버지는 어머니 고생은 보이지 않고 그 짓만 하자고 했다. 그런 것만 보고 자란 순자는 어려서부터 남녀 관계를 알게 되었다. 어머니는 아버지에게 얻어맞고 욕을 퍼부으면서도 아버지를 지극 정성으로 보살폈다. 순자는 그런 어머니가 바보 같으면서도 자식의 올가미에 묶여서 도망가지 못하는 것이 불쌍했다. 아버지가 빨리 죽기를 바랐다.

조금 자라면서 학교에 다니는 것은 엄두도 내지 못하고 남의 집에 심부름꾼으로 가서 먹을 것은 해결이 되었다. 일을 죽도록 시키고 먹여 주기만 했지, 돈은 주지 않았다. 그것도 주인 식구들이 먹고 남은 찌꺼기만 먹었지만 굶지는 않았다. 열두 살이 되었을 때, 주인아저씨가 순자 방에 들어왔다. 주인아저씨가 집에 있을 때, 아줌마가 나가면 순자를 붙들고 방으로 들어갔다. 처음에는 주인아저씨가 옷을 벗기면 부끄럽고 창피하고 아프기도 했지만 어쩔 수 없었다. 그렇게 주인아저씨에게 당하고, 가끔 용돈을 주면서 아무 소리 하지 말라고 했다. 돈이 좋아서 아저씨가 방으로 끌고 가면 말없이 하라는 대로 했다. 꼬리가 길면 밟힌다고 했다. 한참 그 짓을 하고 있는데, 아줌마가 느닷없이 문을 벌컥 열었다.

"이것들이 내가 나가면 대낮에 이 지랄들 하고 있었네. 대가리에 피도 마르지 않은 년이 벌써부터 그 따위 짓을 배워 가지고 이런 쳐 죽일 년."

아줌마는 순자를 빗자루로 사정없이 때리면서 욕을 퍼부었다. 아저씨는 자기가 저질러 놓고 말리지도 않고 못 본 척 나가 버렸다. 그 집에 들어가 몇 년 동안 일만 죽도록 하고 실컷 맞고 쫓겨났다. 집에 와서 맞은 상처가 낫기도 전에 쉬지도 못하고 다시 다른 집에 가서 밥이라도 얻어먹어야 했다. 집에는 먹을 것이 없어 쉬고 있을 수가 없었다. 이제는 일한 값을 받는 집으로 갔다. 그렇지만 순자는 월급을 구경도 못하고 어머니가 받아갔다. 순자가 일하고 받은 돈을 한 푼도 만져 보지 못했다. 월급은 어머니가 받아갔지만 순자는 당연한 것으로 알았다. 먹고 싶은 것도 사 먹고 싶었고, 옷도 사 입고 싶었지만 그런 것들은 생각할 수 없었다. 옷 한 번 사 입어 보지 못하고, 주인집 아줌마가 입던 버리는 옷을 입거나, 누가 입던 것을 주인집 아줌마가 얻어다 주는 것을 입고 살았다. 밥을 굶지 않는 것만 고맙게 생각하고 살았다. 아줌마가 심하게 지청구를 해도 집에 가면 굶어야 하니까 울면서 참아야만 했다.

그 집에 군대 갔던 아들이 제대해서 왔다. 주인집 아들이 곤하게 자고 있는 순자 방에 들어왔다. 한 번 들어오기 시작한 주인집 오빠는 밤마다 들어왔다. 먼저 집에서 아저씨에게 당하고 맞고 쫓겨났지만, 오빠가 멋있어 보이고 오빠를 좋아하게 되었다. 오빠는 나중에 대학교 졸업하고 취직해서 돈 벌면 순자와 결혼할 것이라고 했다. 결혼하지 않은 젊은 오빠가 먼저 아저씨보다 좋았다. 오빠가 순자와 결혼한다고 해서 오빠 말을 잘 들었다. 오빠와 결혼해서 멋지게 사는 꿈을 꾸었다. 그런데 순자는 요즘 밥맛도 없고 먹어도 메슥거리고, 토할 것 같았다.

"오빠, 이제 그만해요. 나 힘들어."

"뭐가 힘들어? 나는 네가 좋더라."

"오빠, 정말 나중에 나하고 결혼할 거요?"

"그런다니까, 그러니까 내 말 잘 들어."

순자는 힘들어도 참고, 오빠 말을 잘 들어야겠다고 생각했다. 그렇지만 순자는 병이 들었는지 날이 갈수록 몸이 좋지 않았다. 이러다가 오빠와 결혼도 하기 전에 죽을지도 모른다는 걱정이 되었다.

"너 요즘 어디 아프니? 왜 밥을 못 먹어. 게다가 자꾸 낮잠만 자구."

아줌마가 밥을 잘 먹지 못하는 순자를 보고 물어봤다.

"아니에요. 그냥 이상하게 토할 것 같고, 밥이 싫어졌어요."

"뭐? 토할 것 같다고?"

그날 저녁, 오빠하고 자는데 아줌마가 방문을 열었다.

아줌마에게 들키고 말았다.

"이년이 감히 누구에게 꼬리를 쳐. 전에도 주인 남자와 그 짓 하다 쫓겨났다더니 아주 못된 년이네. 이런 돼먹지 못한 년이, 어쩐지 이상하더라."

"오빠가 나중에 결혼하자고 했어요."

"뭐야. 네년이 오빠하고 결혼하려고 했다고? 앙큼한 년이네. 너 같이 더러운 화냥년하고 누가 결혼한대?"

"저 더러운 짓 하지 않았어요? 오빠가 이 방에 왔어요."

"입 닥치지 못해. 네가 화냥년인 줄 몰랐겠지. 어이구, 큰일 날 뻔했네."

먼저 집에서 그 짓하다 쫓겨난 것을 아줌마가 알고 있었다. 순자는 임신이 되어서 밥맛이 없어진 줄을 몰랐다. 아줌마에게 끌려가서 아기를 떼어냈다. 오빠의 아기를 낳고 싶었지만 서슬 퍼런 아줌마에게 말도 꺼내지 못했다. 산후조리도 못하고 쫓겨나서 집에 왔지만 먹을 것도 없었다. 아기를 떼어 내고 나니 다시 밥맛이 좋아지고 토할 것 같던 것이 없어졌다. 아주 신기했다.

며칠 쉬었다가 식당에 취직했다. 순자는 그 오빠가 찾아올 것이라고 기다렸다. 결혼하자고 했던 오빠는 아무리 기다려도 찾아오지 않았다. 순자는 오빠가 한 말을 진심인 줄 알았는데, 남자들은 믿을 수가 없었다. 열심히 일했지만 돈을 모아 보지는 못했다. 어머니는 못 먹고 일만 하다가 넘어져서 일어나지도 못하게 되었다. 아버지와 어머니가 병이 들어서 동생들도 모두 남의 집에 일하러 나갔다. 순자가 돈을 벌기는 했지만 한 번도 자기가 번 돈이라고 마음대로 써 보지 못했다. 그 대신 밥을 실컷 먹을 수 있다는 것이

빨래 185

행복했다. 어머니는 죽도록 일하고도 먹지 못하고 아버지에게 맞기만 하고 살았던 것을 생각하면 어머니가 너무 불쌍했다.

식당에서 일하다 보니 반찬 하는 것도 배워서 주방에서 일하게 되었다. 월급도 올려 주었다. 전에는 월급을 통째로 어머니가 다 가져갔다. 아버지가 먼저 죽고, 어머니도 고생만 하다가 죽었다. 동생들은 모두 밥벌이를 하러 나갔다. 순자는 지금까지 동생들과 같이 부모님이 진 빚을 갚았다. 이제 옷도 해 입고, 화장도 하고, 멋도 부리고 조금씩 돈을 쓰기도 했다.

벽돌공장에 다닌다는 총각이 식당에 자주 왔다. 식당 아줌마가 아주 착실하고 여무지다고 칭찬했다. 누군가 저 사람과 결혼하는 사람은 고생은 하지 않을 것이라고 했다. 키는 작아도 건강하고 성실해 보였다. 그 총각이 순자를 좋아하고 순자도 그 총각이 잘해주니까 좋았다. 가끔 여관에 가면 총각이 옷 사 입으라고 돈 주고 화장품 사라고 돈을 주었다. 총각이 알뜰해서 결혼하면 좋을 것 같았다. 하루는 그 총각이 세 들어 사는 집으로 데리고 갔다. 총각이 사는 집이 살림살이가 많지는 않지만 아주 깔끔했다. 그 이후로 여관에 가지 않고 총각의 집으로 갔다. 자연스럽게 그 집에서 같이 살게 되었다. 감기가 들었는지 몸이 으슬으슬 추웠다. 밥맛도 없어졌다. 전에 임신중절 수술을 하면 아기를 낳지 못한다고 했기에 아기를 낳지 못할 줄 알았다. 그런데 다행히 금방 임신을 했다. 결혼식은 하지 않고 혼인신고를 했다. 남편이 먹고 싶다고 하는 것을 다 사다 주었다. 전에는 임신했다고, 큰 죄인이 되어 화냥년 소리를 들어가면서 강제로 아기를 떼어냈었다. 이번에는 남편이 반가워하고 오히려 아기가 떨어질까 봐, 왕비처럼 위해 주었다. 순자는 처음 사람 대우를 받아 봤다. 임신 중 내내, 남편은 좋은 것을 사다가 순자만 주고 일도 시키지 않으려고 했다. 갑자기 왕비가 된 기분으로 행복했다. 열 달 만에 딸을 낳았는데 남편이 아주 좋아했다.

"어쩌면 이렇게 예쁘냐. 우리 딸 잘 길러서 의사 만들까? 약사 만들까?"

"그런거 하려면 대학을 가야 하잖아요. 우리가 어떻게 대학교를 보내요?"

"왜? 열심히 벌어서 대학도 보내고 우리 딸은 고생시키지 말아야지."

남편은 꿈이 컸다. 워낙 착실해서 남편은 그렇게 할 수 있을 것 같았다. 순자는 어려서 밥도 제대로 먹지 못하고 살았었기에 돈을 보면, 옷도 좋은 것을 해 입고 싶고, 화장품도 비싼 것을 사고 싶었다. 남편은 옷도 해 입지 않고 돈을 모으려고만 했다.

어머니가 먹을 것이 없어 고생하던 생각이 났다. 어머니는 임신을 하고도, 아기를 낳고도, 쉬지 못하고 일을 나갔었다. 먹을 것을 얻어오면 아버지는 누워서 먹기만 했다. 일은 도와주지 않고, 엄마에게 소리 지르고 욕하고 때리던 생각만 났다. 순자는 임신해서도, 아기 낳고도, 남편이 잘해 주어 아주 행복했다. 그런데 동네 아줌마가 이자를 비싸게 준다고 해서 남편이 맡겨 놓은 돈을 남편 모르게 빌려주었다. 그 아줌마는 동네 사람들에게 돈을 많이 얻어가지고 소리 없이 도망쳤다. 동네에서 만난 아줌마라서 고향도 아무것도 모르는 여자에게 담보도 없이 그냥 주어서 많은 돈을 한 푼도 못 받고 홀랑 떼었다. 남편이 힘들게 벌어서 쓰지 않고 알뜰하게 모은 돈이다. 순자는 비싼 이자를 받아서 돈을 늘릴 생각만 했다. 남편이 큰 방으로 이사하자고 하는데 날마다 미루다가 할 수 없이 말했다. 남편은 말없이 눈물만 흘리고 있었다. 남편이 어떻게 번 돈인데, 순자가 남편 허락도 받지 않고 남을 주어서 떼었다. 남편은 결혼 전에 어머니가 오래도록 병원에 입원해서 저축을 하지 못했다고 했다. 그 후로 남편은 순자에게 돈을 맡기지 않았다. 생활비만 주었다. 순자가 잘못했기에 아무 말도 못했다. 죽게 맞을 줄 알았는데, 남편은 순자에게 아무 말도 하지 않았다. 남편이 바보라고 생각되었다.

딸 둘을 낳고, 딸들이 자라니 순자도 일을 해야겠다고 생각해서 건설 회사에 일하러 갔다. 그곳에 과장이 멋있게 보였다. 과장과 비교하니 남편이 못나 보이고 바보같이만 보였다. 과장은 옷을 깨끗하게 차려입고 명령만 하는 것이 멋있어 보였다. 남편은 언제나 땟국이 나오는 작업복을 입고 꾀죄죄하니 거지같이 보였다. 과장이 동네 친구 연이를 좋아하는 것을 보니 순자도 그 과장 품에 안겨 보고 싶었다. 게다가 연이는 과장이 쉬운 일만 시켰다. 연이가 부러웠다. 내가 어디가 못나서 저런 과장 같은 사람과 놀지 못하고 거지같은 남편과만 잠을 자야 하나. 순자는 과장만 보면 추파를 던졌다. 옆에만 오면 '과장니임 너무 멋있어요.' 애교를 떨었지만 과장은 말이 없었다. 애가 탔다. 그러던 과장이 순자 옆에 와서 말했다. '이따 일 끝나고 과장실로 와요.' 했다. 처음에는 무슨 일인가 걱정되었다. 가만히 생각해 보니 순자를 만나고 싶어서 그런 것 같아 좋아서 가슴이 콩닥콩닥 뛰었다. 살이 검다고 퇴짜를 놓으면 어쩌지, 몸이 떨렸다. 직원들이 퇴근하는 것을 보고 과장실로 갔다. 들어가자마자 문을 잠그더니 옷을 벗으라고 했다. 뭐라고 할지 몰라서 가슴이 떨렸지만 옷을 벗었다.

"어우, 까만 피부가 매력 있는데."

"아이, 몰라아…."

"아주 섹시하고 애교도 좋아."

과장의 말을 듣고 나니 순자는 너무 좋아 온갖 정성을 다 바쳐 기교를 부렸다. 과장도 아주 좋아했다. 과장은 남편과 다르게 거칠게 다뤘다. 남편은 순자를 조심조심 곱게 다루었지만, 과장은 별짓을 다 시켰다. 아주 남자다운 멋진 남자라고 생각되었다. 그 후로 순자도 쉬운 일을 시키고 꿈같은 생활을 했다. 회사에 가는 날은 과장을 만날 생각에 흥겨운 노래가 절로 나왔다. 연이가 눈치채고 질투하는 것 같았다. 순자는 속으로 연이에게 '너만 과장을 만나냐, 나는 너보다 더 예쁨을 받는다.'고 자랑하고 싶었다. 며칠 있더니 연이가 순자에게 말했다.

"너는 괜찮니? 나는 성병을 옮아서 병원에 다니고 딸조차 내게 옮아서 같이 치료한다. 이게 무슨 꼴이야. 어떻게 하면 좋으냐."
"아니, 왜 그래? 나는 괜찮은데…."
배가 아파서 질투하는 것이라고 생각되었다. 며칠 있더니 순자도 어째 아래가 가렵고 팬티에 무엇이 묻어나오는 것 같고 이상했다. 병원에 갔더니 성병이라고 했다. 딸도 같은 증상이 생겼다. 며칠 지나서 작은 딸도 옮았다. 아마도 요강에서 옮은 것 같다. 딸들을 고생시키는 것이 미안했다. 주인집 아줌마에게 말했더니 그 이후로 아줌마는 빨래를 다른 줄에 널고 있었다. 기분 나빴다. 무슨 성병을 줄에서 옮기나? 공연히 그런 말을 했다.
남편은 아무 소리 하지 않았다. 동네 사람들은 아내가 성병을 옮아왔는데도 아무 말 하지 않는다고 병신이라고 했다. 순자는 눈치코치 없이 아무 말이나 지껄이고 나발을 불고 다녀서 동네 사람들도 다 알았다. 정말 남편이 병신 같았다. 하기는, 남편은 나같이 멋진 여자와 사는 것만도 고마운 줄 알아야 한다고 생각했다. 성병 옮은 것을 순자가 과장에게 말했다.
"뭐라구? 네년 때문에 내가 더러운 병에 걸렸잖아."
"저는 그런 일 없었는데요."
"그럼 내가 누구에게 옮았냐? 네 년에게 치료비 물어내라고 하고 싶어도 참는다. 어디 가서 주둥이 함부로 놀렸다가는 네년을 고소 할 것이니 알아서 해라. 어이구, 재수 없어서."
과장은 미안하다고 할 줄 알았는데, 오히려 순자에게 홀딱 뒤집어씌우고 무서운 소리만 했다. 순자는 고소한다는 소리에 겁이 나서 더 이상 말을 못하고 입을 다물었다. 남편은 결혼하고 '년'이라는 말을 한 번도 한 적이 없다. 순자는 과장에게 더러운 년 취급을 받았다. 순자도 연이도 건설 회사에서 나왔다. 나온 것이 아니라 쫓겨났다. 순자와 연이는 너 때문에 병이 옮았다고 싸웠다.

"니가 과장에게 옮겨서 나도 옮았잖아."

"얘 좀 봐, 니가 옮겼잖아."

그렇게 둘이 싸웠지만 해결이 나지 않았다. 두 여자가 성병을 옮아서 아무것도 모르는 딸들까지 병원 다니게 하고 고생시켰다. 회사를 나오고 소문을 들으니 과장은 바람둥이였다. 그 회사에 다니는 여자들은 과장과 안 놀아난 여자가 없었다. 병을 치료하고 순자는 연이와 다른 회사에 취직했다.

순자는 연이가 필동에 가면 족집게처럼 잘 맞추는 점집이 있다고 가자고 했다. 잘 맞춘다고 해서 은근히 겁이 났지만 연이를 따라갔다. 점쟁이가 순자 얼굴을 힐끗 한 번 보더니 말했다.

"으음, 일부종사 할 사람은 아니구먼. 그래도 남편은 잘 만났네. 남편은 제 계집밖에 모르는 남자네. 착하기도 해라. 죽을 때까지 같이 살겠다."

"딸도 봐 줘요?"

생년월일과 낳은 시를 묻더니 말했다.

"에미 팔자를 닮았구먼."

"대학에는 가겠어요."

"에미 닮아 남자를 좋아해서 연애를 많이 하다 보니, 공부 팔자는 아니구먼. 대학은 못 가도 잘 살겠네. 딸 잘 두었어."

어미 팔자 닮았다는 말이 영 마음에 들지 않았다. 그 말이 계속 머리에 남았다.

순자 마음에는 딸들이 공부 잘해서 대학에 갔으면 했다. 남편이 딸들을 대학에 보내려고 열심히 버는데, 딸이 대학을 못 간다고 해서 서운했다. 아직은 딸들이 어리지만 머릿속에 딸이 대학을 못 간다는 말이 마음에 켕겼다. 안집 아줌마에게 딸이 대학을 못 간다고 해서 속상하다고 했다.

"그걸 어떻게 믿어? 그런 것 믿지 마. 꼭 맞는다는 보장이 어딨어."

"남들이 용하다고 해서 그곳에 갔는데. 어미 닮아서 남자를 좋아한대요."

"그러니까 어미가 조심했어야지. 본보기가 되어야 하는 것 아니야."

딸이 중학교에 가더니 공부를 열심히 했다. 고등학교에 올라가더니 잠을 안 자고 공부하는 것을 보고 안타까웠다. '팔자에 대학에 못 간다고 했는데….' 쓸데없는 공부를 열심히 해 봤자 헛짓하게 될 것이라 안쓰러웠다. 고등학교 가서 모의고사를 보면 시험 점수가 굉장히 높다고 했다. 큰딸은 학교에서 1등을 한다고 서울대학 가라 한다고 말했다. 점쟁이가 대학에 못 간다고 했다고, 딸에게 진작 포기하라고 말해 줄 수도 없고 걱정이 되었다. 딸은 일류 대학에 갈 것이라고 자신만만하게 말했다. 순자는 대학교에 가려고 노력하는 딸이 안타까웠다. 그러더니 '이게 웬 일이야!' 떡하니 연세대학교 의예과에 합격했다. 이게 진짜인지 믿을 수가 없다. 거짓말만 같다. 내 딸이 대학에 그것도 연세대학교 의예과에 붙었다. 내 딸이 의사가 될 것이라고 했다. 점쟁이가 한 말이 생각났다. 졸업을 못하고 의사가 되지 못하는 것이나 아닌가, 마음속에서는 걱정이 되지만 말을 하지는 못했다. 딸에게 몇 번을 물어봤지만 진짜라고 했다. 순자는 글을 모르지만 남편이 합격증을 보고 눈물이 글썽글썽했다. 순자는 사람들을 만날 때마다 우리 딸이 연세대학교 의예과에 붙었다고 자랑했다. 사람들이 순자가 말하는 것을 거짓말이라 생각하고, 곧이들으려고 하지 않았.

"우리 딸이 연세대학교에 붙었대요. 딸은 엄마를 닮지 않았나 봐요."

"전문대?"

"아니요. 연희동에 있는 연세대학교요. 의사되는 학과래요."

"자기 딸이 무슨 의사가 돼?"

코웃음만 치고 믿으려고 하는 사람이 없었다. 아버지는 노동일을 하고, 엄마는 무식쟁이인데 딸이 대학도 일류 대학에 붙었다고 하니 순자의 말을 믿으려고 하지 않았다. 게다가 의예과에 갔다는데 믿어 주는 사람은 없고 순자가 거짓말하는 것으로 알고 있다. 순자가 무식하니까 사람들이 믿지 않는 것이 속상했다. 순자는 학교 문 앞에도 가지 않았지만, 남편은 공부를 잘했는데 돈이 없어 공부를 하다 말았다고 했다. 남편은 고등학교를 다니다가 중퇴했다고 들었다. 수업료 낼 돈이 없어 고등학교 졸업을 못 해서 자식은 대학을 꼭 보내고 싶다고 했었다. 순자는 좋아서 사람들에게 미친 사람처럼 자랑하고 다녔다. 남편은 착실하게 돈을 모아서 빚을 얻지 않고 딸에게 비싼 등록금을 주었다. 순자도 벌어서 조금이나마 생활비에 보태려고 했다. 딸도 아이들에게 과외 공부시키면서 벌었다. 순자는 학교도 못 다녔고, 아주 하층 생활만 했는데 딸은 공부 잘해서 우수한 성적으로 명문대를 나오고 의사가 되었다. 졸업도 못하고 의사 자격증을 받지 못할까 봐 마음속으로 걱정을 많이 했었다. 큰딸은 의사와 연애해서 의사 사위를 봤다. 딸이 돈 벌어서 결혼하는데 보탰다. '이런 일도 있나, 내 딸이 의사가 되고 의사 사위를 보다니.' 거짓말만 같았다. 점쟁이가 대학을 못 간다고 했는데 그건 맞추지 못했다. 큰딸이 결혼 전에 연애하더니 임신해서 수술을 하고 남자가 두어 번 바뀌었다. 그런 것은 엄마를 닮은 것 같다. 작은딸은 큰딸만큼 공부하지 않았다. 공부도 열심히 하지 않고, 남자들과 놀러만 다녔다. 일 년에도 몇 번씩 남자가 바뀌었다. 고등학교를 나오고 대학도 가지 않더니 아르바이트를 한다고 며칠 다니다 다시 다른 데로 갔다.

"엄마, 나 돈 좀 꾸어줘?"

"너, 그때 꾸어간 돈도 갚지 않았잖아?"

"알았어. 한꺼번에 갚을게."

"얼마나?"

"십만 원."

"그렇게 많이 없어. 나 삼만 원밖에 없는데."

"에이, 그럼, 어떤 놈 만나서 돈 뜯어내는 수밖에 없네."

"미쳤어. 그런 짓 하지 마."

"엄마는 아빠가 있는데도 다른 남자 만났잖아. 나는 엄마 닮아서 얌전하지 못해."

순자는 딸이 엄마 닮았다는 말에 가슴이 뜨끔해서 말을 못 했다. 순자는 딸들이 자기를 닮아서 여러 남자와 사귀는데도 할 말을 못 했다. 제발 작은딸이 참한 남자 만나서 시집이나 갔으면 좋겠다. 큰딸은 의사와 결혼하고 잘 살았지만 아기가 없다. 결혼 전에 임신하고 수술하더니 그때 뭐가 잘못 되었는지 아기를 낳지 못했다. 순자는 그래도 아이를 둘이나 낳았는데 딸은 아기가 없다. 작은딸은 시집도 가지 않고 남자가 계속 바뀌었다. 딸들이 아기를 낳으면 순자가 봐 주려고 했는데, 아기를 낳지 못했다.

순자도 이제 나이를 먹었다. 남편은 순자보다 나이가 더 많다. 열심히 일하고 다니지만 요즘은 허리가 아프다고 하고, 피곤하다고도 했다. 큰딸은 사위와 이혼하고 아파트에서 혼자 살고 있고, 작은딸은 늙은 남자와 살고 있다. 큰딸은 대학교 교수가 되었다. 자가용도 고급차를 타고 다녔다. 작은딸은 큰딸보다 더 비싼 자가용을 몰고 다녔다. 작은딸은 큰딸보다 돈을 더 잘 쓰고 살았다. 순자는 딸들에게 비싼 옷과 고급 화장품을 사 달라고 했다. 원래 까만 살이라 화장을 해도 검은 살은 감출 수 없었다. 딸들은 피부가 남편을 닮아서 하얗고 고왔다. 순자는 얼굴보다 속살은 더 검었다. 검은 살의 여자를 남자들은 매력 있다고 더 좋다고 했다.

"검은 고기가 더 맛있는 거 몰라?"

"맞는 말이야."

순자는 살이 검어서 불만이지만 이제 와서 바꿀 수도 없고 수술로도 안 되는 것이라 검은 것이 매력이라고 남자들에게 말했다. 순자가 검은 고기가 더 맛있다고 말했더니, 맞는 말이라고 남자들이 맞장구를 쳤다. 순자는 바람기가 있어서 사교춤을 배우고 남자들과 놀았다. 나이가 들었지만 지금도 노는 데는 재미가 있었다. 다리가 조금 아프지만 춤을 추면 살 것만 같았다. 이제 이 짓도 그만두어야겠다고 생각했다. 그러나 며칠을 못 견디고 뛰쳐나갔다. 남편은 쉬지 않고 일을 나갔다. 순자는 손자도 없고 줄 사람도 없는데 저축하고 싶지 않았다. 딸들은 각자 잘살고 있고, 남편은 열심히 벌고 있다. 생활비 걱정은 하지 않아도 되고, 나만 잘 쓰고 살면 된다고 생각했다. 남자들이 순자를 보면 같이 놀기를 바랐다. 젊었을 때부터 놀던 버릇이 있어 남자들을 보면 끼가 발동했다. 그런 순자를 남자들이 좋아했다. 실컷 놀고 비위만 잘 맞추어 주면 남자들은 돈을 듬뿍 주었다. 돈 없는 남자들이 침을 흘리지만 그런 남자는 받아 주지 않았다. 순자는 속으로 비웃었다. 영 싫은 놈이 치근덕거리는 놈도 있지만, 돈 많이 주는 남자와만 놀았다.

남편은 순자가 늦게 오거나 밥을 해주지 않아도 말이 없다. 밥을 해주지 않으면 자기가 해 먹고 항상 똑같은 마음이다. '멍충이 같은 것,' 다른 집 같으면 맞아 죽었을 것이나 남편은 어제나 오늘이나 말이 없다. 그러니 남들이 바보라고 하지. 순자는 남편을 '바보'라고 생각했다가도 나 같은 여자를 말없이 받아 주는 남편이 고맙기도 했다. 그동안 임질도 걸렸고, 매독도 걸렸었다. 이제 그런 것은 무섭지도 않았다. 요즘은 콘돔을 쓰니까 안심이 되기도 했다. 치사하게 남편에게 용돈 달라고 하지 않아도 되었다. 남자들과 잘 놀고 돈도 받으니까 재미 보고 용돈도 생겼다. 이 짓도 더 늙으면 못하는데 그동안 원 없이 즐기면서 살다가 죽어야겠다. 남자들과 국내여행도 가고 해외여행도 갔다 왔다. 남편에게 여자들과 여행 간다고 했다. 꼬치꼬치 묻지도 않았다. 남편은 여행 한 번 가지 않았다. 미안하기도 했지만 남편이 미련해서 그렇게 산다고만 생각되었다.

순자가 해외여행 갔다 왔더니 남편이 누워 있다. 일을 하다가 넘어져 다쳤다고 했다. 남편은 순자가 여행 가서 자기 걱정할까 봐, 딸들에게 전화하지 말라고 했단다.

"엄마는 마음 편하게 여행 갔다 왔네요. 아빠는 엄마가 편안하게 즐기라고, 전화하지 말라 했는데 엄마는 언제 아빠를 걱정이라도 해 봤어요?"

"그럼, 언제나 고생하는 아빠가 걱정되지. 네 아빠 같은 사람이 또 어디 있니?"

"그런 줄 아니 다행이네. 아빠가 불쌍해요. 여행 한 번 가지 않고 일만 죽도록 하셨어요. 아내와 딸만 위해서 살고, 옷 한 번 제대로 좋은 것 해 입지 않은 아빠라구요."

순자는 남편이 불쌍하다고 생각하지 않고, 바보라고만 생각했다. 딸들이 돈을 벌면서 아버지 옷을 사 주어 지금은 비싸고 좋은 옷이 많았지만 그것도 아꼈다. 딸들은 아버지가 불쌍하다고 했다. 이제 일을 그만하라고 했다. 그러나 남편은 놀면 뭐하느냐고 쉬지 않고 일을 다녔다. 딸들이 엄마에게는 불쌍하다고 말하지 않았다. 지금, 딸들은 나가서 살고, 순자는 남편과 둘이서만 살고 있다. 순자가 여행 가고 나서 남편이 병이 나니 딸들이 왔다. 남편은 수술하고 병원을 자주 다니지만 혼자 다니려고 했다. 큰딸은 내과 의사고, 근무하는 병원은 거리가 멀어서 가까운 병원으로 간다고 했다. 택시를 타고 다니면 좋으련만 돈을 아끼려고 지팡이 짚고 대중교통을 이용하려고 했다. 이런 것을 보면 남편은 아주 미련했다. 작은딸이 와서 자가용으로 아버지를 모시고 다녔다. 남편은 얼마나 산다고 모은 돈을 쓰고 살면 좋으련만, 고생을 만들어서 하고 있다. 혹시 남편이 돈이 없으면 어쩌나, 걱정되었다. 순자처럼 누구에게 주어서 떼일 수도 있다. 그렇지만 빈틈없는 남편은 그런 일은 없을 것 같다. 이제 남편이 일을 못할 것 같다. 순자는 돈 벌러 다닌다고 거짓말하고 남자를 만나러 갔다. 남자들이 주는 돈은 순자가 용돈으로 쓰는데, 남편 위해서 쓰고 싶은 마음이 없다.

"병원비가 많이 나왔는데 니가 와서 계산해라."

"왜? 엄마 돈 없어. 엄마가 벌어서 생활비 보태지 않잖아요? 여태 벌어서 다 뭐했어요. 엄마가 입원했을 때는 아빠가 우리에게 돈 달라고 하지 않았는데?"

남편이 다시 재수술하느라고 병원에 입원했다가 나왔다. 순자는 남자들이 만나자고 해서 남편 옆에만 있을 수 없다. 아마 순자는 남자들을 만나서 회포를 풀지 못하면 미쳐 죽을 것 같다. 남편 위해서 밥만 끓여 먹고 하루 종일 남편 얼굴만 쳐다보고 있으라고 하면, 그렇게는 살 수 없다. 그런데 지금보다 더 늙어서 남편처럼 병원에 입원하고 나돌아 다니지 못하면 어떻게 하나. 남편이 죽으면 누가 내 뒷바라지를 해주나, 생각하니 걱정이 되었다. 그렇지만 딸들이 있으니 나를 그냥 놔두지는 않을 것이다. '요양원에 보내면 어쩌지.' 그럴지도 모를 일이다.

남편이 퇴원했는데 의사가 움직이지 말라고 했다. 그러나 순자는 남편 뒷바라지하면서 집에 앉아 있을 수는 없다. 아직은 늙었어도 순자를 좋아하는 남자들이 기다리고 있다. 남자들은 순자에게 온갖 좋은 소리를 하고 맛있는 것도 사 주었다. 순자는 집에서 남편 뒷바라지만 하면서, 재미없는 남편 얼굴만 쳐다보기는 싫었다.

"엄마 너무 한다. 아빠가 엄마에게 얼마나 잘했는데, 의사가 움직이지 말라고 하는데도 엄마가 밖으로 나다녀야 되겠어요?"

"그럼 내가 집에서 네 아빠 병간호만 하다가 나도 병나서 같이 앓아누워야만 하겠니? 이렇게 나라도 건강해서 다닐 수 있으니 너희들에게 복이지."

"복 좋아하네요. 우리도 나중에 엄마 아프면 찾아오지 않을게요."

"이년들이 무슨 소리를 하는 거야. 니들 누가 낳았고 누가 길렀니? 천하에 불효딸년 같은 것들이."

"낳기는 엄마가 낳았지만 우리를 키우고 가르치기는 아빠가 먹지 못하고, 입지 못하고, 아파도 눕지도 못하고 가르쳤지. 나는 불쌍한 우리 아빠를 존경해요."

"그래, 많이 존경해라. 병신같이 아파도 병원에 안 가더니 결국 저렇게 다쳤지."

"아빠는 지금까지 열심히 일하다가 다친 거잖아요."

딸들은 제 아버지를 세상에 없는 좋은 아버지로 생각했다. 이제 일하지 않아도 살 수 있는데 미련해서 아프면서도 돈 벌러 다니더니 다쳐서 병원 신세를 졌다. 우리 집은 남편이 돈을 벌어서 남들 다 타 먹는 기초연금도 못 타 먹었다. 죽어도 저 미련퉁이는 꾀도 부릴 줄 모른다. 그러니 아내가 다른 남자 만나는 것을 알면서도 따귀 한 번 때릴 줄을 모르지. 다른 남자 같으면 순자는 뼈도 추리지 못하게 맞아 죽었을 것이다. 남편이 노동일을 죽게 일하고 왔어도 순자가 저녁 밥 챙기지 않고 밤늦게 와도 불평 한마디 하지 않았다. 딸들이 돈이 없으면 빚을 내서라도 아빠를 고쳐 줄 것이라고 했다. 순자가 아프면 찾아오지 않을지도 모르겠다.

전에 안집 아줌마가 말했다.

"저렇게 착한 남자는 없을 거야. 복 받은 줄 알아."

"미련해서 그렇지. 왜 그렇게 바보같이 살아요."

"다른 남자 같았으면 그렇게 성병 옮아다가 치료하게 하고 딸들까지 옮게 하면 가만두겠어."

"아줌마는 그래서 빨래를 다른 줄에 널었어요? 나. 그때 기분 나빴어요."

"글쎄, 빨랫줄에서야 옮겠어. 그 소리 듣고 나도 기분 나쁘더라구."

남편은 정말 열심히 살았다. 남편이 아니었으면 순자는 딸들과 가정을 이루고 살 수 없었을 것이다. 남편 덕분에 딸을 의사 만들고, 집을 사고, 세를 놓고 집 주인 노릇하면서 버젓하게 살고 있다. 생각하면 주인집 아줌마 말이 맞는 말이지만 나는 남편처럼 허리 한 번 펴지 못하고 죽도록 고생하면서 꼬질꼬질하게 살기 싫었다.

순자를 멋있다고 말하는 사람은 늙은 남자들뿐이었다. 순자를 진심으로 멋있다고 생각하는 사람은 없을 것 같다. 어려서 고생하던 생각하면 지금 순자는 행복하기만 했다. 다만 딸들이 엄마를 닮아서 얌전하게 살지 못하고 자식도 없이 사는 것이 속이 상했다. 딸들과 남편이 무슨 욕을 해도 변명할 말은 없다. 주인집 아줌마가 순자를 더럽다고 생각하는지 모르지만, 순자는 어머니처럼 살지 않고 남자들과 즐기면서 살 것이다. 아줌마에게 말했다.

"나는 아줌마나 우리 엄마처럼 살지 않고 내 방식대로 즐기면서 살 거예요."

젊어서 아줌마에게 한 말이다. 지금 순자는 순자의 방식대로 살고 있다.

"그렇지만 늙어서 후회할 거야."

아줌마 말처럼 남들처럼 얌전하게 살지 못한 것이 후회가 될 때도 있었다. 그렇지만 어머니를 보면서 절대로 어머니처럼 살지 않을 것이라고 다짐했었다. 마음 한구석에는 더 늙어서 딸들이 엄마를 원망하고 만나 주지 않으면 어쩌나, 두렵기는 했다.

이혼

이혼

'땅만 아니었으면, 그린벨트만 아니었으면.'

미칠 것만 같다. 잠이 안 온다. 욕심 때문에, 고집 때문에 이 지경이 되었다. 친하게 지내던 동네 친구들은 남편과 손잡고 등산을 다니고, 여행을 간다고 했다. 그 친구들이 부럽다. 지구는 돌고 있는데, 내 인생도 지난날의 그때로 돌아갔으면 좋겠다. 그때 그 시절이 그립다. 내가 어쩌다가 이 지경이 되었나. 그때는 내말이라면 무조건 들어주는 사람이 있었다. 봄, 여름, 가을, 겨울, 시간만 나면 가족과 같이 구경을 다녔는데…. 아들들 손잡고 가족 여행을 가면서 맛있는 것도 사 먹고 재미있고 즐거웠는데…. 늙으면 둘이서 재미있게 살자고 했는데….

아줌마들이 나를 만날 때마다 복사꽃같이 예쁘다고 수다를 떨었다. 겉으로는 부끄러운 척했지만, 속마음은 내가 대단한 미인이 된 기분이었다. 얼굴을 거울에 비춰 보면 티 하나 없는 뽀얀 살이 내가 봐도 곱게 보였다. 나는 멋진 남자를 만나 아주 근사하게 살아 보려고 꿈을 키우고 있었다. 읍내에 나가면 멋있는 남자가 나를 보고 반하기를 바랐지만, 나는 남자가 말을 하면 얼굴을 푹 숙이고 대답을 못했다. 동네 남자들도 내게 호감을 갖는 사람이 없어 마음을 졸이고 있었다. 하기는 동네 다른 친구처럼 남자들과 같이 놀지도 않았다. 꼭 나가야 할 일이 없으면 꼼짝 않고 집에만 '꽉' 박혀 있었다. 남자만 보면 고개를 숙이고 말도 하지 않는 여자를 누가 좋아하겠나. 남자들도 말 않는 여자를 좋아할 사람이 없었.

친구들은 연애도 잘하는데 나는 타성 남자와 말도 하지 않았다. 마음에 드는 남자도 있었지만 마음속으로만 좋아하고 말도 해 보지 못했다. 다른 친구들은 남자들과 등산도 같이 가고 여행도 간다고 들었다. 마음은 그들이 부러웠지만 나는 그렇게 할 수 없었다. 아버지는 타성 남자와 만나면 큰일 나는 것으로 어려서부터 단속을 했다. 나는 아버지의 말을 하느님의 말씀으로 절대로 어기면 안 되는 것으로 알았다.

아버지가 이웃 동네에 사는 아버지 친구 아들과 결혼하라 했다. 그 아들은 우체국에 다닌다고 하는데, 어딘가 바람기가 있어 보였다. 아버지 친구도 술을 잘 먹고, 여자들과 잘 논다고 소문이 났다. 그 부인은 살림은 뒷전에 두고 바람이 나서 부부가 날마다 싸운다는 소문이 들렸다. 아이들도 제멋대로 놔두어 거지꼴이었다.

"나는 그런 집에 시집 안 가요."

"그 사람과 약속했으니 딴 생각하지 말고 그 집으로 시집가도록 해라."

아버지는 딸보다 술친구가 더 중요한지, 어떻게 그런 집으로 시집가라 하는지 알 수 없었다. 딸의 장래를 생각하지 않는 아버지가 의심스러웠다. 나는 지금까지 아버지 말을 어긴 적이 없었다. 하늘같았던 아버지를 믿을 수 없어 서울로 도망쳤다. 미용실에 다니는 동네 언니를 찾아갔다. 그 언니가 양장점에 취직시켜 주어 양장점에서 심부름을 했다. 열심히 일을 하다 보니 나도 바느질 하는 것을 배우게 되었다.

"남이는 솜씨가 아주 좋다. 눈썰미가 있어서 보기만 하면 금방 다 하네."

사장님의 칭찬을 듣다 보니 제대로 배우고 싶어졌다.

"사장님 야간에 양재학원 다녀도 될까요?"

"낮에 일하고 힘들어서 다닐 수 있겠어. 그래, 제대로 기술을 배우던지."

허락하지 않을 줄 알았는데 사장님이 쾌히 승낙해 주었다. 하늘같이 마음 넓은 사장님의 도움으로 양재학원을 다녔다. 낮에는 양장점에서 열심히 일하고 저녁에는 양재학원을 다녔다. 잠을 못자면서 힘들게 양재학원을 졸업했지만 전문적인 바느질은 하루아침에 할 수 있는 것이 아니었다. 수선은 남의 도움 없이도 할 것 같아서 내가 직접 수선집을 차렸다. 수줍기만 하고 용기 없던 내가 서울로 올라오면서 성격이 변했다. 다행히 나는 인덕이 있어 사장님이 도와주었다. 수선집을 차리고 단골손님이 제법 많아졌다. 손님이 많다 보니 힘들기는 해도 금방 빚을 갚을 것 같았다. 가게를 차리느라고 돈이 많이 들어갔지만 사장님이 돈을 마련해 주었다. 처음에는 수선집이 잘 되니까 사는 재미가 생겼다. 가게에 나가는 것이 즐거웠다. 그러나 갈수록 일거리가 많아지니 힘이 들었다. 오래된 옷을 가지고 와서 요즘 유행하는 옷처럼 만들어 달라는 데는 황당했다. 조금 더 공부해서 일류 양재사가 되려고 노력했으면 좋았을 것을, 너무 서둘렀다. 수선집 차린 것을 후회가 될 때도 있었다. 헌 옷을 뜯어서 새 옷처럼 만들기가 쉽지 않았다. 힘이 들고 시간도 많이 걸리지만 수선하러 오는 사람들은 돈을 조금만 주려고 해서 짜증이 났다. 그렇지만 옷을 늘리고 줄이기도 하지만 멋진 옷으로 바뀌면 손님이 감탄하는 것을 들으면 내 기술에 자부심이 생겼다.

수선집에 자주 찾아오는 단골 아줌마가 올 때마다 동생 칭찬을 했다. 바빠 죽겠는데 동생 칭찬하러 오는 아줌마가 귀찮았다. 귀찮았지만 오지 말라고 할 수 없었다.

"아가씨, 사귀는 사람 있나요? 하기야 이렇게 이쁘고 솜씨 좋으니 좋은 사람이 있겠지. 없으면 내 동생 같은 사람과 결혼해도 괜찮은데, 성실하고 알뜰해서 둘이 살면 잘 살 것 같은데."

자주 찾아와서 손님들과 동생 칭찬만 하면서 내 눈치를 봤다. 나는 이제 수선집이 잘 되어 돈 벌어서 집 사고 결혼하려고 했다. 아줌마는 한 번 만나보기만 하고 천천히 결혼해도 된다고 했다. '그럼 만나서 사람이 괜찮으면 천천히 돈 벌어서 결혼할까.' 하는 생각이 들었다. 택시 운전하는 동생을 소개시켜 주었다. 그렇게 해서 아줌마 동생을 만나 봤다. 만나 보니 남자가 친절하고 서글서글했다. 서로 마음에 들어서 오래 사귀지 않고 결혼하게 되었다. 나는 결혼해서 허니문 임신이 되었다. 임신이 되어 힘들어하는 것을 보고 남편이 혼자 벌어도 살 수 있으니 수선집을 그만두라 했다. 남편은 자상해서 내가 힘들어하면 거들어 주고 나갔다. 들어올 때는 내가 좋아하는 먹을 것을 사다 주었다. 나는 남편을 잘 만났다고 생각했다. 하루하루 사는 것이 마냥 즐겁고 행복했다.

"우리 아기가 뱃속에서 잘 먹어야 건강하지. 우리 똘똘이 먹고 싶은 것 있으면 말해? 아빠가 사다 줄게."

남편은 아기를 낳지도 않았는데 아기를 똘똘이라고 태명을 짓고 똘똘이 아빠라고 하면서 뱃속의 아기를 챙기려고 했다.

"고마워요, 당신과 결혼해서 너무 행복해요."

"우리 똘똘이 잘 길러서 훌륭한 사람이 되게 하자고. 건강하게 잘 자라서 잘되면 좋겠다. 우리는 아이들이 행복하게 살도록 뒷바라지 잘해 주면 되고."

"우리 아기는 아빠 닮아서 건강하고 성실하게 잘살 거예요."

어렵게 배운 바느질하는 수선집을 그만두자니 아까웠다. 빚도 다 갚았고 이제부터 돈을 모을 것이었다. 손님도 많았고 돈도 잘 버는 것을 그만두자니 서운했다. 아까웠지만 남편의 말을 듣고 수선 집을 걷어치웠다. 그렇지만 동네 여자들과 자주 만나서 수다를 떠는 것도 사는 재미가 있었다.

"자기는 그렇게 잘 되는 수선집을 왜 그만두었어. 솜씨도 아깝고 돈도 많이 벌었을 텐데…."

"내가 임신하고 너무 힘들어 하니까 신랑이 혼자 벌어도 살 수 있으니 그만두라고 해서 그만두었는데 아쉽기는 했지."

"신랑보다 자기 수입이 더 많았을 텐데, 아깝다."

"할 수 없지. 아이 길러 줄 사람도 없고, 나도 너무 힘들었어. 그런데 지금은 편하니까 그만두기를 잘했다고 생각해. 신랑이 버는 돈으로 많이 모으지는 못해도 밥은 먹을 수 있고, 아이들은 엄마가 항상 집에 있어서 좋고."

두 살 터울로 작은아이도 생겼다. 아들이 둘이 되니까 남편이 힘들 것 같았지만 남편은 오히려 날마다 싱글벙글했다. 혼자 벌게 해서 남편에게 미안하고 고마웠다. 나도 아이들이 잘 자라 주는 것이 마냥 즐겁기만 했다. 아이들을 학교에 보내고, 나는 동네 친구들과 여행도 같이 갔다. 남편은 잘 놀다 오라고 여행비도 적지 않게 주었다. 남편이 돈을 많이 벌지는 못해도 사는 것이 재미있고 살맛이 났다. 남편도 잘해 주고 아이들도 속 썩히지 않고 건강하고 공부도 잘했다.

동네 여자들과 친목계를 하고 사람들과 만나는 것도 즐거웠다. 계를 들어서 사글세를 전세로 바꿨다. 돈도 모아졌다. 친목계원들이 땅을 산다고 웅성웅성했다. 그린벨트로 묶인 땅인데 앞으로 풀리면 굉장히 수지가 맞는 것이라고 했다. 넓고 낮은 산인데, 집을 지으려면 땅을 분할해서 판다고 했다. 땅을 가서 보니까 어마어마하게 굉장히 넓었다. 정말 그린벨트가 풀리고 주택단지가 들어서게 되면 수지맞을 것 같았다. 모두들 너도 나도 5필지, 7필지, 어떤 사람은 10필지도 샀다.

"자기는 안 사? 이런 좋은 기회는 자주 오는 것이 아니야. 기회가 있을 때 얼른 잡아야지."

"우리는 그렇게 돈이 많지 않아서…"

"그러니까 수선집을 내놓는 것이 아닌데…."

"그래도 나는 지금이 좋아."

"이런 땅 안 사면 후회하게 될 거야."

"그럼, 나는 1필지만 살래."

"기회 있을 때 사야지. 고까짓 것 사서 돈이 되나. 그린벨트만 풀리면 몇 배가 올라갈 텐데…."

동네 친구들은 내게 5필지는 사야 한다고 부추겼다. 남들이 그렇게 많이 사면서 부추기니까 나도 덩달아 5필지를 샀다. 1필지는 팔지도 않는다고 했다. 집 사려고 모았던 돈과 빚을 얻어서 샀다. 남편은 빚까지 얻어서 사는 것을 께름칙하게 생각했다. 그린벨트 지역이라 지금은 집을 못 짓고 풀리면 지을 것인데, 그때는 떼돈을 번다고 했다. 나는 날마다 부자가 되는 꿈에 가슴이 부풀었다. 그 땅을 소개한 사람은 무당인데 높은 사람과 통하는 사람이라 금방 해

제가 될 것이라고 당당하게 큰소리 쳤다. 곧 그린벨트가 해제될 것이라고 했다. 1년, 2년 자주 모여서 회의를 하면 희망이 있었다. 나는 내 덕분에 우리 집이 부자가 될 것이라고 남편에게 으스댔다.

"우리도 이제 집 몇 채를 지어 아이들 집 한 채씩 지어 주고, 늙어서 편하게 살 수 있을 것 같아요. 지금 나 너무 좋아요. 살맛이 나요. 당신도 내 덕분에 부잣집 사장님이 될 거예요. 내가 고맙죠?"

남편은 아무 말이 없다. 내가 땅을 사자고 할 때도 의심스런 표정이었는데 내가 남편을 졸라서 샀다. 친구들을 잘 만나서 이렇게 좋은 땅을 살 수 있어서 그들이 고마웠다. 내가 땅 투자를 잘해서 잘 살 수 있다고 생각하니 가슴이 뿌듯했다. 아침에 일어나면 환한 세상이 떠오르는 같았다. '한 채는 큰 빌딩을 지어서 세를 받아먹고, 우리가 사는 집은 2층을 지어야겠다. 아들들이 결혼해서 손자들을 데리고 오면 널따란 거실에서 놀게 하고, 저녁에는 2층에서 자고 가라고 해야겠다. 아들들이 결혼하면 집을 지어 팔아서 아파트를 사 줘야겠다.' 행복한 꿈이 머릿속을 날아다녔다. 날마다 빌딩을 이렇게 지었다가 저렇게 지었다가를 설계하면서 마냥 즐겁기만 했다. 5년이 지나니 땅값이 많이 올랐다. 계속 오를 것이라 했다. 세월이 흐르고 친구들은 하나 둘 씩 땅을 팔았다는 소식이 들려왔다. 처음 산 사람들은 몇 집 남지 않고 새로운 땅주인이 생겼다. 내게 땅 사라고 부추기던 친구들이 팔 때는, 아무 소리 없이 한 필지도 남기지 않고 다 팔았다. 나는 그들이 땅을 팔았다는 것을 나중에야 알았다. 남편이 우리도 팔자고 했다. 다른 데 투자했으면 많은 이익을 봤을 텐데, 이 땅은 올랐다고 하지만 그린벨트가 풀리지 않아 집을 지을 수는 없었다. 그동안 아파트 값은 천정부지로 올랐다.

"우리도 이제 땅을 팝시다."

"안 돼요? 지금 팔면 절대로 안 돼요."

"그럼 언제 팔아. 지금 당장 빚 얻어 살면서 기다리다가 아이들만 고생시키고 우리도 이게 뭐야. 먹을 것을 제대로 먹나. 본전이라도 빨리 받아서 빚이라도 갚읍시다."

"여태 참다가 지금 와서 팔면 너무 억울하잖아요. 조금만 더 참으면 제 값을 받고 우리도 한 번 잘 살아 봅시다. 여보, 조금만 참아 봐요."

"나는 이제 지쳤어. 죽게 벌어서 생돈을 이자로 나가고 이게 무슨 고생이야. 남들은 다 팔았는데 왜 우리만 무얼 믿고 붙들고 있는 거야."

"그린벨트가 풀리면 그들도 후회할 거예요."

나는 그린벨트만 풀리면 수지맞는데, 참는 김에 조금 더 참아야지 지금 팔면 손해난다고 말했다. 아파트 값이 올랐다고 하지만 나는 땅이 있어서 부럽지 않았다. 착하기만 한 남편은 팔고 싶다고 하면서도 내 고집에 참았다. 그린벨트는 풀리지 않고 10년이 흘렀다. 이제는 팔려고 해도 본전이나 받을지 알 수 없고, 사려고 하는 사람이나 있을지 모르겠다. 염려 말라며 큰소리치던 무당은 어디서 사기를 쳤나, 다른 일로 감옥에 들어가고 땅은 그렇게 묵혀지고 말았다. 남편은 진작 팔자니까 안 팔았다고 내게 추궁하고, 나는 아직

이혼 213

도 미련이 남아 조금 더 기다리자고 했다. 어지간한 일이면 서로 이해하고 불평불만 없이 행복하기만 했던 우리 부부는 날이 갈수록 틈이 벌어지기 시작했다. 평생 싸움하지 않을 것 같았던 우리는 전처럼 다정하게 바라보는 일이 없어졌다. 아이들이 자라면서 생활비로 쪼들리다 보니 싸움은 잦아졌다. 그런데도 큰아들은 Y대학교에 들어갔고, 작은아들은 S대학교에 갔다. 학자금이 만만치 않았다. 큰아들은 졸업하고 학교 다니면서 사귀었던 같은 과 여자와 결혼하기로 했었다. 그런데 아버지와 어머니가 이혼한다고 날마다 싸움만 하니 결혼할 수 없었다. 여자네 집에서는 '빨리 결혼하자.'고 했다.

"엄마 어떡해요? 걔네 집에서 빨리 결혼하자고 하는데, 나 어떡해야 해. 답답해 죽겠네. 엄마가 대답 좀 해 봐요?"

"조금만 참아, 이제는 그린벨트가 풀린다고 하니까 조만간 풀리겠지."

그린벨트는 금방 풀릴 것 같았지만 쉽게 풀리지 않았다. 그렇게 또 몇 년이 흘렀다. 아들의 여자는 기다리다 헤어지고 다른 남자와 결혼했다. 대기업에 취직을 했지만 큰아들은 술만 먹고 고주망태가 되어서 들어왔다. 날마다 '하하' '호호' 웃던 집안은 초상집같이 살벌하기만 했다. 서로 얼굴을 마주치기를 싫어했다. 큰아들은 나이 많은 아줌마와 살림을 차리고 나가 버렸다. 오랫동안 사귀었던 여자 친구를 놓치고, 미쳐 버린 아들을 말릴 수도 없었다.

한 발짝도 물러서지 않고 싸움만 하던 남편과 나는 기어이 이혼하고 말았다. 남편은 살고 있는 조그만 연립주택과 통장까지 모두 내게 주고 빈 몸으로 나갔다. '홧김에 그랬겠지.' 기다리면 들어올 것이라고 남편을 믿었다. 이혼 서류에 도장을 찍으면서 이것은 가짜로 찍는 것이라고 생각했다. 우리가 어떤 사이인데 그렇게 쉽게 아주 헤어질 수는 없었다. 나는 남편이 밥은 잘 먹고 다니나? 걱정이 되었다. 남편도 내 걱정을 할 것이라고 생각되었다. 이놈의 그린벨트는 몇십 년이 되었건만 아직도 해제되지 않았다. 풀릴 때도 되었건만 왜, 안 풀리는지 소식이 없었다. 금방 풀린다고 하면서 달이 가고 해가 가지만 여전히 금방 풀린다고만 했다. 그린벨트만 풀리면 떼돈을 벌 것이라고 믿고 있었다. 그런데 이혼하고 몇 달이 지나 이상한 소문이 내 귀로 들어왔다. 남편이 젊은 여자와 살림을 차렸다는 소문이었다. 헛소문일 것이라고 생각하고, 남편을 믿었다. 남편의 동생들이 형에게 여자를 소개해 주었다고 했다. 나는 확인하려고 시동생을 찾아갔다.

"형수님이 웬일이세요?"

"왜요? 내가 못 올 데라도 왔나요. 형이 살림을 차렸다는 말이 맞는 말인가요. 삼촌이 소개시켜 주었다고 하던데 정말이야? 어떻게 그럴 수 있어요?"

"혼자 사는 형이 불쌍해서요."

"그린벨트만 풀리면 형이 올 텐데, 동생이 우리 사이를 갈라놓고 있네요."

"그러니 이혼은 하지 말았어야지요?"

"조금만 기다렸어야지요?"

"벌써 그게 언젠데요? 형이 불쌍해요."

설마하니 그럴 리가 없다고 생각했는데 사실이었다. 남편의 누나가 살아 있으면 이혼은 막았을 것이다. 시누이인 형님이 있으면 하소연이라도 할 텐데, 하소연할 사람이 없어졌다. 큰아들은 나이 많은 아줌마와 산다고 하더니 직장도 때려치우고 소식이 끊어졌다. 나는 가슴이 미어지는 것 같았다. 공부 잘하고 착하기만 하던 큰아들이었다. 큰아들은 집에도 오지 않고 전화두 하지 않고 연락을 아주 끊어 버렸다. 소문에 듣자니 폐인이 되어 거지가 되었다는 말이 들려왔다. 설마 똑똑한 아들이 그럴 리가 있나. 하지만 들리는 소리는 안 좋은 소리뿐이었다. 서울역 지하에서 봤다는 사람도 있었다. 서울역에 가 봤지만 만나지는 못했다.

큰아들을 낳았을 때 남편이 얼마나 좋아했었나. 일이 끝나면 술도 마시지 않고 집으로 달려왔던 남편이었다. 그때는 정말 살맛이 났던 시절이었다. 그까짓 땅이 무엇이기에 아들의 인생을 망쳐 놓고 나를 사랑했던 착한 남편까지 버렸나? 아들의 신세를 망쳐 놓고 내가 무슨 염치로 이 세상을 잘살 수 있나. 생각하면 땅이 무엇이라고 고집을 부려서 착한 사람들 인생을 망쳐 놨는지. 통곡하고 싶다. 이제 와서 후회한들 제자리로 돌아오기는 이미 늦었다. 그때는 사글세를 살았어도 웃음꽃을 피우고 살았는데, 그때가 그립다. 내 집이 없어도 먹고 싶은 것을 먹고 살았고 마음은 편안했다.

가난하게 살았지만 작은아들도 공부를 잘했다. 대학을 졸업하던 날, 많은 사람들 틈에 남편이 보였다. 아들이 아버지를 피해서 다른 곳으로 나갔다. 아버지와 헤어지고 마음고생이 많았던 모양이었다. 나는 찾아온 남편이 고마워 만나고 싶었으나 아들은 아버지를 만나고 싶지 않다고 했다. 누가 다정했던 부자 사이를 이렇게 갈라 났나. 나는 너무 많은 죄를 지었다. 작은아들은 취직하고 결혼했지만, 결혼식 때도 아버지에게 알리지 않아 남편은 참석하지 못했다. 남편은 자식에게 자기 피라도 빼서 먹여 주고 싶을 정도로 사랑했건만, 내가 잘못해서 부자간 의도 끊어 놨다. 맛있는 것을 사오면 아들들이 먹고 남은 것을 먹는 아버지였다. 내가 질투가 날 정도로 아들을 끔찍하게 사랑했다. 나는 작은아들과 며느리가 맞벌이 부부라서 아이들을 돌봐주고 살림을 했다. 손주들이 참 예뻤다. 우리 아들들도 이렇게 예뻤는데 그때의 생각이 났다.

"할머니 왜 우리는 할아버지가 없어요?"

"왜 없어. 언제 오실 거야."

"어디 가셨는데요?"

"외국에 가셨어."

"어느 나라요?"

"미국."

"우리도 언제 미국 가서 할아버지 만나요."

"그래, 그러자."

손주에게 말도 안 되는 거짓말을 했다. 이제는 다른 여자와 사는 남편을 잊기로 마음먹었다. 손주들의 재롱을 보면서 기분 좋게 밖에 나갔다. 손주들이 할머니 손을 잡고 팔짝팔짝 뛰는 모습을 보면서, 남편과 아들들과 손잡고 나갔을 때의 생각이 났다. 그러다가 앞을 봤더니, 남편이 젊은 여자와 손잡고 다정하게 이야기하면서 지나가는 것을 목격했다. 나는 내가 잘못 본 것이 아닌가? 하고 쫓아갈 뻔했다. 분명 남편이고, 처음 보는 모르는 여자였다. 손주들이 더 놀자고 하는데 집에 가자고 했다. 손주들은 서운해하면서 할머니 눈치를 봤다.

"할머니 어디 아파요?"

"음, 많이 아파."

손주들은 할머니가 아프다고 하니까 할 수 없이 집으로 왔다. 나는 잠이 오지 않았다. 내게 그렇게 다정했던 남편이, 나 아닌 다른 여자와 손을 잡고 행복해하는 모습을 직접 눈으로 봤다. 어떻게 나를 잊을 수가 있을까? 언젠가는 남편이 다시 돌아오기를 기다렸는데, 차마 못 볼 것을 봤다. 나는 견딜 수가 없어 평소 다니는 헬스장에서 부앗김에 남자를 사귀었다. 머릿속에는 온통 남편 생각만 났다. 눈만 감으면 남편이 여자와 손잡고 다정하게 말하면서 걷던 모습만 떠올랐다. 마음에도 없는 남자친구는 내가 제 아내나 되는 양, 누구와 말하는 것도 싫어했다.

"그 남자는 누구야? 못 보던 남자던데."

"누구요? 아, 옆집 아저씨가 어디 가느냐고 해서요."

"남의 남자와 왜 그렇게 친절하게 말해. 화냥년같이."

"뭐, 화냥년? 니가 뭔데, 내가 누구와 말을 하건 말건 무슨 참견

이야."

"뭐야. 참견했다고? 이 여편네가 뭘 잘했다고 말끝마다 대꾸야."

그 남자가 내 뺨을 때렸다. 얼굴에서 불이 났다. 아픈 것보다도 창피하고 분했다. 남편도 아닌 남자에게 맞았다. 나는 내 남편에게 한 번도 맞아 본 적도 없고 욕을 먹은 적도 없다. 남의 남자에게 맞고 다니는 내 신세가 서러워서 견딜 수가 없다. 전 같으면, 남편에게 이르면 남편이 그 남자를 가만두지 않았을 것이다. 남편이 없으니 늙은 남자에게 맞고 다니다니! 내 꼴이 참 초라했다. 나는 잠을 못자고 울었다. 너무 서러워서 울다가 머리가 깨지는 것 같이 아파서 밤을 꼬박 새우고 내과 병원을 갔더니 정신과에 가 보라고 했다.

"왜 이렇게 어질러 놓고 치우지도 않니? 너희들 아빠에게 일러서 맞아야 하겠다."

"……"

"공부는 않고 놀려고만 하냐? 공부를 해야지. 책상은 그게 뭐니? 그리고 과자를 먹었으면 치워야 할 게 아니야?"

"할머니 왜 그래요. 왜 우리에게 신경질만 내요?"

"너희들이 잘못하니까 그렇지. 어디다 버르장머리 없이 할머니에게 대들어."

손자와 손녀는 할머니만 보면 도망쳤다.

"할머니는 울기만 하고 우리에게도 날마다 야단만 쳐. 아빠 우리 이제 할머니하고 살기 싫어."

"할머니에게 그런 소리 하는 거 아냐."

"나도 야단만 치고 혼내기만 하는 할머니 무서워. 유치원 갔다 집에 오기 싫어."

작은아이 손녀도 할머니가 무서워서 유치원에서 오기 싫다고 했다. 손자와 손녀가 집에 오기 싫다고 했다. 그런데 나는 아이들이 나를 무시하고 전처럼 말을 안 듣는 것 같았다. 나는 손자와 손녀도, 아들과 며느리도 내 말을 우습게 알아듣고 깔보는 것으로 보였다. 너무 분해서 날마다 울었다. 나는 손자와 손녀를 끔찍하게 사랑했는데 요즘 들어 내 말을 듣지 않고, 제 엄마 아빠에게 고자질하고 나를 피했다. 손자와 손녀는 저희들이 내 말을 듣지 않고는 할머니가 신경질만 부린다고 했다. 이것들을 그냥 실컷 두드려 패 주었으면 좋겠다. 손자와 손녀는 변해 버린 할머니와 살기 싫다고 했다. 아들과 며느리도 나더러 변했다고 나와 말을 하지 않으려고 하고 눈치만 봤다. 저희들이 내게 의심하고 아이들에게 말을 안 듣게 하고는 나더러 나쁘다고 했다. 아들과 며느리는 나를 무시하고 사람 취급을 하지 않는 것으로 보였다. 아들과 며느리가 나를 죽이려고 하는 것 같이 보였다. 아들과 며느리가 무서웠다. 내가 아들과 며느리에게 따졌다.

"너희들 왜 나를 깔보고, 아이들에게도 할머니 말 듣지 말라고 하고, 왜 그렇게 나를 못된 사람 만들고 있니? 너희들이 나를 죽이려고 하는 것 나도 알아."

"엄마, 왜 그래? 나도 엄마가 무서워. 병원에 한 번 가 봅시다."

"내가 병원에를 왜 가? 이제 아주 나를 미친 늙은이 취급하네."

날마다 울기만 하고 신경질만 부리고 내가 엉뚱한 소리를 한다고 했다. 아들이 어머니가 심각하다고 정신과 치료를 받고, 나를 요양병원에 가야 할 것 같다고 했다.

"내가 왜 요양병원에 가니? 나는 요양병원에 안 간다."

내가 요양병원에 안 간다고 울었지만, 아들과 며느리가 손자와 손녀도 내가 변했다는 것이다. 아들과 며느리는 나를 요양병원에 보낼 것 같다.

울다가 TV를 봤더니 우리 땅이 그린벨트가 해제된다고 화면에 나온다.

핏줄

핏줄

내가 어렸을 때, 행색이 초라한 아저씨가 거지 같은 아이들을 데리고 오면, 어머니는 먹을 것도 주고 쌀도 주었다. 그 아저씨는 어머니 언니의 남편이라고 했다. '그럼 이모부인가?' 전에 어머니 언니의 남편이었고, 아이들은 이모가 낳은 것이 아니라고 했다. 그럼 나와 아무 상관도 없는 사람들이다. 나는 내가 먹을 간식을 어머니가 그 아이들에게 주는 것이 싫었다. 게다가 거지 같은 아이들을 친척같이 대하는 것이 창피했다. 그 아이들이 내가 아끼는 것을 달라고 하는 것도 신경질이 났다.

"언니, 저것 나, 줘?"
"누나, 이것 내가 가질래."

거지 같은 아이들이 언니라고 하고, 누나라고 하는 것도 창피했다. 무슨 내가 그 아이들의 언니고 누나라는 말인가?

미국 유학을 간 사촌언니의 딸이 서울 유명호텔에서 결혼식을 한다는데, 하버드 대학교를 나온 중국계 미국인이라고 했다. 신랑 아버지는 미국에서 사업을 하고 부자인데, 결혼식 비용도 신랑 측에서 다 지불한다고 조카딸이 자랑했다. 아들이 한국 여자와 결혼한다고 하니까 신랑 아버지가 아주 좋아했다고 들었다.
"이모, 그 집은 친가와 외갓집이 다 한국 사람이래요."
"그래, 그런데, 어떻게 그렇게 부자가 되었다니?"
"처음에는 고생이 많았나 봐. 그 사람도 잘생겼지만 아버지는 더 잘생겼어요."
"부자에다 잘생기고 실력 있는 신랑을 구했으니, 너는 아주 복이 넝쿨째 굴러 들어왔구나."
"이모가 나를 너무 낮춰 생각한 것은 아닌가요? 나를 찍은 그 사람이, 사람을 제대로 본 것 같은데…."
"맞다. 그러니까 잘난 사람은 눈도 제대로 박혔다니까."
미국 사람이고 부자라고 해서 신부의 이모라는 사람이 초라하면 조카딸이 자존심이 상하고 피해가 될 것 같았다. 백화점에 가서 비싼 투피스와 가방을 사고, 부잣집 마님처럼 꾸미고 갔다. 결혼식장에 갔더니 조카딸이 말한 대로 신랑도 잘생겼지만 신랑 아버지가 정말 잘생겼다. 굉장히 호화스러운 결혼식이었다. 결혼식이 끝나고 신랑과 신부는 신혼여행을 가고, 신랑의 아버지와 이야기를 나누게 되었다. 나는 중국계라고 하니 관심이 있어 신랑 아버지의 이야기를 귀 기울여 들었다. 신랑의 아버지는 해방이 되기 전에 한국에서 태어났고, 아버지가 돈을 번다고 만주로 가서 살다가 어머니가 일찍 죽었다고 했다. 신랑의 아버지는 말을 하다가 목이 메는지 잠깐 쉬었다가 이야기를 시작했다.

어머니는 충청도에서 태어나 어린 나이에 아버지와 결혼했다. 외할아버지는 부자였지만 바람을 피우고 노름까지 해서 땅을 다 팔아 없앴다. 큰딸인 어머니까지 가난해서 장가가지 못하는 아버지에게 팔았다. 아버지는 만주에 가면 잘살 수 있다는 소문만 듣고 어머니와 어린 나를 데리고 무작정 집을 떠났다. 어머니는 가난해도 우리나라에서 살고 싶었지만 팔려간 몸이라 말도 못하고 남편을 따라 나섰다. 무진장 고생을 하면서 만주에 갔지만 아는 사람도 없고. 가지고 간 돈은 바닥이 났다. 돈도 없고 먹을 것이 없어 아버지가 하루벌이 노동일을 해서 살았다. 일거리가 많지 않아 먹을 것이 부족해서 굶지 않으면 보리죽을 끓여 먹었다. 굶다 못해서 어머니는 밭에 버려진 시래기를 주어다 삶아 먹고 체해서 앓아누웠다. 먹지 못해 바짝 마른 어머니가 아파서 방바닥을 데굴데굴 굴렀지만 어린 나는 어머니를 붙들고 울기만 했다.

"엄니, 아프지 마? 죽지 마…흑흑…."
"아이구, 아이구, 내 새끼는 꼭 살아야 헌다, 아이구…."

어머니가 죽던 날도 먹을 것이 없었다. 어머니는 타국 땅에서 약 한 첩 지어 먹지 못하고 몹시 앓다가 죽었다. 아버지는 죽은 어머니를 지게에 지고 가서 곡괭이와 삽으로 언 땅을 파고 동네 산에 묻었다. 나는 어머니를 땅에 묻으면 안 된다고 아버지 팔을 붙잡고, 울면서 말리고 떼를 썼다.

"이눔의 새끼가 저리 가지 뭇혀."

아버지가 나를 밀쳐서 땅에 넘어지고 얼굴에서 피가 흘렀다. 일어나 아버지 손을 잡았다.

"아부지, 엄니 땅에 묻지 마유? 우리 엄니 추워유. 흑흑흑…"

아버지가 너무 미웠고 무서웠다. 아버지가 일을 나가면, 집에서 혼자 기다리다가 어머니 무덤에 가서 엎디어 울었다. 춥고 배고파 내려오지만 아버지는 오지 않고 깜깜한 밤이 되면 무서웠다. 아버지가 술 먹고 늦게 들어와 밥을 줄 때도 있지만, 어떤 때는 감자 몇 개로 배를 채웠다. 어떤 날은 온종일 굶고 배가 고파 물만 마셨다. 어느 날 아버지는 짐 보따리를 싸더니 나를 여러 가지 물건을 파는 만물상에 맡기고, 고향에 갔다 온다고 했다.

"아부지 나도 델구 가유?"

아버지 바지를 잡았다. 다시 아버지를 못 만날 것만 같았다.

"아부지가 고향에 가서 돈 벌어 니를 데리러 올 테니 아저씨 말 잘 듣구 기다려라. 다른디 가지 말구."

아버지는 내 손을 뿌리치고, 나를 아저씨에게 맡겨 놓고 고향에 갔다. 그날부터 나는 그 집 아들인 형들의 샌드백이 되었다. 자고 새면 형들의 구박이 심해서 밤마다 울고 살았다.

"이 새끼가 아비 어미도 없는 놈이 밥은 많이도 처먹네. 나가 이 새끼야 꼴도 보기 싫다."

큰형은 아저씨가 없으면, 먹고 있는 밥그릇을 빼앗아 마당에 던졌다. 마당에 떨어진 흙 묻은 밥을 주워서 먹으면 그것도 먹지 못하게 발길로 찼다. 맞으면서 한 톨도 남기지 않고 울면서 밥을 주워 먹었다. 이유 없이 나는 형들에게 맞고 살았다. 밤이면 아파서 베개를 껴안고 어머니를 부르며 울었다. 그럴 때마다 어머니가 항상 기도하던 소리가 생각났다. '관세음보살님 지를 힘든 이 지옥에서 지발 벗어나게 혀 주슈.' 밤마다 빌었지만 나아지는 것은 없었다. 다행히 그 집 딸인 누나가 맞는 것을 말려 주고 맛있는 것을 주면서 달래 주었다. 내게는 누나가 '관세음보살님'이었다. 맞는 것이 무서워 도망가고 싶었다. 아버지가 데리러 온다고, 어디 가지 말라고 해서 나갈 수도 없었다. 맞아 죽을 것만 같았지만 아버지를 기다렸다.

물건을 배달하고 오면 아저씨가 심부름 값이라고 돈을 주었다. 먹고 싶은 것이 있어도 사 먹지 않고 꾹 참고 모았다. 공부하는 누나가 부러웠다. 누나가 눈치채고 책도 사다 주고 공부도 가르쳐 주었다. 누나가 가르쳐 주면 하나도 빼먹지 않고 다 외웠다. 누나는 천재라고 칭찬했다. 주인집 일을 돕다 보니 장사하는 법도 배웠다. 내 편을 들어주던 누나가 미국으로 유학 갔다. 날마다 형들에게 맞았지만 달래주던 누나가 없어졌다. 누나가 보고 싶었다. 형들은 아저씨가 공부를 시키려고 하지만 공부는 하지 않고 노는 친구들과

핏줄 229

말썽을 부렸다. 큰형이 여자에게 임신을 시켜서 여자의 부모와 합의를 하고 임신중절 수술도 시켰다고 들었다. 형들은 학교를 제대로 다니지 않아 정학을 당했다가 다시 들어가기를 몇 번을 했다. 큰형도 작은형도 번갈아 친구를 때려서 고소를 당하기도 하고 아저씨가 속을 많이 썩었다.

물건 판 돈을 큰형이 훔쳐가는 것을 봤다. 주인아저씨가 돈 없어졌다고 하니까 큰형이 만돌이가 훔쳐갔다고 했다. 아저씨가 내게 물어봤다.

"네가 돈을 훔쳐갔니?"

"아뉴."

"그럼, 누가 가져갔니? 가져가는 것을 너는 봤을 거 아니냐. 말 못하면 네가 도둑놈이 되니까 말해라?"

"지는 가져가지 않았슈."

큰형이 가져가는 것을 봤지만, 바른대로 말하면 주인아저씨가 마음이 아플 것이라 말할 수 없었다.

"저런 놈에게 아버지가 믿고 맡기니까 이제 돈까지 훔쳐가잖아요. 저런 놈은 두드려 패서 내쫓아야 해요."

아저씨는 지금까지 나를 믿고 있었기에 고민이 되었을 것이다. 큰형이 양심도 없이 내 보따리를 강제로 뒤졌다. 아저씨가 내게 심부름 값으로 준 돈이 나왔다.

"이것 봐요? 만돌이 짐 속에서 돈이 나왔어요. 싸가지 없는 놈이 은혜도 모르고 저 키워준 아버지를 배신했잖아요."

큰형은 나를 도둑놈이라고 하면서 때렸다. 아저씨가 말리지 않았으면 아마도 맞아 죽었을 것이다.

"아버지는 저 새끼를 어떻게 믿어요? 이러다 저놈이 돈을 다 훔쳐가서 우리 집이 쫄딱 망할 수도 있어요."

"걱정 마라. 절대로 그럴 일은 없다."

"지금도 보셨잖아요. 부모도 없는 저 새끼를 믿어요. 이러다가는 아버지가 후회하실 거예요."

"그 돈은 내가 심부름 값으로 준 돈이다."

"무슨 심부름 값을 줘요? 밥 먹여 주는 것도 아깝지. 아버지는 내게 돈 주는 것을 아까워하면서 저놈에게 돈을 주었어요?"

아저씨가 준 돈이라고 말하니까 형은 더 화가 났는지도 모르겠다. 누나가 있었으면 내 편을 들어주었을 것이다. 언젠가는 아버지를 찾아가려고 아저씨가 준 돈을 한 푼도 쓰지 않고 모은 돈이라고 말했다. 도둑 누명까지 씌우는 큰형 때문에 이 집에 더는 머무를 수 없었다. 이튿날, 아저씨에게 나간다고 했다. 아저씨는 형이 빼앗은 돈과 훨씬 더 많이 보태서 주었다. 나는 아저씨가 그렇게 생각해 주는 것이 고마웠다.

"아저씨 고맙습니다. 아저씨가 지금까지 길러 주신 은혜는 잊지 않겠습니다."

"미안하다. 어디 가서라도 꿋꿋하게 잘 살아라."

갈 곳이 없었다. 짐을 꾸릴 물건도 없었다. 어머니 낭자에 꽂았던 옥비녀가 있어서 그것을 보따리에 넣었다. '엄니 지는 이곳을 떠나지만 어디가서라두 잘살 테니 걱정마시구 하늘에서 지켜봐 주슈.' 무작정 나왔지만 갈 곳이 없었다. 아는 사람도 없어 망설였지만 믿을 사람은 만물상 주인집 딸인 누나밖에 없었다. 미국으로 누나를 찾아 떠났다. 누나의 주소를 찾아 갖은 고생을 하고 낯선 미국의 누나 집에 도착했다. 누나가 모른 체하면 어떻게 하나, 걱정되었다. 다행히 누나는 반갑게 맞아 주었다. 누나는 형에게 맞은 상처도 약을 사다가 정성껏 치료해 주었다.

누나가 여기저기 알아보더니 한국인 식당에 취직시켜 주었다. 만돌이는 아버지가 지어준 이름이다. 언젠가는 한국에 가서 아버지를 찾으려고 이름을 바꾸지 않았다. 돈 벌어서 누나에게도 꼭 은혜를 갚을 것이라고 다짐했다. 식당에서 열심히 일했더니 주인 사장님의 눈에 들었다. 하루 종일 일하고 밤에 누우면 그냥 곯아떨어졌다. 생활 영어를 배워야 했다. 말을 알아들을 수도 없어 생활하기가 너무 불편했다. 다행히 주인이 한국 사람이라 미국에서 살 수 있었다. 미국 땅에서 살아가려면 죽기 살기로 그들의 생활방식을 배워야 했다. 바쁠 때는 주방에 가서 심부름을 하다 보니 요리도 하게 되고 자격증은 없어도 나도 모르는 사이에 요리사가 되었다. 사장님이 월급을 올려 주었다. 열심히 일하다 보니 잠 잘 시간이 부족했다. 음식 솜씨가 좋았는지 내가 만든 음식을 찾는 손님이 많아졌다. 식당이 잘 되니까 대우가 좋아졌다. 돈을 모으기 시작했다. 누나는 가끔 와 보고 칭찬을 아끼지 않았다.

"너는 버릴 것이 하나도 없구나. 열심히 사는 것을 보면 예뻐 죽겠다."

"다 누나 덕분이지요. 누나가 아니면 내가 어떻게 살았겠어요. 나는 누나가 부모나 다름없어요. 아버지도 버린 놈을 누나가 살려주었지요. 이 은혜는 죽을 때까지 갚아도 다 못 갚습니다."

"얘는 내가 뭐 한 것이 있다고. 네가 열심히 산 덕분이지. 사람을 알아보시는 사장님을 잘 만났고."

"맞아요. 사장님이 고맙지요."

사장님도 누나에게 말했다.

"만돌이는 정말 정직하고 착실해요. 저런 사람은 아무 곳에 가도 살아갈 수 있어요. 허허 벌판에 던져 놔도 살아갈 수 있는 사람이에요."

"사장님 고맙습니다. 우리 만돌이를 예뻐해 주셔서 감사합니다."

"고맙기는, 만돌이 같은 보물을 우리 집에 보내주어서 내가 고맙지요. 두고 보세요. 저 사람은 꼭 성공할 거예요."

힘은 들었지만 사장님의 인정을 받고 산다고 생각하니 살아갈 힘이 생겼다. 게다가 옆에 누나까지 있어서 살맛이 났다. 나는 내 주위에 아는 사람이 아무도 없지만 언제나 지켜봐 주고 도와주는 누나가 있어서 살아갈 수 있다. 나는 마음속으로 '누나 고맙습니다.' 생각하고 있다. 보잘 것 없는 천덕꾸러기를 부처님이 이끌어 주시고 하늘에 계신 어머니가 보살펴 주시는 것 같다. 주인 사장님이 한 달에 한 번은 절에 가면서 나도 데리고 갔다. 절에 가서 열심히 기도했다.

"부처님 이 못난 중생을 보살펴 주셔서 감사합니다. 성공해서 제게 은혜를 베풀어 주신 사장님과 누나에게 꼭 보답을 하게 해주십시오. 그리고 불쌍한 우리 엄마 극락왕생하게 해주십시오."

사장님이 부처님 오신 날은 식당 문을 닫고 절에 가면 나도 따라갔다. 나는 부처님의 가피로 사장님과 누나에게 인정받는 사람이 되었다. 죽고만 싶던 마음이 없어지고 열심히 잘 살아서 은혜를 갚을 수 있는 사람이 되고 싶어졌다. 사장님이 힘들게 일하는 것을 보면, 쉬면서 일하라고 했다. 특별 사례금까지 주었다. 월급도 올려주고 격려를 해주면, 사람 대우 받는 것이 감사하기만 했다.

"만돌이는 누가 보거나 말거나 꾀도 부릴 줄 모르고 열심히 일만 하고 있다. 조금씩 쉬어가면서 해도 되련만…."

사장님은 시키지 않아도 빈틈없이 잘한다고 사람들만 보면 칭찬해 주었다.

식당 사장님이 갑자기 나를 부르더니 뜻밖의 말을 해서 깜짝 놀랐다.

"자네를 오래 두고 보니 정말 쓸 만한 보물이더라고. 어떤가? 우리 딸이 부족하기는 하지만 내 딸과 결혼해 줄 수 있는가? 그렇게 해 준다면 나야 고맙지만 자네 말을 듣고 싶네."

가진 것도 없고 부모도 없는 고아에게, 사장님의 말은 도무지 믿기지 않았다. 나는 사장님 얼굴만 멍하니 바라보았다.

"금방 대답하지 않아도 되네. 내가 바라는 바를 말했을 뿐이니까 억지로 대답하지 않아도 되고…."

"사장님, 왜 제게 그런 말씀을 하세요? 제가 뭘 잘못한 것이라도 있나요? 잘못한 것이 있으면 고치겠습니다. 나가라고만 하지 마십시오."

나는 사장님 앞에 무릎을 꿇었다.

"나는 자네 같은 사람을 만나서 정말 고마웠다네. 지금까지 자네 같은 사람을 만나기를 바랐었지. 부족한 내 딸을 받아 달라고 내가 진심으로 말하는 거네."

사장님이 나를 두 팔로 껴안아 주었다.

"어떻게 저 같은 사람에게 그런 말씀을…."

"그럼 허락한 것으로 알고 있겠네."

사장님 외동딸이 가끔 식당에 왔다.

"오빠, 이거 예쁘지? 이거 오빠 가져."

"이걸, 나 주는 거야. 너무 예쁘다."

"이거 오빠 주려고 내가 짰어."

"이걸 네 손으로 짰어. 너, 솜씨도 좋다. 그런데 나를 준다고? 아이구 고마워라."

아이보리색 털목도리를 내 목에 감겨 주었다. 따뜻했다. 이런 사랑을 받는 것이 너무 고마워서 눈물이 나왔다.

"오빠는 바보. 왜 울어…?"

"너무 고마워서…."

나는 사장님 외동딸을 동생처럼 귀여워했지만 감히 결혼까지는 생각하지 못했다.

식당 사장님은 한국에서 미국으로 이민 온 사람이다. 사장님은 요리 솜씨도 좋고 성실한 만돌이에게 남달리 관심이 있었다. 원래 딸에게 식당을 물려주려고 했었다. 그런데 만돌이를 사윗감으로 정하고 만돌이에게 식당을 물려주기로 마음먹었다.

사장님은 급하게 우리를 결혼시키고, 목 좋은 곳에 식당을 하나 다시 차려 주었다. 식당 사장님은 돈이 많았다. 식당을 개업하는데 사장님이 인테리어를 고급스럽게 꾸며 주었다. 식당을 새로 냈는데 생각보다 장사가 아주 잘 되었다.

결혼하면서 바쁘고 힘들었지만 아내는 금방 임신했다. 나는 아내가 고마웠다. 내가 미국에 와서 결혼하고 아내가 임신한 것이 고맙고 행복해서 눈물이 나왔다. 아내는 몸이 불편하지만 잘 참아내고 아기를 낳았다. 아기가 자라면서 말을 배우는데 아주 총명했다. 사장님은 손자를 끔찍하게 귀여워했다.

"드디어 우리 집에 대단한 인물이 나왔다."

사장님은 손자만 보면 언제나 싱글벙글했다. 아들은 아기 때부터 잘 먹고, 잘 놀고 말썽 없이 잘 자라 주었다. 그런데 초등학교에 들어가더니 공부는 안 하고 아이들과 놀기만 해서 살짝 걱정이 되기도 했다. 바빠서 아들을 돌아볼 시간도 없는데 중학교에 올라가면서 제 혼자 알아서 열심히 공부하더니 중학교 2학년이 되면서 두각을 나타냈다. 고등학교 졸업할 때는 학교 수석을 했다. 친구들과도 사이가 좋아 아들 때문에 속 썩을 일이 없었다. 결국은 세상 사람들이 부러워하는 대학교에 들어갔다. 나는 미국에서 살아가는 것도 고마운데 장사가 잘되어 남부럽지 않게 살았다. 아들이 좋은 대학교에 갔으니 결혼만 잘하기를 바랐다. 이제는 고향에 찾아가도 되겠구나, 생각했지만 나는 쉴 틈 없이 바빴다. 아들이 대학을 졸업하고 한국 여자와 사귄다고 했다.

"아빠, 내가 사귀는 여자가 한국 사람인데 나와 결혼하고 싶대."

"네 마음에 들으면 나는 무조건 오케이다. 나는 어려서 고향을 떠나 한국을 모르지만, 엄마도 한국 사람이고, 우리는 뿌리가 한국 사람이다. 다행이다. 네 덕분에 내가 태어난 내 조상이 있는 내 고국에 한번 갈 수 있을지도 모르겠다. 어려서 고향을 떠나 한국에 친척도 모르고 아는 사람도 없지만 죽기 전에 내 고향에 가 보고 싶었다."

아들이 고마웠다. 아들은 키가 훤칠하게 크고, 얼굴은 아버지를 닮아서 잘생겼다고 사람들이 말했다. 만주에서 구박 받고 살 때는 언제나 땟국이 꼬질꼬질하게 흐르는 빨지도 않고 냄새 나는 더러운 옷을 입고 몸을 돌 볼 생각은 할 수 없었다. 그때는 거지같은 못난 놈이라고만 생각했지, 잘생겼다는 생각은 해 보지 않았다. 미국에 와서 사람들에게 잘생겼다는 말을 들었다. 구박 받고 살았지만 어머니의 키를 닮아서 키도 작지는 않았다. 아내가 미인이라고 할 수는 없지만 키가 크고 착했다. 아들이 얼굴은 나를 닮고 키는 아내를 닮았다. 아내가 소아마비를 앓아서 다리를 뒤뚱뒤뚱 걸었다.

사장님도 미국에서 살기 위해 고생 많이 했다고 들었다. 사장님은 장사하느라고 딸을 잘 보살피지 못했다. 딸이 어려서 소아마비를 앓았는데, 서둘지 않아서 못 고치고 말았다. 사장님은 딸이 대학을 나왔지만, 장애인이라서 딸을 이해해 줄, 믿을 만한 사람을 찾았다. 종업원인 만돌이가 일하면서도 틈틈이 공부하는 것을 봤다. 사장님은 만돌이를 학교에 보내고 공부를 시켰다. 만돌이는 식품영양학 과목을 공부했고, 미국에서 석사 학위까지 받았다. 사장님은 재산을 하나밖에 없는 딸에게 물려주려고 하는데, 사윗감을 고를 수가 없었다. 돈을 바라고 사위가 되겠다고 하는 사람들이 있지만 믿을 수가 없었다. 사장님이 만돌이에게 공부를 가르쳤지만, 딸이 소아마비라서 싫다고 할까 봐 걱정되었다. 사장님은 만돌이와 딸이 자주 만나도록 자리를 만들어 주었더니 서로 좋아하는 것 같아서 마음이 놓였다. 만돌이와 딸이 만나면 '소곤소곤' 하다가 '킥킥' 웃으면서 서로 친하게 지내는 것을 보고 안심이 되었다. 만돌이는 딸과 오누이같이 친하게 지내서 마음에 들었다. 그렇지만 결혼까지는 생각하지 않는 것 같았다. 사심 없이 착한 만돌이가 더욱 마음에 들었다.

"나는 진작부터 자네가 내 사위가 돼 주기를 바랐지만 내 딸이 장애인이라서 망설였다네. 자네가 받아 준다고 해서 정말 고마웠다네."

"사장님이 저 같이 부족한 고아를 사위로 맞아 주신다니 믿어지지가 않았습니다. 저를 믿지 못해서 시험하는 줄 알았어요. 그 은혜를 살아가면서 갚겠습니다."

"가난해서 돈 번다고 딸이 소아마비가 걸린 것도 모르고 있다가 늦어서 못 고쳐 주었다네. 이제 자네 같은 사람을 만나서 안심이 되네. 정말 고맙네."

나는 사장님의 사위가 되었다. 결혼하고 장사도 잘되었다. 아내는 착한 사람이었고, 우리는 정말 서로 사랑했다. 사장님도 우리가 사이좋게 사는 것을 보고 흐뭇하게 바라봤다.

나는 아들이 한국 여자와 결혼하게 되어서 좋았다. 며느리 될 사람은 한국에 살면서 미국에 유학 온 여자라고 했다. 핑계 김에 한국에 갈 수 있다고 생각하니 불쌍한 어머니 생각이 나서 옥비녀를 꺼내 봤다. 나를 버린 아버지는 살아있을지 모르지만, 고향에 한 번 가 보고 싶었다. 그렇게 아들 덕분에 한국에 오게 되었다.

"여보, 내가 같이 가면 당신 창피하지 않겠어요. 나는 가지 말까?"

"지금 무슨 소리를 하는 거야? 당신 덕분에 내가 이렇게 행복하게 살고 있는데. 당신이 안 가면 나도 안 가. 우리 아들은 당신과 내 아들이야. 당신이 아니면 우리 아들 같은 장한 아들을 낳을 수 없어요. 나는 항상 당신을 사랑하고 고맙게 생각하고 있어요. 우리는 오래오래 행복하게 살아서 남들이 부러워하는 부부가 되자고요."

"여보, 고마워요. 나는 당신을 만나서 정말 행복해요. 나는 역시 결혼을 잘 했어. 우리 아빠가 사람을 제대로 봐 주어서 아빠도 고맙고."

 아내와 나는 꼭 껴안고 고마워서 눈물을 흘렸다. 신랑 아버지의 말이었다.

 어려서 우리 어머니가 하던 말을 생각했다. 아버지가 부자였지만 노름을 하고, 바람을 피워서 많은 땅을 다 팔아먹고, 딸만 낳는다고 어머니를 때렸다. 술을 먹고 들어오면서 소리를 질렀다.
 "이년, 지집애만 낳는 년. 이리 나와라…."
 어머니는 무서워서 숨었다.
 "이년 빨리 나오지 뭇혀. 때려죽일 년."
 장항아리를 깨뜨리고 방에 들어와 닥치는 대로 장롱부터 때려 부쉈다. 참다못해서 할 수 없이 어머니가 나가면 머리끄덩이를 잡고 사정없이 때렸다. 너무 맞아서 병이 들어 일어나지 못했다. 어머니가 일어나지 못하는데, 아버지는 집에만 들어오면 아픈 어머니를 발길로 찼다.
 "이년이 엄살떨지 말구 일어나. 서방이 들어왔는데두 자빠져서 일어나지 않여."
 '퍽퍽' 발길로 찼다. 어머니가 아버지에게 맞는 소리를 들으면서 어린 딸들은 말리지도 못하고 벌벌 떨면서 지켜봐야 했다. 그 생각하면 지금도 소름이 돋는다.
 "빨리 죽었으면 좋겠다. 저 어린것들은 워치기 사나…!"
 어머니는 맞아서 죽었다. 너무 맞아서 죽은 시체가 온몸이 푸릇 푸릇 했다. 눈을 감지 못하고 죽었다. 동네 사람들은 착한 아내를 죽였다고 아버지는 벌을 받을 것이라고 했다. 집안 어른들도 착한 여자를 죽였다고 집안 망하겠다고 했다. 어머니가 죽었다는 소식을 듣고, 아버지가 동네에 들어오면서부터 뻔뻔하게 곡을 하면서 들어왔다.

"아이고오… 아이고오… 불쌍해라."

어머니가 죽고 어린 언니가 살림을 맡아 하다가 아버지가 어린 딸을 돈 받고 일찍 팔아먹었다. 젖먹이는 굶어서 죽었다. 배고파서 울던 생각이 나면 가슴이 아팠다.

형부는 돈을 번다고 언니와 어린 아들을 데리고 만주로 떠났다. 어느 날 형부가 와서 반가워했더니 언니는 죽었고, 아들은 장사하는 집에 맡기고 왔다고 말했다. 그리고 여자를 얻어 아들 딸 남매를 낳고 여자는 도망갔다고 했다. 나는 슬펐지만, 한때는 형부였고, 죄 없는 아이들이 불쌍해서 도와주었다. 어머니의 말이었다.

나는 아내도 죽고 아들도 버리고 뻔뻔하게 찾아오는 아저씨를 거둬 주는 어머니를 이해할 수 없었다. 나는 죽은 이모도 불쌍하고, 죽었는지 살았는지 모르는 이종사촌오빠가 불쌍했다. 이종오빠와는 죽기 생전 만나기는 어려울 것 같았다. 이 씨라는 성만 알고 이름도 나이도 모른다. 만나 본 적도 없다. 우리 어머니는 착해서 자기 어머니를 때려죽이고 딸들을 버린 아버지에게 비싼 소고기를 사가지고 가끔 찾아갔다. 자기 어머니를 때려죽인 아버지를 나 같으면 보고 싶지 않을 것 같다. 어머니는 부처님 마음이었다. 이모를 본 적은 없지만, 어린 아들을 두고 죽는 마음이 어땠을까. 남편을 믿었을 텐데,

자식까지 버리고 무슨 낯으로 처제를 찾아와 구걸을 했나? 어머니는 그런 형부에게 소금을 뿌리기는커녕 올 때마다 보태주었다.

어머니가 하던 말을 이어서 말했다. 어머니가 맞아 죽고 둘째인 나는 부잣집인 큰아버지 집에 가서 종을 부리고 호강하고 살았다. 큰집에는 큰아버지와 큰어머니가 아기를 낳지 못해 나를 친자식처럼 예뻐해 주었다. 고모들이 있어서 공부를 가르치고 수도 놓고 일은 시키지 않았다. 동갑짜리 종이 있는데 10월에 낳아서 시월이라고 했는데 시월이는 일을 아주 잘했다. 아마 지금 만나면 모른 체할 것이다. 다른 딸들은 조금만 자라면 비싼 돈을 받고 팔아먹었다. 아버지가 재혼해서도 딸만 낳다가 끝으로 아들을 낳았다. 그 귀한 아들이 자라면서 도둑질만 하고 사람을 때려서 감옥을 제집 드나들듯 했다. 아버지가 지은 죗값으로 벌을 받는 것이지만 잘못을 끝내 모르고 살았다. 귀한 아들이 감옥에 자주 드나드니 아버지는 아들이 잘못된 것은 맞아 죽은 큰마누라 때문이라고 했다. '내가 이 년 무덤에 가서 파헤쳐 버려야지. 이년이 심술을 부려서 내 아들이 감옥에 가는 것이다.' 뉘우치기는커녕 못된 마음을 고치지 못했다.

나는 큰집에서 시집보냈다. 시집을 갔지만 9년 동안 아기를 낳지 못해도 시어머니는 듣기 싫은 소리 한마디 하지 않았다. 남편도 내게 때리거나 욕을 하지 않았다. 다른 여자를 좋아하는 일도 없었다. 남편이 체격이 좋고 잘생겼다. 주막에 가면 여자들이 붙들었지만 뿌리치고 집으로 온다는 소문이 있어 믿을 수 있었다. 시어머니가 절에 갈 때, 나를 데리고 갔다.

"부처님 착한 시어머니와 남편을 건강하고 행복하게 해주십시오. 불쌍한 우리 어머니 극락왕생하게 해주십시오. 우리 형님 극락왕생하게 해주십시오. 부처님, 간절히 비옵니다."

나는 착한 시어머니와 남편을 건강하게 해달라고 빌었다.

착하기만 한 어머니가 바보 같다고 생각했던 내가 어머니를 따라서 절에 가면 나 역시 내 기도보다는 내 주위 사람의 안녕을 빌었다.

신랑 아버지가 말했다. 나는 다른 사업도 했다. 식당에 들어가는 물건들을 납품하는 사업을 했는데, 그것도 아주 잘되었다. 무슨 사업을 해도 일이 잘 풀렸다. 거짓 없이 해서 믿음이 있어 신용을 얻은 모양이었다. 누나는 자주 와서 보고 좋아했다.

"나는 네가 이렇게 성공할 줄 알았다. 착하게 살아서 복을 받는 거다."

"누나가 아니었으면 나는 이 세상 사람이 아니었을 거야."

누나에게 힘든 일이 생기면 내가 가끔 도움을 주었다.

"나중에 갚을게."

"갚지 마. 그냥 주는 거야. 나도 누나에게 좋은 일 좀 하게 해줘."

"내가 뭘 한 것이 있다고…."

만주에 있는 만물상 아저씨가 딸네 집에 왔다가 찾아왔다.

"만돌아. 잘했다. 너는 아주 장한 사람이다. 나는 그때 네가 돈을 가져가지 않은 것을 알고 있다. 왜 말하지 않고 누명을 쓰고 맞기만 했니? 나는 그것도 안다. 네가 내 입장을 생각해서 말하지 않은 것을 알고 있지."

아저씨에게 큰절을 올렸다.

"아저씨, 아저씨의 은혜를 어떻게 갚을 수 있겠습니까. 그날 큰형이 가져가는 것을 봤지만, 아저씨가 알면 마음이 얼마나 아프시겠어요. 남의 자식은 버리면 그만이지만 아들은 버릴 수 없잖아요. 그래도 아저씨는 제 마음을 아셨잖아요. 아저씨 덕분에 제가 이렇게 성공했습니다. 고맙습니다."

"그랬구나. 그놈이 잘못한 것을 내가 사과한다. 그때는 네게 죄를 뒤집어씌웠지만, 누가 너처럼 그냥 당하고 마는 사람이 없었지. 갈 곳도 없는 어린 너를 내쫓고 내 마음도 아팠다. 너 볼 면목이 없다. 네가 여봐란 듯이 성공해서 고맙다. 그때, 그놈이 네게 인두로 지져서 죽을 뻔했는데, 살아서 이렇게 출세를 했구나. 죽을 뻔도 많이 했고 고생도 많이 했지. 어디 보자."

큰형이 내게 꼴도 보기 싫다고 인두로 지졌었다. 데인 상처가 심해서 오래 앓았던 것을 아저씨가 기억하고 있었다. 나는 팔에 흉이 심해서 짧은 셔츠를 입지 못했다. 보여주고 싶지 않은데 아저씨가 팔을 걷어 올렸다.

"나쁜 놈. 죄 없는 사람을 이렇게 무자비하게 죽이려고 했다는 말이냐. 나는 너를 볼 면목도 없다."

"얼굴도 지지려고 했는데, 도망치다가 계속 팔을 잡혀서 이렇게 흉이 많이 생겼어요. 다 지나간 일이에요. 그래도 아저씨는 제게 잘 하셨잖아요. 아저씨 덕분에 저 이제 부자가 되었어요. 많이 쉬었다가세요."

"고맙다. 만돌아. 아니 회장님."

"아이, 아저씨, 저는 그냥 만돌이에요."

안 받으려고 하는데 아저씨에게 용돈을 듬뿍 드렸다. 잘 살았던 아저씨는 아들들이 돈을 다 없애서 쫄딱 망했다고 들었다. 아들들이 돈을 주지 않아 딸이 가끔 주는 돈으로 지탱하고 산다고 들었다. 나는 아저씨 생활비를 드리고 싶지만 양심 없는 형들이 찾아올까 봐 그렇게 할 수 없다. 다시는 그때를 생각하고 싶지 않다. 그 형들이 보고 싶지 않다. 누나와는 시간이 나면, 양쪽 가족끼리 자주 모여서 식사도 같이 하고, 여행도 가고, 마음이 허전할 때면 차도 마시면서 이야기했다.

"누나, 시간 있어?"

"왜? 나 오늘 시간 많아. 우리 집에 올래?"

"찻집에서 만나. 나, 누나 보고 싶어."

"좋아, 나 보고 싶다는 사람인데 만나야지."

누나는 미국 남자와 결혼해서 아들딸 낳고 알콩달콩 잘 살고 있다. 다만 아이들이 누나를 닮지 않고 남편만 닮아서 누나가 얹혀사는 것 같다. 나는 아내도 한국 사람이고 아들도 나를 닮아 완전 한국 사람이다. 누나는 오빠들이 지긋지긋하다고 했다.

"오빠라는 것들이 낯짝도 뻔뻔하게 내게 자주 전화한다. 전화 오면 또 돈 달라고 하겠구나. 하고 받으면 영락없지. 전화 오면 겁부터 난다. 우리 아버지가 불쌍해."

핏줄 245

"누나가 미국 와서 사니 다행이지, 덕분에 나도 부자가 되었고."
"너는 네가 잘나서 부자가 된 것이고, 나는 네 덕분에 이렇게 만나서 내 스트레스를 풀 수 있고, 내가 힘들 때는 덕도 보고…."

사촌언니의 딸 결혼식에 갔다가 잠깐 동안 사돈의 이야기를 듣고 혹시 이종사촌오빠가 아닐까, 생각했다.
"어머니 성씨는요?"
"잘은 모르지만 어머니 성씨가 복 씨라고 들었어요. 고향이 청양이라고 하더라고요."
'복 씨?'
복 씨라는 말을 듣고 얼굴을 자세히 보니 우리 어머니를 닮은 것도 같다. 게다가 고향도 청양이라고 했다. 정말 이종오빠라면 저렇게 잘 살았으면 좋겠다. 그렇게 생각해서인지 우리 집에 오는 그 아저씨와도 얼굴이 닮아 보였다. 우리 이모, 어린 아들 두고 눈을 못 감았을 것이다. 마음 한켠에 걸려 있던 체기가 쑤욱 내려가는 것 같다.
"혹시, 그런 집 아시나요? 소문에 듣자니 진짜인지 모르지만 아버지는 남한에 가서 결혼하고 아들딸 낳고 산다고 하더라고요. 우리 아버지가 나를 버리셨어도 아버지가 잘 살기를 바라고 있어요."
역시 우리 어머니처럼 착하다. 가슴에 자리 잡았던 아픔이 사라졌다.
조카딸이 결혼한 지도 벌써 10여 년이 지났다. 조카딸에게 가끔 소식을 듣고 있다.

짝꿍

짝꿍

　나는 글씨가 씌어 있는 종이를 보면 소경이나 다름없었다. 남편이 내 눈을 대신해 주었기 때문에 지금까지 살면서 그다지 불편하지 않았다. 세금을 내거나 은행에 가야 할 일이 있으면 남편이 다 해 주어서 아무 걱정 없이 살았다. 남편이 돈을 주면 그 돈으로 반찬을 사거나 생활용품을 샀다. 옷을 사러 가면 남편은 자기 옷은 싼 것을 사 입으면서 내 옷은 값이 비싼 것을 사 주었다. 궁색한 티가 나지 않으니 남들이 내가 글을 읽지 못하는 것을 아는 사람이 없었다. 돈의 액수는 그림을 보고 알 수 있었다. 남편은 옛날 우리 고향 동네 동안수 샘물 같았다. 동안수 샘은 물을 퍼 쓰면 계속 나와서 우물을 꽉 채웠다. 남편에게 요구만 하면 남편은 군말 없이 돈을 주었다. 남편은 내 평생 내 옆에서 나를 지켜 주고 보호해 주는 사람으로 알았다. 철석같이 믿었던 남편이 갑자기 내 옆에서 사라진다는 것은 상상도 못했다. 남편이 사라지고, 당장 은행에 가서 돈을 찾으려고 하니 글을 쓸 줄 몰라서 답답했다. 남편이 몇 년 전에 글을 가르쳐 준다는 것을 싫다고 한 것이 후회되었다.

"당신도 한글을 배우지 그래. 답답하잖아."

"다 늙어서 무슨 글을 배워요. 당신이 지금처럼 해주면 나는 불편한 것이 없어요."

"그래도 필요할 때가 있을지 알아. 내가 조금씩 가르쳐 줄게."

"관둬요. 싫어요."

남편이 나를 버리고 떠난다는 것은 있을 수 없는 일이었다. 꿈에도 그런 생각은 해 본 일이 없었다. 내가 아프다고 하면 남편은 자기 몸이 아픈 것보다 더 안타까워하고 정성을 다해 주었다. 나는 그냥 남편이 하라는 대로 따르기만 하면 되었다. 그날 남편이 아욱국이 맛있다고 하면서 저녁을 잘 먹었다.

"당신이 끓인 된장국은 이렇게 맛있는데 남이 끓인 된장국은 이 맛이 없더라고."

"진짜?"

"그럼 진짜지, 아직까지 당신이 한 거보다 더 맛있는 반찬은 못 먹어 봤어. 당신이 살림을 워낙 알뜰하게 하니까 남의 집에 돈 꾸러 가지 않고 살 수 있지. 아내가 살림은 뒷전에 두고 멋이나 부리고,

사교춤이나 추러 다니고 돈을 헤프게 쓰는 집도 많더라고. 남편이 열심히 벌어다 주어도 빚 투성이로 사는 사람들도 있더라니까. 나는 당신 덕분에 아무 걱정 없이 살고 있잖아. 그러고 보면 나는 복이 많은 남자야."

"당신, 왜 그래요. 미안하게….."

"미안하긴. 내가 당신에게 고맙지."

남편은 내게 언제나 귀가 간지러울 정도로 듣기 좋고 달콤한 소리만 했다. 피곤하다고 일찍 자야겠다고 하기에 자리를 깔아 주고 이불만 덮어 주고 나왔다. 나는 설거지하고, 거실에서 연속극을 보고 조금 늦게 잤다. 남편이 피곤하다고 해서 푹 자라고 건드리지 않고 조용히 해주었다. 나는 아무 생각 없이 남편 옆에서 잘 자고 아침에 일어나 보니 남편은 아직도 자고 있었다. 조용히 일어나 아침밥을 해 놓고 그때까지 자고 있는 남편을 깨웠다.

"여보 일어나요? 아침밥 먹어야지요."

"……."

남편은 말이 없다. 오늘은 많이 피곤한지 늦잠을 자고 있다. 전에는 나보다 일찍 일어나 스트레칭을 하고 아침 운동을 하러 나갔었다. 일어나지 않아서 더 자게 둘까? 하다가 이상한 생각이 났다. 얼굴을 들여다보니 입가에 침이 흘러 있다. 내가 남편의 손을 잡고 일으키려고 하니 남편이 무어라고 하는데 못 알아듣겠다. 입만 달싹거릴 뿐 알아들을 수 없었다. 그때서야 겁이 벌컥 나서 아들에게 전화했다. 아들이 전화했는지 119 구급차가 왔다. 나는 갑자기 뭐가 무언지 당황해서 정신을 잃었다. 병원에 도착했을 때, 의사가 이미 늦었다고 말했다. 남편은 내가 걱정이 되어서 무슨 말을 하려고 한 모양이었다. 아들이 어떻게 된 일이냐고 물었다.

나는 대답할 말이 없었다. 아들이 하는 대로 따라다니기는 해도 정신을 못 차렸다. 장례를 치루고 모두들 가고 나니 둘이 살던 집이 텅 비었다. 남편만 믿고 살다가 혼자 덩그마니 앉아서 생각하니 앞으로 어떻게 살아갈지 두려웠다. 남편이 살아있을 때는 몰랐는데, 남편의 자리가 그렇게 넓은 줄 몰랐다. 나는 그동안 철딱서니 없는 어린애였다. 남편이 나 혼자 남겨 놓고 이 집을 떠났다. 저녁이 되면 불을 끄고 있었지만, 남편과 지금까지 살았던 생각만 나고 잠이 오지 않았다. 불도 켜지 않고 누워 있다 보면 창문이 환하게 밝아왔다. 며칠을 오만가지 생각만 하고 뜬눈으로 밤을 샜더니 밥도 먹기 싫어졌다. 내가 잠을 자려고 누우면 이불을 덮어 주고 손으로 토닥토닥 하면서 남편이 작사 작곡한 노래도 아닌 노래를 불러 주던 생각이 났다.

"착한 우리 아기 잘 자라…♪ 별 꿈꾸며 잘 자라…♪♪."

노래도 잘하지 못하는 남편의 자장가 소리를 들으면 웃음이 나왔다. 킬킬 웃다가 잠이 들었다. 노래 소리가 안 나고 손이 멈춰서 보면 자기가 먼저 잠이 들기도 했다. 그렇게 남편이 내 옆에서 같이 잠자던 그때 생각이 간절했다. 나는 어머니가 일찍 죽어서 학교도 다니지 못하고 설움을 많이 받고 살았다. 남편도 계모 밑에서 자라서 어머니의 사랑이 그리웠다고 했다. 어머니에게 사랑받는 친구들이 부러웠다고 했다. 어머니 없이 고생했다고 남편은 나를 끔찍하게 위해 주었다. 결혼하고 나는 세상 물정 모르고 남편만 믿고 살았다. 지금도 남편이 옆에 있는 것만 같고, 죽었다는 실감이 나지 않는다. 철없는 어린애같이 아무것도 모르는 나를 두고 남편은 어떻게 눈을 감았을까? 어쩌다 혼자 나가면 어린 아기 내보내는 것같이 안심이 안 되어서 조심하라고 몇 번씩 부탁하던 남편이었다.

"조심해, 오다가 길을 잘 모르면 전화하고."

"알았어요. 내가 뭐 어린앤가."

남편은 항상 나를 어린애 취급하는 것이 짜증이 났다. 동네에서 여자들끼리 관광여행을 가면 다른 여자들은 남편에게서 전화가 오지 않지만 내 남편은 몇 번씩 전화해서 창피했다.

"어디야? 점심은 먹었어. 아무거나 먹지 말고 잘못 먹으면 배탈 날 수도 있어."

"네, 지금 먹고 있어요. 걱정 마세요."

사람들은 남편이 자상하다고 말하지만 나는 부끄럽기만 했다. 그때는 나를 어린애 취급하고 자주 전화해서 창피하고 신경질이 났다. 남편이 내 옆에서 떠나고 나니 지금은 그렇게 나를 염려하는 전화를 받아봤으면 좋겠다. 남편이 없으니 답답한 것이 너무 많았다. 고지서가 나오지만 무슨 글자인지 알 수가 없다. 남들에게 물어보기도 창피해서 말을 못하겠다. 할 수 없이 아들에게 말했더니 자동이체해 주었다. 사는 것은 남편의 연금이 있으니 생활비는 걱정되지 않았다. 은행에 가서 돈을 찾으려고 보니 글자를 몰라서 은행원들에게 써 달라고 했다. 집에 우두커니 앉아 있으려니 심심하고 외로워서 남편 생각만 나고 견딜 수가 없다. 할 수 없이 가지 않던 아파트 노인정이란 곳을 찾아갔다. 노인들이 앉아 화투를 치고 있다. 나는 화투도 칠 줄 몰라 배우려고 하니 아무것도 모르니 그것도 답답했다. 전에는 노인들이 모여 날마다 화투를 친다고 해서 왜 쓸데없이 화투를 치는지 한심스럽게 봤다. 화투는 놀음을 하는 것이라고 좋지 않게 생각했다. 아파트에 사는 노인들을 따라서 한 번 가 본 적이 있는데, 앉아서 화투를 치다가 다투기까지 하는 것을 봤다. 그렇게도 할 일이 없어 젊은 사람에게 본보기가 되지 않는 분수없는 노인들이라고 생각되었다.

"노인정에 갔더니 할머니들이 앉아서 화투만 치대요. 왜 집안이라도 한 번 더 닦든지 하지 놀음이나 하는지. 할머니들이 참 마음에 들지 않더라고요. 나더러 나오라고 하는데 나는 그런곳에 가는 할머니들이 한심하게만 생각되네요."

"늙어서 심심하니까 취미로 하는 것이지 놀음은 아니야. 당신도 심심하면 가끔 가서 놀다 오든지."

"싫어요. 나는 우리 아버지가 놀음해서, 집안이 쫄딱 망해서 그런 것 싫어요. 할머니들이 미쳤지. 그렇게 할 일이 없나."

그렇게만 생각했는데 남편이 죽고 빈방에 혼자 있으니 답답해서 노인정에 가 보고 싶었다. 쭈뼛쭈뼛하면서 노인정에 갔다. 할머니들이 어서 오라고 반가워했다. 날마다 노인정에 출근해서 고스톱 치는 것만 구경했다. 며칠이 지나니 한 번 배워 보라고 해서 무조건 앉았다. 나는 화투 그림도 제대로 맞출 줄 몰랐다. 점당 100원짜리라고 했다. 옆에서 내게 갑장이라는 사람이 가르쳐 주었다. 한 번도 따는 일 없고 계속 잃다 보니 신경질이 났다. 내가 그 사람들 용돈을 주러 다니나 싶어서 가지 않았다. 노인정에 가지 않고 온종일 밥 먹고 앉아 TV만 보니 그것도 지겨워서 못 보겠다. 며칠을 가지 않다가 견디지 못하고 다시 갔더니 단 번에 2,100원이나 잃었다. 갑장인 춘자가 땄다. 춘자는 나와 동갑인데 나보다 먼저 다녔다고 내게 어른 노릇을 했다. 아니꼽지만 참아야만 했다. 춘자는 생일도 나보다 늦으면서 나를 볼 때마다 이기죽거렸다.

"어이구 그것도 몰라. 나이는 어디로 처먹었니?"

"글쎄 말이야. 언제 철이 들지."

나는 굴욕을 참고 화투를 배웠다. 이까짓 것이 뭐라고 이런 소리를 듣나 했다. 그래도 아쉬워서 그곳에 또 갔다. 화투를 하면서 피를 모았다.

"어쭈, 이제 피도 모을 줄 아네. 신통하기도 해라."

"두고 봐. 내가 춘자네 집 팔게 할 테니까."

"네 꼴에, 웃겨. 네 집이나 잘 잡고 있어라."

춘자에게 3,000원을 잃었다. 내가 기어이 춘자를 한 번 이겨 볼 것이라고 마음먹었다. 이튿날 다시 화투를 잡았다. 어떻게 하다 빨간 띠에 검은 글자가 있는 것을 세 개를 모았다. 3점이란다. 처음이겼다고 좋아서 '스톱' 했더니 춘자가 '고' 하라고 했다. 그러면 두 곱을 먹는다고 했다. 춘자 말을 듣고 '고' 했다. 그랬더니 이제는 광

이 세 개다. '스톱' 했다. 춘자가 '투 고' 한다. 투 고가 뭔지 나는 모른다. 또 몇 곱이 된단다.

"그만해. 저 사람도 한 번 이겨 봐야지. 춘자 너 왜 그러니?"

이 방에서 제일 나이 많은 큰언니가 말렸다. 이번만 투 고하라고 했다. 멋모르고 나는 춘자가 하라는 대로 했다.

"투 고."

그런데 춘자가 새 그림이 들어 있는 이매조와 흑싸리, 팔공산을 가져가고, 초단을 하고 청단을 했단다. 완전 독박이란다. 어쩌다 이겼는데 다시 홀딱 뒤집어썼다. 점당 100원짜리라고 하지만 몇 번 하다 보니 오늘도 나는 춘자에게 20,000원도 더 잃었다. 춘자 말을 듣지 않았으면 춘자에게 돈을 다 잃지 않아도 되는데 춘자 용돈만 보태줬다. 나는 고도리가 뭔지, 초단이 뭔지 아직 파악을 못하고 있었다.

나는 글을 모른다. 춘자는 글은 모르지만 화투를 잘 쳤다. 할머니들은 많이 배운 사람도 있고, 글을 모르는 사람도 있다. 복지관에서 한글을 가르친다고 했다. 나는 춘자와 같이 복지관에 갔다. 한글 반에 들어갔다. 구청에서 승합차로 공짜로 데려다주고 데려와서 차비도 안 들었다. 점심만 사 먹는데 값이 아주 쌌다. 복지관에 가서 나는 춘자와 짝꿍이 되었다. 나는 아무것도 모르니 얌전하게 있지만 춘자는 저도 모르면서 아는 척을 하고 내게 간섭을 했다. 자기나 하니까 바보를 데리고 다닌다고, 얼간이 취급을 하고 나를 아주 얕잡

아 봤다. 내가 무식한 것은 맞지만 저나 나나 피장파장인데 너무 잘
난 척했다. 춘자는 굉장히 똑똑한 척, 나를 끌고 다니면서 간섭했
다. 복지관에 가 보니 한글을 배우러 오는 사람이 많았다. 낫 놓고
기역자도 모른다고 사람들이 말하더니 처음 'ㄱ'자를 가르쳤다. 그
러고 보니 'ㄱ'자는 낫자루와 같다. 아직까지 그것도 몰랐다. 내가
어렸을 때는 일곱 살에 학교에 갔고, 요즘은 말을 하기 시작하면 유
아원에 가서 한글을 배운다고 들었다. 나는 일곱 살이 아닌 일흔 살
도 넘어서 일흔다섯 살에야 한글을 배우러 갔다. 어떤 할머니는 아
흔 살이라고 했다. 내가 늦었다고 했더니 나는 젊은 나이였다. 공부
하는 학생이 부러웠는데 나도 이제 학생이 되었다. 지금부터 열심
히 공부해서 시도 쓰고 수필도 쓸 것이다. 얼마 전에 옆집에 사는
여자가 내가 무식한 줄 모르고, 시집을 주기에 받았지만 나는 읽을
수 없었다. 옆집 여자는 수필도 쓴다고 했다. 그 여자가 부럽고 미
안했다.

'ㄱ'자를 선생님이 쓰는 대로 그렸다. 춘자가 내게 그렇게 쓰는 것
이 아니라고 자기처럼 쓰라고 말했다. 선생님이 이 사람, 저 사람
다니면서 살펴봤다. 딸 같은 젊은 선생님이 내 앞에 와서 섰다. 몸
이 떨렸다.

"인자씨는 참 반듯하게 잘 썼네요. 춘자씨도 인자씨처럼 이렇게
반듯하게 써 봐요."

춘자는 그날부터 내게 심술을 부렸다. 다음에 'ㄴ'자를 쓰고 계속
배우면서 선생님이 내게 칭찬을 했다. 나는 그냥 반듯하게만 쓰려

고 노력했다. 숙제도 내 주었다. 열 번씩 써 오라고 하면 나는 스무 번을 썼다. 글자를 보면 소경 같았던 내가 한 자씩 알게 되는 것이 재미있었다. 한글을 떠듬떠듬 읽었다. 지나다 보면 간판도 읽었다. 낫 놓고 '기역'자도 모르던 무식쟁이 내가 간판을 읽을 수 있다는 것이 얼마나 대견한지 누구에게 큰소리로 자랑하고 싶어졌다. 잘난척하던 춘자는 공부가 나보다 늦었다. 내가 지나다가 간판을 읽으면 춘자가 비웃었다.

"서 서울, 미 미요 용실."

"잘난 척하지 마. 그까짓 것 먼저 배웠다고 되게 잘난 척하네."

"잘난 척하는 것이 아냐. 내가 저것을 읽을 줄 아는 것이 신기해서 읽어 봤을 뿐이야."

"나는 마음만 먹으면 너보다 더 잘할 수 있어."

"그럼, 너야 똑똑하니까 나보다 훨씬 낫지."

춘자는 말도 아닌 거짓말을 했다. 선생님이 고등학교도 제대로 못 다녀서 무식하다고 내가 말했단다. 나는 선생님에 대해서 아는 것이 없는데 어디서 듣고 말하는지 모르겠다. 내가 젊은 선생님이 늙은 우리에게 자상하게 가르쳐 주어 배우기 쉽다고 말한 적은 있었다. 나는 그런 말 한 적 없다고 했는데, 내가 말했다고 사람들에게 퍼뜨렸다. 미치겠다. 선생님 귀에 들어가면 오해하게 만들었다. 춘자가 무서웠다. 며칠 후에 우리 선생님은 전에 고등학교 선생님이었다고 우리에게 직접 말했다.

"인자야 우리 스포츠 댄스 하는 데 가보자."

"스포츠 댄스? 나 그런 것 못해."

"못하니까 배워야지. 늙으면 운동을 해야 건강을 유지하고 산대. 나만 따라와."

춘자가 나를 끌고 갔다. 춘자와 같이 다니는 것이 겁이 났지만 따라갔다. 그곳은 남자들도 있었다. 부끄러워 그냥 섰었더니 어떤 남자가 손을 잡고 같이 하자고 했다. 춘자는 진작부터 해 봤는지 아주 잘했다. 나는 멋쩍어 하는데, 선생님이 가르치는 대로 하지만 잘 못하겠다. 그 남자가 나를 가르쳐 주었다. 그렇게 일주일에 두 번씩 스포츠 댄스를 하러 갔다. 그 남자는 내 옆으로 와서 가르쳐 주었다. 수업이 다 끝나니까 춘자가 노래를 다시 틀더니 그 남자를 붙잡고 지르박이라는 춤을 추는데 아주 잘 추었다. 그 남자가 내 손을 잡으려고 하면 춘자가 얼른 손을 잡았다. 춘자는 노련하게 춤을 추면서 이 사람 저 사람과 마음에 드는 사람을 찾아다니면서 잘 놀았다. 처음 시작하는 나를 가르쳐 주려는 친절한 사람들이 많았다. 한 달이 되니 나도 조금은 스텝을 밟을 수 있었다. 그런데 이상한 소문이 났다. 내가 남자들에게 애교를 떨어서 남자들이 좋아한다는 말이 났다. 나는 아무것도 몰라 가르쳐 주면 따라한 것 밖에 없다. 나이 들어서 남의 입질에 올라 말썽을 일으키며 살고 싶지 않았다. 한글 공부하는 곳만 가고, 스포츠 댄스 하는 곳은 가지 않았다. 공부나 열심히 하려고 마음먹었다. 춘자도 이제는 같이 가자고 하지 않았다. 다시는 그곳에 안 가기로 마음먹었다. 지나다가 스포츠 댄스 할 때, 만났던 남자를 만났다.

"왜, 요새 안 나오세요? 얼마나 기다렸는데요."

"예. 저는 운동을 잘 못해서 안 가려구요."

"처음부터 잘 하는 사람이 어딨어요. 말 많은 친구 때문에 안 나오시는 것 알아요. 사람들이 인자씨 왜 안 나오는 줄 다들 알아요. 그런 사람은 그런가 보다, 하고 나오세요. 기다릴게요. 다음에 만나요."

"다 늙어서 이상한 소리 듣고 싶지 않습니다. 고맙습니다."

"그럼, 가끔 만나서 커피나 한 잔씩 하는 것은 어때요?"

"아니요. 감사합니다. 저 바쁜 일이 있어서 이만 갈게요. 안녕히 가세요."

그 남자가 고마웠지만 뒷말이 무서워서 급하게 그 자리를 피했다. 춘자가 보면 그 남자와 호텔에 다닌다고 소문낼 것 같았다. 그 남자도 다시 만나면 피해야겠다고 생각했다. 공부도 하고 싶고, 운동도 하고 싶고, 여행도 다니고 싶지만, 늙어서 무슨 취미를 붙인다는 것도 쉬운 것이 아니었다. 내가 보이지 않는 어디에서 나를 감시하는 짝꿍의 눈이 있는 것 같아 두려웠다. 지금까지 나는 남편의 그늘에서 편안하게 살았다. 무슨 일이 있으면 남편이 다 감싸 주었지만, 지금은 누구도 나를 감싸 주려고 하는 사람은 있지 않을 것 같았다. 내 마음은 순수하게 살고 싶은데, 생각지도 않게 말썽이 만들어지고 있었다. 그렇다고 집에만 있기도 힘들어서 나왔더니 세상은 그렇게 내가 생각하는 마음과 같지 않았다.

복지관에서 문학기행을 간다고 했다. 전에 동네 여자들과 여행을 갔었다. 그런데 남편이 죽고 남자들과 같이 가는 여행을 처음으로 갔다. 관광버스에 올랐다. 사회 보는 사람은 우리 한글반의 시창작 선생님이었다.

"여러분 안녕하세요. 저는 시니어 시창작반, 선생 고미자입니다. 우리 시니어 학생들이 문학기행을 간다니까 하늘이 도와주셔서 날씨가 아주 좋습니다. 오늘은 우리 시니어 반 시인들이 낭송을 하기로 했습니다. 첫 번째로 아주 시를 잘 쓰는 서인자씨가 낭송을 하겠습니다. 서인자씨는 시도 잘 쓰고 낭송도 젊은 사람보다 더 잘합니다. 여러분 박수 많이 쳐 주십시오."

나는 복지관에 다니면서 한글을 배우고 시창작반에 들어갔다. 한글을 배우는 것도 고마운데 시를 써 보라고 해서 썼더니, 선생님이 아주 잘 썼다고 칭찬했다. 그리고 내 시로 낭송을 하라고 하면서 그냥 읽는 것이 아니라 강, 약을 맞추는 것을 알려 주었다. 낭독은 그냥 보면서 읽으면 되는데, 글을 안 보고 낭송하는 것은 힘들었다. 며칠을 외우고 읽었다. 처음으로 여러 사람 앞에서 낭송을 하려고 하니 떨렸다. 내가 쓴 '한글'이라는 제목의 시를 낭송했다. 박수가 요란했다. 모두들 잘했다고 칭찬했다. 낭송을 할 때는 부끄러웠지만 '나도 하면 되는 구나.' 하고 용기가 생겼다. 춘자는 스포츠 댄스는 잘하지만 시를 쓰거나 낭송을 하지는 않았다. 춘자는 송충이 씹은 것 같은 아주 기분 나쁜 일그러진 표정이었다. 스포츠 댄스 하던 남자들도 나를 바라보고 아주 잘했다고 박수를 쳤다. 뿌듯했다. 춘자는 끝내 벌레 씹은 얼굴을 하고 있다.

"너 그거 누가 가르쳐 줬니? 선생님에게 얼마를 갖다 주고 배웠어?"

"뭐라구? 여기는 구청에서 공짜로 가르쳐 주잖아."

"그런데 어떻게 네가 그렇게 잘 할 수 있어. 너는 노래도 못하잖아."

"노래 못하는 내가 낭송을 잘하면 안 되냐?"

춘자는 노골적으로 기분 나빠 했다. 나하고 붙어 다니는 짝꿍이 기분 나빠 하니 같이 앉은 내가 부담스러웠다. 춘자는 내가 무엇을 하든 저보다 못해야 되는 것으로 알고 있다. 내가 춘자보다 잘하면 내가 춘자에게 죄를 짓는 것으로 아는 것 같다. 늦게나마 공부하려고 하니 그것도 편하지 않다. 점심때가 되어 식당에 갔다. 사람들이 나를 보더니 손뼉을 치면서 칭찬했다.

"서인자 씨 원래 낭송을 했었나요? 목소리도 좋고 아주 잘했어요."

사람들이 커피도 뽑아다 주고 맛있는 과일도 주었다. 선물을 주는 사람도 있었다.

"너 갑자기 인기 좋다. 그런다고 네가 미스코리아가 되는 것은 아니니 너무 잘난 척하지 마라."

"내가 무슨 잘난 척을 해. 그리고 내가 인기 있으면 안 되니?"

"얘 좀 봐. 정말 가관이네. 올라가다가 떨어지면 꼴사납게 되니 알아서 해라."

"너는 내가 안 되기를 바라는 것 같다."

"얘가 정말 보이는 것이 없나 보네. 너무 잘난 체하다가 잘못될까 봐 친구로서 충고를 해주는 건데 고마운 줄을 모르네."

"그래 고맙다."

춘자가 대놓고 마땅찮아 했다. 나는 늦게라도 시를 쓰고 낭송을 해서 남에게 칭찬을 받으니 보람이 있고 사는 재미가 있다. 그런데 춘자가 옆에서 사사건건 걸고, 넘어지니 불편했다. 다행히 춘자는 시창작반에 가지 않아 내가 그 시간은 마음이 편안했다. 춘자는 아직 글도 잘 읽지 못했다. 나는 시를 쓰니 수필도 쓰고 싶어졌다. 지금까지 살면서 보고 들은 것들을 모아 수필을 쓰고 싶다. 내가 시를 잘 쓴다고 선생님이 칭찬하니까 욕심이 생겼다. 물론 알아주는 유명한 시인이나 수필가는 될 수 없어도 남들이 읽고 고개를 끄덕거릴 수 있는 글을 쓴다면 좋겠다. 점심을 먹고 홀을 하나 빌려서 노래도 하고 춤도 추었다. 춘자는 나가서 노래도 하고 춤도 잘 추고 사람들과 잘 어울렸다. 나는 춤을 출 줄 모르는데 사람들이 끌어내어 그냥 흔드는 척했다. 잘 놀던 춘자가 와서 나와 마주 보고 춤추는 사람 가운데로 들어왔다. 춘자 눈치를 알아차리고 자리로 돌아왔다. 춘자는 춤을 잘 춘다. 누구나 자기가 하고 싶은 취미를 살려서 늙은 인생 외롭지 않게 사는 것이 바람직하다고 생각되었다. 나는 춤을 추는 것보다 지금까지 한이 되었던 공부를 하고 싶었다. 한글을 배우고 시를 써 보니 시집도 내고 싶어졌다.

공부한 지 이 년하고도 반년이 지났다. 내 나이 일흔일곱 살. 적은 나이는 아니다. 지금까지 글자를 모르던 내가 한글을 배우고, 책을 읽을 수 있고, 신문을 볼 수 있는 것만도 너무 고마운 일이다. 은행에도 가면 내가 돈을 청구해서 돈을 찾아왔다. 전에는 은행에서 남편이 돈을 찾아다 주었다. 선거를 하면 남편이 여기다 찍으라고 하면 거기다 찍었는데, 이제는 나도 내가 찍고 싶은 사람을 골라서 내 마음대로 찍었다. 서인자 똑똑해졌다. 요즘은 할 일이 없는 것이 아니라 책도 읽고, 글도 쓰고, 낭송도 하고 바쁜 몸이 되었다. 지금도 글을 모르는 사람이 있으면 늦게라도 배워서 남은 인생 살맛 나는 세상을 살라고 권하고 싶다. 글을 배우고 나니까 행복해졌다. 전에는 남편만 믿고 바보처럼 따라다니기만 했다. 배우려면 아직 멀었지만 간단한 것은 남의 도움 없이 나 혼자 할 수 있다.

한문을 배우니 한문은 진짜 어렵다. 중국 사람들은 이렇게 어려운 뜻글을 쓰니 힘들겠다. 우리는 배우기 쉬운 우리의 국어 한글이 있다. 우리 한글을 이렇게 배우기 쉽게 만들어 주신 세종대왕님 덕분에 나같이 일흔 살이 넘도록 글 모르던 사람도 글을 쓰고 읽을 수 있다. 무식한 나 같은 사람을 눈을 뜨게 만드신 세종대왕님이 정말 고맙다. 임금이 되었으면 이 정도로 백성들을 사랑해 주어야 한다. 임금이 되었다고 욕심만 챙겨서 자기만 호강하고 백성을 괴롭히고 큰소리만 치는 것이 임금이 할 도리가 아니다. 우리 국민들은 세종대왕 같은 임금을 잘 만나 우리가 남에게 글을 빌리지 않아도 어떤 말도 다 표현 할 수 있다. 잘난 척 하는 이웃나라도 남의 나라 글을 빌려다 섞어서 쓰고 있다. 모든 말을 글로 다 표현하기 힘든 나라도 있다. 우리나라가 작은 나라가 아니었으면 세계 여러 나라가 탐을 내는 한글이 있어 서로 본받으려고 할 것이다. 요즘은 한글을 배우는 나라가 많아졌다고 했다. 그 생각만 하면 내가 한국 사람이라는 것이 가슴이 뿌듯했다. 내 짝꿍도, 낫 놓고 기역자도 몰랐지만 지금은 떠듬거리며 간판을 읽는다. 나는 세계 여러 나라에 우리 한글을 자랑하고 싶다.

   나는 늙어서 우리 글 한글을 배웠다. 글을 배우니 세상을 보는 눈이 넓어졌다. 나도 열심히 배워서 나처럼 글을 모르는 사람이 있으면 가르쳐 주고 싶다. 짝꿍은 글에는 취미가 없고 댄스만 좋아했다. 나도 운동을 좋아한다. 요즘은 글을 쓰다가 힘이 들면 일어나 잠깐씩 스트레칭을 한다. 아침에 일어나면 스트레칭을 하고 뒷산으로 가서 맑은 공기를 마시면서 걷기 운동하고 온다. 뒷산에 가면 온갖 새들이 반갑다고 노래를 불러 주고 환영한다. 제일 먼저 나뭇가지에 앉은 까치가 '깍깍' 반갑다고 맞이한다. 까치가 땅에 내려오면 그 긴 꼬리를 올리고 길에서 두 다리로 콩콩거리면서 걸어가는 것을 보면 쓰다듬고 싶다. 모두가 나를 반기는 것 같고 활기찬 것을 보면 아침 기분이 상쾌하다. 글을 모를 때는 이런 느낌이 들지 않았다. 나는 오늘도 맑은 공기를 마시고 마음속으로 시를 읊으면서 산길을 걸었다. 글을 배우니 심심할 시간이 없다. 아는 사람도 많아졌다. 핸드폰 대화 방에서 '카톡' 소리가 연신 난다. 읽고 답 글을 쓰다 보면 바쁘다.

내가 전국 시니어 교실, 시창작반에서 대상을 탄다고 한다. 국회 헌정회관에서 국회의원님과 장관님들 앞에서 시를 낭송하라고 갑자기 선생님에게서 조금 전에 연락이 왔다. 서인자 출세했다. 가슴이 벅차고 떨린다. 내가 시를 쓰고 낭송을 해서 대상을 타다니 세상을 다 가진 것 같다. 남편이 봤으면 얼마나 좋아했을까? 남편이 보고 싶다. 남편이 내가 낭송하는 것을 보면 잘한다고 엄청 칭찬해 주었을 텐데….

"여보, 내가 시를 써서 내 시로 낭송을 하고 대상을 탄대요."

"역시 당신 최고야. 우리 서인자 화이팅!"

남편이 엄지손가락을 세우고 환하게 웃는 모습이 보였다.

작가의 말

　찬바람이 불어오고 있다.
　준비가 아직 덜 되었는데 가을이 저물어 가고 있다. 몸은 으슬으슬 춥고 마음이 불안해진다. 이러다가는 마무리를 못하고 끝내게 될까 봐 두려웠다. 일찍 서두르지 못했다고 게을렀던 지난날을 후회했다. 시작이 늦었다고 변명하고 있다. 지난번에도 병원 신세를 지면서 억지로 끝마무리를 했다. 책으로 엮으려는데 시간이 얼마 남지 않은 것 같아서 좀 더 다듬지 못하고 급하게 출간을 했다. 후회가 되었지만 그때의 사정은 어쩔 수 없었다. 불안한 마음은 지금도 그때의 마음보다 덜하지 않다.
　면역력이 약해 사람 많은 곳에 가는 것이 두려웠다. 완치되지 않은 몸이라 조심했지만 코로나를 앓고 암이 재발했다. 항암 약을 먹는데 그 약은 햇빛을 쏘이면 안 된다고 했다. 재발 전보다 몸이 더 좋지 않았고, 방에만 있게 되었다. 책상 앞에 앉아 글을 쓰려고 하면, 너무 힘들어 앉아 있을 수가 없다. 의자에 앉았다 내려오기를 반복했다. 낙엽이 나무에 대롱대롱 매달려서 안 떨어지려고 붙들고 있는 것 같다. 나보다 연세가 훨씬 많은 분이 기억력이 좋고 밝은 소리를 하는 것이 존경스럽다. 나는 그분들보다 나이가 적은데 엄살을 떠는 것 같다. 밖에 나가서 바람도 쏘이고 싶고, 실컷 수다도 떨고 싶다.

 못나고 모자란 나 같은 사람을 인정해 주고 초대해 주는 분이 정말 고맙다. 당장 달려가 만나고 싶은 마음이 굴뚝같다. 오해하는 분도 있겠지만 나는 정말 가고 싶은데 못 가고 있다. 한강 작가가 노벨문학상을 탔다는 소식을 들었다. 고맙기도 하고 부럽기도 했다. 덕분에 내 작은 어깨도 올라가는 것 같다. 내가 쓰는 소설이 대단한 글이 아닐지라도 한 자씩 글을 만들면서 아직 살아 있다는 느낌을 가지고 있다.

 오래전에 소설 반에서 공부하던 때가 그립다. 나는 지금 글을 쓸 수 있다는 것만 해도 감사하게 생각한다. 낡은 기억 속에서 사라지고 남은 것들을 빼내어 한 자씩 글을 만들고 있다. 만들고, 보태고 다듬어서 읽는 분에게 감동받게 쓰고 싶었다. 마음이야 간절하지만 내 글 솜씨로는 쉬운 것이 아닌 것 같다. 가물가물한 몽롱한 머리를 두드리면서 저물어 가는 해를 붙잡아 본다. 늦은 줄 알면서 분수없이 욕심은 많다.

사랑하는 내 가족의 응원에 용기를 얻어 글을 썼다.

고마운 분들이 많았습니다. 저를 소설가로 이끌어 주신 정종명 교수님, 차윤옥 선생님 감사합니다. 끝까지 온 정성을 다해서 살려주려고 노력하시는 유은상 교수님 덕분에 제가 지금까지 살았습니다. 교수님 정말 고맙습니다. 감사합니다.

최정순

계간문예작가선 111
내 아들의 아빠

초판 인쇄 | 2025년 6월 25일
초판 발행 | 2025년 6월 30일

지 은 이 | 최정순
회　　장 | 서정환
발 행 인 | 정종명
편집주간 | 차윤옥

펴낸곳 | 도서출판 **계간문예**

편집부 | 03132 서울 종로구 삼일대로 30길 21 종로오피스텔 1209호
주소 | 03132 서울 종로구 삼일대로 32길 36 운현신화타워 305호
전화 | 02-3675-5633, 070-8806-4052
팩스 | 02-766-4052
이메일 | munin5633@naver.com
등록 | 2005년 3월 9일 제300-2005-34호
ISBN 978-89-6554-316-9 04810
ISBN 978-89-6554-121-9 (세트)

값 15,000원

잘못 만든 책은 바꾸어 드립니다.
저자와 협의하여 인지를 생략합니다.